NO LIMITE DA velocidade

NO LIMITE DA velocidade

AMANDA WEAVER

Tradução
Angélica Andrade

1ª edição
Rio de Janeiro-RJ / São Paulo-SP, 2025

Título original
Fast & Reckless

ISBN: 978-65-5924-401-0

Copyright © Amanda Weaver, 2024
Todos os direitos reservados, incluindo o direito de reproduzir em todo ou em parte. Edição publicada originalmente nos Estados Unidos por Slowburn, um selo de Zando | www.zandoprojects.com.

Tradução © Verus Editora, 2025
Direitos reservados em língua portuguesa, no Brasil, por Verus Editora. Nenhuma parte desta obra pode ser reproduzida ou transmitida por qualquer forma e/ou quaisquer meios (eletrônico ou mecânico, incluindo fotocópia e gravação) ou arquivada em qualquer sistema ou banco de dados sem permissão escrita da editora.

Verus Editora Ltda.
Rua Argentina, 171, São Cristóvão, Rio de Janeiro/RJ, 20921-380
www.veruseditora.com.br

CIP-BRASIL. CATALOGAÇÃO NA FONTE
SINDICATO NACIONAL DOS EDITORES DE LIVROS, RJ

W379L

Weaver, Amanda
  No limite da velocidade / Amanda Weaver ; tradução Angélica Andrade. - 1. ed. - Rio de Janeiro : Verus, 2025.

  Tradução de: Fast & reckless
  ISBN 978-65-5924-401-0

  1. Ficção americana. I. Andrade, Angélica. II. Título.

25-97719.0   CDD: 813
               CDU: 82-3(73)

Gabriela Faray Ferreira Lopes · Bibliotecária · CRB-7/6643

Revisado conforme o novo acordo ortográfico.

Seja um leitor preferencial Record.
Cadastre-se no site www.record.com.br e receba informações sobre nossos lançamentos e nossas promoções.

Atendimento e venda direta ao leitor:
sac@record.com.br

Para Matt, sempre

Prólogo

Will Hawley reduziu a marcha, tentando desesperadamente manter o carro na pista, enquanto as leis da física insistiam em desviá-lo. Mas o movimento dos pneus traseiros anunciava o desastre. Ele podia sentir que estava perdendo o controle... a guinada nauseante da cabeça e do estômago.

Aquilo era um acerto de contas. Pronto para atingi-lo a trezentos quilômetros por hora.

Expirou três vezes, com alguma dificuldade, visando acalmar o coração acelerado.

Concentra.

Mas era tarde demais.

A pressão aerodinâmica, a pouca aderência dos pneus no asfalto, a carga de combustível... tudo estava sendo jogado para o lado. Will capotou e perdeu a noção de espaço.

Acabou.

Não havia mais nada que pudesse fazer quando uma série de insucessos atravessou o carro de corrida e o lançou em um giro descontrolado pela pista. A vida de Will foi reduzida a um borrão de cores, pneus em chamas e um rugido ensurdecedor quando o carro se chocou contra um muro e o prendeu dentro da cabine.

Os ouvidos zumbiram e a visão se escureceu brevemente. Apenas um pensamento cruzou a névoa: era a última vez que ele estaria em uma pista de Fórmula 1.

Sua carreira havia *acabado*.

1

Três anos depois
Sede da Lennox
Chilton-on-Stour, Inglaterra

$\mathcal{M}$ira correu pelo corredor da Lennox Motorsport, esfregando o polegar na superfície do crachá como se fosse um talismã. Olhou para baixo para reler o nome do seu novo cargo.

Miranda Wentworth
Assistente-executiva, Lennox Motorsport

Era real. Ela estava de volta.

Parou na porta aberta do escritório de Penelope Farnham.

— Consegui — sussurrou ela, emocionada.

Uma mulher alta, curvilínea e mais ou menos da idade de Mira pôs a cabeça para fora e a examinou rapidamente.

— Você é a Miranda? A nova Pen?

— Acho que sim. É. Sou eu. Pode me chamar de Mira.

— Sou a Violet, das relações públicas — disse a mulher, olhando para trás ao passar por ela. — Vem comigo.

Apressada, a seguiu pelo corredor.

— Mas eu tenho que encontrar a Penelope...

— É, bom, hoje de manhã o médico da Pen disse que ela estava *proibida* de sair da cama até o parto.

— Ah, ela não vem?

Por mais intimidada que Mira se sentisse com a perspectiva de conhecer Pen pessoalmente, o fato de ela não estar presente para orientá-la naquele começo era infinitamente mais assustador.

O repouso que o médico de Penelope ordenara foi o motivo para a contratação de última hora de Mira, poucas semanas antes do início da temporada de Fórmula 1. Pen estava quase perdendo a cabeça com a ideia de entregar suas responsabilidades a uma novata americana, para dizer o mínimo. Enquanto Mira fazia as malas às pressas em Los Angeles e se preparava para viajar para a Inglaterra, Pen não parava de enviar mensagens de texto com instruções. Mira já havia preenchido três blocos de anotações e agora parecia que o trabalho estava prestes a se tornar cem por cento mais aterrorizante.

Finalmente, conseguiu alcançar o passo largo de Violet e deu uma olhada rápida no cabelo preto, longo e desgrenhado, na pele pálida, no delineado de gatinho perfeito dos olhos, nos jeans rasgados e na jaqueta de couro surrada. Ela irradiava uma energia de garota "descolada", inclusive com o seu sotaque inglês. Mira tentou não se intimidar.

— A Simone não está mais na área de RP?

Violet a olhou brevemente.

— Beleza. Você já conhece bem a Lennox, não é?

— Faz muito tempo — respondeu Mira, sentindo o estômago embrulhar de nervoso. Mas, se alguém esperava que aquela garota gostosa e perdida que ela tinha sido mostrasse a cara, iria se decepcionar. Aquela Miranda havia desaparecido para sempre, e a Miranda *atual* não cometeria nem um único deslize.

— Não se preocupe, a Simone ainda está aqui. Sou assistente dela. Ela está na pista de testes para o dia de imprensa. Vamos começar por lá. — Violet abriu uma porta com o quadril e levou Mira para o lado de fora, onde um carrinho de golfe esperava na grama. — Sobe aí.

Enquanto Mira se acomodava no banco do passageiro, Violet foi para trás do volante e pisou fundo no acelerador, fazendo o carrinho disparar. Quando se aproximaram da pista, Mira ouviu o som inconfundível da perfeição automotiva de última geração rugindo no asfalto. Abandonou a postura de profissional serena, e o coração começou a bater mais rápido. Era *daquilo* que ela sentia falta. Da pista, dos carros, do *som*.

— Fizeram muitas alterações no carro pra essa temporada? — perguntou.

— Pode apostar. Na real, é um carro totalmente novo. Hoje é o primeiro dia na pista, então as coisas estão um pouco frenéticas por aqui.

— Não muito propício pra começar num novo cargo.

— Nunca é — disse Violet, com um sorriso. — Bem-vinda a Lennox.

Violet freou, enviando um jato de cascalhos na margem da pista, e Mira desceu cambaleando, sem conseguir tirar os olhos de um borrão azul que acabara de passar por uma curva fechada.

— É lindo.

Segurou a cerca de arame que a separava da pista, enquanto o carro chegava à curva mais distante. Ali, conseguiu vê-lo de verdade pela primeira vez.

No ano anterior, a pintura ficara muito fragmentada e em blocos, o que atrapalhava a elegância do design. Nesse ano, estava muito melhor, no azul-royal sólido da Lennox com apenas uma faixa prateada na lateral, destacando a perfeição aerodinâmica do carro, rebaixado e esguio como uma lâmina.

O veículo acelerou em direção à próxima curva, e ela sentiu a potência do motor. A expectativa a fez encolher os dedos dos pés dentro dos sapatos pretos profissionais, e seu peito vibrou junto com o motor. Havia chegado o momento da curva.

O carro continuava acelerando a uma velocidade muito acima do que seus próprios instintos teriam dito para ela frear. Justamente quando parecia inevitável que o carro se chocasse contra o muro, o piloto reduziu a marcha e o ruído do motor diminuiu. O veículo fez a curva a uma velocidade que parecia fisicamente impossível.

Mira deixou escapar um suspiro assustado à medida que o veículo se afastava, descendo a reta, como se o ar de seus pulmões tivesse sido sugado.

— Puta que pariu — murmurou, amenizando o aperto na cerca de arame. — Que piloto incrível.

Violet deu uma risadinha.

— Você não faz ideia. Vem, vou te apresentar pra todo mundo antes de ele sair da pista.

Mira correu atrás de Violet, vibrando após seu primeiro contato com a nova temporada de Fórmula 1 em sete anos. Por muito tempo, ela teve de assistir às corridas em seu notebook, em Los Angeles. Mas nada poderia substituir a sensação de estar ali, na pista, vendo com os próprios olhos, *sentindo*.

Por mais difícil que fosse voltar, era isso que ela mais queria. Se conseguisse administrar com sucesso uma temporada na Lennox, talvez houvesse uma chance de fazer carreira no ramo.

— Hoje é dia de imprensa — explicou Violet enquanto se dirigiam aos boxes. — Só pra tirar umas fotos do carro para anúncios. Ainda nem temos pneus decentes.

Ela se lembrava disso. Os regulamentos da Federação Internacional do Automóvel (FIA) proibiam que as marcas fizessem muita coisa antes dos testes oficiais em Barém, mas mesmo em um dia como aquele, apenas para fotos de imprensa, era uma boa chance para conseguir informações sobre o carro.

No box ao lado do pit lane e cercado por uma dezena de mecânicos com jaquetas azuis, o segundo carro da Lennox estava sendo preparado para a pista. Quando ela e Violet se aproximaram, o pessoal fez uma pausa, examinando as recém-chegadas.

— Mira, essa aqui é a equipe do pit. Pessoal, essa é a Mira, que vai substituir a Pen.

— A gente tem nome, Violet — comentou um jovem rapaz nativo, com uma piscadela.

— E a Mira vai aprender todos eles, Omar, mas hoje não temos tempo. Cadê o Harry?

Omar se virou e gritou:

— Harry, a Violet veio te assediar.

Harry... O coração de Mira deu um pulo. Nenhum membro da equipe devia se lembrar dela, afinal já fazia muito tempo. Ela era uma novata entre aqueles caras, mas o Harry...

Uma voz antiga e familiar grunhiu do outro lado do carro.

— Não tenho tempo pra essas baboseiras de imprensa hoje.

Harry podia parecer um ogro bastante rude, mas, quando Mira era uma garotinha curiosa que adorava corridas, ele sempre a deixava ficar perto da pista e respondia pacientemente às suas intermináveis perguntas. Ela não o via desde... bom, desde tudo. E, se ele a olhasse de forma diferente agora, Mira acharia a morte mais suave.

— Vem cá, Harry — cantarolou Violet. — Prometo que não vou morder. Olha só, eu até trouxe uma pessoa nova pra você assustar. O nome dela é Mira, a substituta da Pen.

De imediato, a cabeça grisalha de Harry surgiu de trás do carro.

— Mira?

Mira quase desmaiou de alívio ao notar a alegria inconfundível nos olhos de Harry. Ele abriu um sorriso genuíno quando ela levantou a mão para cumprimentá-lo.

— Oi, Harry.

Ele saiu de trás do carro com uma agilidade surpreendente para um homem da sua idade.

— Vem cá, deixa eu dar uma olhada em você, garota. — Segurou os ombros de Mira e seus olhos percorreram o rosto dela. — Você cresceu, hein? Dá um abraço aqui.

Ele deu um abraço de urso nela, e os olhos de Mira se encheram de lágrimas. Até aquele momento, ela não fazia ideia de como as boas-vindas de Harry seriam importantes.

— Que bom te ver de novo, Harry! E aí, como está o carro este ano?

Os olhos dele brilharam com entusiasmo, mas, quando Harry abriu a boca para responder, uma voz cortou o zumbido do pit lane:

— Harry, que porra foi essa?! Seus engenheiros são desmiolados?

Harry olhou para o alto e soltou um longo suspiro.

Assustada, Mira se virou para ver de quem era a voz. O primeiro carro tinha acabado de sair da pista e o piloto se aproximava como um raio.

Os olhos de Mira registraram coisas demais ao mesmo tempo. Ele era mais alto do que ela imaginava. E mais gostoso... droga, *muito* gostoso. O traje de corrida azul estava aberto até a cintura, com as mangas amarradas nos quadris, revelando uma camiseta Nomex branca fina que abraçava cada centímetro do dorso. O cabelo escuro bagunçado, quase preto, estava bonito demais para ter acabado de ser esmagado por um capacete, e as sobrancelhas grossas e escuras se franziam em uma expressão de raiva.

Mas os olhos dele... os olhos dele eram eletrizantes. De longe dava para ver que eram de um azul forte, e a intensidade do seu olhar a arrepiou, mesmo que não fosse direcionado a ela. Além disso, tinha as maçãs do rosto, a linha do maxilar, o queixo... um porte físico tão bonito que devia ser proibido, especialmente quando combinado com as pernas longas, os ombros largos, a cintura afilada, e... *meu Deus*.

Baixou o olhar, envergonhada ao perceber que o rosto estava quente e o corpo, inquieto. Não, não, *não*. Ela não podia, de jeito nenhum, sentir aquela atração nos primeiros minutos do primeiro dia, muito menos por um *piloto*. Talvez ele fosse apenas um piloto de testes, alguém que ela encontraria só uma vez e nunca mais...

— Algum problema, Will? — perguntou Harry enquanto ele se aproximava, e Mira sentiu um frio na barriga.

Will. Aquele era Will Hawley, o novo piloto da Lennox.

O que significava que ele estava prestes a se tornar uma parte muito importante da vida profissional dela.

Bom, aquela explosão de atração física extremamente inconveniente teria que ser trancafiada em um cofre e jogada nas profundezas do mar, porque não havia *nenhuma* chance de se concretizar. Jamais. Ele estava mil por cento fora de cogitação, por um milhão de motivos.

Para evitar olhá-lo, Mira observou as primeiras páginas do bloco de anotações, onde estavam todas as informações que havia reunido às pressas sobre a equipe durante o voo. Will Hawley era quase tão novo ali quanto ela. A Lennox havia planejado manter os dois pilotos da última temporada, mas Phillipe Deschamps machucara o ombro. Ele foi operado no intervalo entre as duas temporadas, mas a recuperação não foi boa. Poucas semanas antes, anunciara que estava se aposentando, e começou-se a busca por um novo substituto.

Houve muita especulação na mídia sobre quem seria o escolhido, e todos foram à loucura quando anunciaram que iriam contratar Will Hawley. O esporte parecia bastante dividido em relação a ele. Metade achava que ele tinha mais talento do que qualquer pessoa que já tivesse segurado um volante. A outra metade achava que ele era só um esquentadinho que fazia besteira demais fora da pista, o que anulava qualquer promessa que ele pudesse vir a ser.

Em todos os casos, ele era um perigo. Isso estava escrito em letras garrafais naquele rosto maravilhoso. E, se tinha uma coisa que Mira havia aprendido, era correr de qualquer perigo que cruzasse seu caminho.

2

Quando Will entrou na garagem, ficou claro que estava interrompendo alguma coisa. Para começar, Harry abraçava uma mulher, o que já era estranho por si só. Harry não era de abraçar. Violet, da RP, sorria e aguardava atrás deles. O que também era estranho. Violet não era de sorrir, a não ser quando arrancava doces de criança por aí. Bem, não importa o que fosse aquilo, podia esperar. Will estava ali para pilotar, e, se não conseguisse fazer isso, todos eles estariam na merda.

— Desculpa interromper, mas vocês poderiam fazer o trabalho de vocês só por um segundo? — disse Will, ríspido. Harry suspirou e o olhou. — A gente tem um problema. Um problema de merda. Aquele *não* é o carro que eu dirigi no simulador.

Harry apertou os lábios, enfiou as mãos nos bolsos e se virou para encarar Will de frente.

— Eu sei.

Will ficou imóvel, tentando assimilar a informação. Aquilo era uma piada? Ele estava treinando havia semanas, estudando cada *centímetro* do carro, e Harry simplesmente... esqueceu de avisar que haveria modificações?

— Você *sabia*? Foi intencional? Que merda é essa? Você me bota num carro no simulador e eu dirijo outro completamente diferente na pista?

Como eu vou me preparar pra Barém tendo que lidar com esse tipo de coisa? Quando você vai montar o carro que eu testei no simulador?

— Não tem outro jeito, Will. Dá muito trabalho deixar os carros prontos pra Barém, e é assim que temos de alocar os recursos. A decisão veio de cima.

O diretor da equipe, então. Foi decisão dele.

— Aquele filho da puta — grunhiu Will.

Atrás de Harry, Violet soltou uma risadinha e olhou para a novata que Harry inexplicavelmente havia *abraçado* e que agora abaixava a cabeça para disfarçar o próprio sorriso. Ele a fitou, tentando descobrir quem era ela e qual era a piada. Cabelo loiro preso em um rabo de cavalo alto, casaco de lã preto, calça preta e saltos pretos baixos... talvez uma nova secretária? Lennox era uma grande empresa. Óbvio que ele ainda não conhecia todo mundo. Mas por que ela estava no pit, abraçando Harry?

Nesse momento, ela ergueu os olhos, que encontraram os dele, e ele piscou, surpreso. Era mais bonita do que ele havia notado. O rosto era parecido com o de uma princesa da Disney — maçãs altas, nariz que não chegava a ser arrebitado demais, lábios cheios... e olhos que dominavam tudo. Grandes e verde-escuros, com cílios grossos e suaves, sobrancelhas arqueadas e mais escuras que o cabelo. *Muito* bonita. E muito mais jovem do que aquela roupa meio uniforme de escritório dava a entender. Chutava que ela deveria ter uns vinte e poucos anos.

Quis saber como aquela garota era quando não estava trabalhando. Com aquele cabelo loiro solto e muito menos roupas, talvez. Um calor diferente o percorreu, do tipo que ele reservava para sentir fora das pistas. Mas estava no meio de um problema sério de trabalho, então, infelizmente, isso teria que esperar.

— Escuta, Will, não tem o que fazer — disse Harry, obrigando-o a voltar ao presente. — O carro vai ficar com as especificações do Matteo por um tempo.

— Não acredito! Qual o sentido de me contratar se não me apoiam?

Pelo jeito, ele teria que pilotar um carro pensado e montado para Matteo Gatone, o outro piloto da Lennox, que era veterano e tinha prioridade.

Will entrelaçou os dedos atrás do pescoço, resmungou e deixou a cabeça cair para trás, olhando para o céu cinzento e uniforme de inverno. Que merda. O mundo das corridas daria apenas uma chance para ele provar o seu valor antes de tomarem uma decisão, e a performance de Will seria sabotada pelo seu carro. Cacete. Belo retorno para a F1.

— Mas e tudo que a gente testou no simulador? Estava tudo certo. Você viu as minhas estatísticas.

Ele havia passado *horas* no simulador gerando dados para os engenheiros. De que tinha adiantado, se eles iriam jogar todas aquelas informações pela janela agora que usaria esse carro?

— Isso vai levar um tempo e o que a gente menos tem é tempo. O Matteo está tendo bons resultados com o carro do jeito que está, então ajustamos as prioridades. Vamos trocar os dutos de freio na próxima — disse Harry.

— Quando? — perguntou Will.

Finalmente ele estava prestes a ter mais uma chance ao volante na Fórmula 1, mas, se o veículo não estivesse à altura, seria como lutar de braços amarrados.

Harry levantou as mãos para acalmá-lo.

— Vamos atualizar o carro pra corrida de Melbourne.

Will o encarou, sentindo o golpe esmagador.

— É a segunda corrida da temporada.

— Will, desculpa — interrompeu Violet, de repente. — Mas eu vou ter que roubar o Harry. É hora de levar o carro do Matteo pra lá.

— Estamos no meio de uma conversa, Violet — retrucou Will, com os dentes cerrados. — Sabe como é, é sobre aquelas *corridas* que a gente faz por aqui. Meio importante.

— Melbourne só vai acontecer daqui a algumas semanas, então você pode esperar. Hoje é dia de fotos.

Violet sorriu presunçosamente para ele, passou o braço nos ombros de Harry e o conduziu para longe.

— Não se preocupa. Eu sou só uma porra de *piloto* — disse ele, atrás dela. — Não me importo de esperar.

De costas, Violet ergueu os dois dedos do meio e se afastou.

Vai se foder também, pensou ele.

— Com licença, sr. Hawley.

Era a garota nova mais uma vez. Ela folheava um bloco de anotações cheio de palavras apertadas e minúsculas, então ele a examinou mais de perto. Pescoço comprido, pele macia, toque rosado nas maçãs do rosto. Parecia estar em forma, mesmo sob o casaco. Esquece aquilo de bonita. Ela era *gostosa*. E Will não devia pensar nisso, afinal ela era uma funcionária da Lennox, e ele sempre separava lazer de trabalho. Mas talvez abrisse uma exceção para aquela ali.

Ele havia se esforçado muito para se livrar de qualquer vício que atrapalhasse sua pilotagem. Graças a Deus, sexo não era um deles.

Sorriu e se inclinou.

— Em que posso ajudar?

Ela ergueu o dedo para silenciá-lo, sem tirar os olhos do bloco de anotações.

— Espere um pouco... — murmurou ela.

Americana. Interessante. Não tem muita gente dos Estados Unidos na Fórmula 1.

— Eu tinha anotado alguma coisa sobre você em algum lugar, juro.

Will sabia que ele tinha tido problemas no passado com, humm... excesso de confiança. Mais de um artigo esportivo o havia descrito como arrogante e presunçoso. Mas... sério *mesmo* que ela estava trabalhando para uma equipe de Fórmula 1 e ainda não sabia quem ele era? As fãs de corrida geralmente se atropelavam, tentando chamar a atenção de Will. Aquela garota bem que podia estar pelo menos *um pouquinho* impressionada em conhecê-lo. Umas bochechas vermelhas e um nervosismo não arrancariam pedaço.

Ele se aproximou e, distraída, ela pareceu não notar.

— Talvez você me encontre com o título de "piloto extremamente gostoso e talentoso" — provocou ele, fingindo olhar por cima do bloco de notas.

O olhar dela voou para o dele, e Will estancou o sorriso. Qualquer flerte que viesse a seguir se perdeu, pois ele não conseguia tirar os olhos dela. Aquele rosto, aqueles olhos...

— Eu sei quem você é — disse ela em voz baixa, e o tom frio dizia que ela *não se importava* muito com isso.

Beleza...

— Ah, estou vendo que o Will já se apresentou.

Violet havia terminado de falar com Harry e se juntou a eles de novo. Normalmente Will tentava ignorá-la, pois quase sempre ela ficava irritada com ele. Mas, por outro lado, Violet vivia irritada com todo mundo.

— Na verdade, a gente não se apresentou — disse Will, abrindo um sorriso para Mira, que permaneceu séria.

— Will, essa é a Mira. Ela vai substituir a Pen. Mira, esse é Will Hawley. — Violet fez um gesto descuidado na direção dele. — Ele acabou de ser contratado como piloto. Dizem que é muito *gostoso* e tem muito talento. Vamos ver se é verdade.

Piscou para ele.

Mira. Nome bonito para combinar com o rosto bonito. E vai substituir a Pen. Ou seja, ele a veria bastante. Não seria tão difícil assim.

— É — murmurou ela, com um canto da boca finalmente se erguendo um pouco. — Eu peguei a parte do piloto.

Ele estava acostumado com Violet tratando-o que nem um merda. Isso fazia parte da *personalidade peculiar* dela, mas Mira parecia igualmente desinteressada. Talvez não entendesse muito bem de corridas. Afinal, era americana.

— Bom, como você ainda está aprendendo as manhas da Fórmula 1... — disse ele, no tom mais gentil possível. — Se tiver alguma dúvida, vou ficar feliz em ajudar.

Ela pigarreou e voltou a olhar para o bloco de anotações, mexendo na caneta.

— Entendi, sr. Hawley — retribuiu calmamente. — Pode deixar.

Olhou de lado para Violet, que abafou uma risada. Will ficou com a incômoda sensação de que as duas riam dele, apesar de não entender o motivo, o que o irritou profundamente. Talvez Violet estivesse gostando de vê-lo ser deixado de escanteio. Ela adorava ver as pessoas com raiva.

— Tudo bem, Mira — disse Violet, dando o braço para ela. — É melhor a gente voltar pro escritório. Tenho certeza de que a Pen deixou uma lista de tarefas enorme pra você.

Violet começou a conduzi-la, mas Mira parou e se virou para ele.

— Jantar hoje à noite.

Bom, talvez o flerte tivesse dado certo, afinal.

— Ótimo — disse ele.

Ela não tirou os olhos do bloco de notas e não notou o sorriso triunfante dele.

— Hoje à noite tem um jantar do pessoal da diretoria pra comemorar a abertura da temporada. Vai ser no Vicenzo, às oito. A Penélope disse que você sabe onde é.

Ele deslocou o peso da ponta dos pés para os calcanhares, enquanto seu sorriso sumia. Sentiu o calor se espalhar pelo pescoço, tentando se recuperar.

— Eu sei. Te vejo lá?

Ela fez uma careta.

— É claro. É o meu trabalho.

Então se virou e acompanhou Violet. Considerando que ele tinha acabado de se sentar ao volante de um carro de Fórmula 1 pela primeira vez em três anos, era bem frustrante que, naquele momento, o carro nem passasse pela sua cabeça. Ele tinha acabado de... *levar um fora*? Will não estava acostumado a receber um fora das mulheres. Não importa o que as pessoas dissessem sobre ele, era difícil ignorá-lo. Mas ele a veria novamente no jantar. E era um homem extremamente determinado.

3

Mira puxou a bainha do vestido cinza-carvão. Será que era curto demais? Talvez ela devesse ter colocado uma calça. Algo sério, profissional e...

A porta do restaurante se abriu, e Simone entrou no salão com Violet em seu encalço.

— Oi de novo, Simone — disse Mira.

A loira mais velha, esbanjando elegância em um conjunto marfim, sorriu.

— Já entrou de cabeça no trabalho, Mira?

— Eu queria começar a decorar os nomes. A Pen disse que eu precisava conhecer todo mundo da empresa pessoalmente.

Simone revirou os olhos sutilmente ao passar.

— A Pen com certeza diria isso.

— Finalmente alguém com quem quero conversar num desses jantares. Posso guardar um lugar pra você lá dentro? — perguntou Violet.

Naquela tarde, Violet levou Mira para conhecer o restante da fábrica, e as duas se divertiram muito juntas. Mira havia passado os últimos anos bastante isolada, por escolha própria, mas ainda se sentia solitária. Passar todo o tempo livre com sua mãe era simplesmente triste. Sair com alguém da mesma idade poderia ser divertido.

— Claro. Já vou entrar.

Quando Violet entrou, Mira pegou sua planilha de convidados para ver quem ainda estava faltando. Nesse momento, a porta da frente se abriu, liberando uma rajada de ar frio noturno.

— Oi de novo.

O coração dela deu um pulo. *É ele.*

Quando Mira ergueu o olhar, ele já havia entrado e tirava as luvas finas de couro com os dentes, encarando-a.

Mira suspirou profundamente.

— Que bom que você chegou. Temos uma sala privativa nos fundos. É só ir reto e virar à direita.

Ele tirou a jaqueta de couro cara com um gesto sensual, quase felino. Por baixo, estava todo de preto, o colarinho da camisa social aberto e calças justas. *Nossa...* Mesmo sem o uniforme de corrida, ele continuava maravilhoso. O cabelo era uma bagunça de ondas escuras que deviam ficar lindas mesmo com pouco esforço. Tentou ao máximo manter os olhos longe dos lábios dele, aqueles lábios pecaminosamente belos.

— Mira. É Mira, né?

Ela voltou a olhar para ele.

— Sim? — disse ela, com cuidado.

Ele dobrou a jaqueta em um braço, enfiou as mãos nos bolsos e se apoiou nos calcanhares.

— Você me pegou de surpresa na pista hoje. Não conseguimos conversar muito.

— Conversar?

Ele deu um passo à frente e um sorriso lento e malicioso se abriu em seu rosto.

— Pra gente se conhecer um pouco melhor.

Ele era letal. Bruto, superconfiante e impetuoso, mas só o fato de estar perto de alguém tão... *passional* era meio que emocionante. Ele a fazia se sentir... viva. Um misto de nervosismo e excitação que ela não experimentava havia muito. Não sabia se isso acontecia por causa da forma como ele pilotava ou se era apenas... *ele*.

— Eu não sabia que a gente precisava se conhecer — disse ela devagar, tentando entender o que Will queria.

Achava que ele estava flertando, mas talvez fosse apenas sua imaginação. Ele devia ser daquele jeito com todo mundo. Caras que nem ele geralmente eram assim.

Will se aproximou um passo, e o corpo inteiro de Mira entrou em estado de alerta. Ela era de carne e osso, afinal. Existiam pouquíssimas pessoas no mundo que não reagiriam dessa maneira à presença de alguém como Will Hawley. Ele era tão *imponente* e estava tão gato e tão próximo. Além disso, o perfume dele era muito, muito bom.

— Olha só — começou ele, devagar, e o sotaque inglês elegante a deixou derretida como calda de chocolate em um sorvete. — Esses jantares geralmente são um pouco monótonos, mas nunca vão até muito tarde. Por que não tomamos alguma coisa juntos depois? Deixa eu te dar as boas-vindas à equipe do jeito certo.

Voilà. Os instintos dela não estavam errados. Era óbvio que as boas-vindas *do jeito certo* dele envolveria muito mais do que só uma bebida. Ela se sentiu queimar por dentro. Parte dela queria saber o que aconteceria se aceitasse e, por uma fração de segundo, Mira se viu inclinar para mais perto dele, daquele rosto lindo, daquele sotaque suave como seda, daquele perfume delicioso...

Não.

Dessa vez, não. Mira recuou com um murmúrio:

— Tenho muito trabalho pra fazer.

Ele baixou a voz para um tom que a obrigou a fechar as mãos em punhos.

— Hoje à noite? Sério?

Ela não queria olhar para os lábios dele, mas, de algum jeito, seu olhar se prendeu neles, que se curvaram em um sorriso, e ela imaginou como seria a sensação de...

Deu um passo apressado para trás.

— É melhor a gente... humm... estão nos esperando.

Ela se virou, fez menção de entrar, mas então sentiu... a mão dele segurando levemente seu pulso.

— Ei, não sai correndo ainda — murmurou ele.

Uma corrente elétrica a percorreu da cabeça aos pés, profundamente consciente de cada centímetro de beleza atrás dela. Dava quase para *sentir* o calor do corpo dele. Os pelos da nuca de Mira se arrepiaram e, em seguida, a sensação fluiu para baixo, ao longo da coluna e dos membros, como ouro derretido.

Ele mal a tocava, o aperto era leve o bastante para ela se soltar em um piscar de olhos. Mas o calor da palma da mão dele, a eletricidade da ponta dos dedos contra a pele sensível da parte interna do pulso de Mira a paralisava.

Ela parecia um daqueles coelhos estúpidos que ficam parados diante de uma cobra. Acontece que ela não era um coelho idiota, não mais, e nenhuma cobra faria dela uma presa.

Ela se desvencilhou dele com mais força que o necessário, se desequilibrou e tropeçou. Will também recuou depressa, com as duas mãos levantadas, para segurá-la ou para se defender, ela não sabia ao certo. Mas não importava.

— Escuta, sr. Hawley — disse ela, ríspida, com uma voz nem de longe tão imponente quanto gostaria. Pressionou a palma da mão no peito dele para se firmar. — Tenho certeza de que está acostumado com um monte de mulheres caindo aos seus pés, mas isso não vai acontecer comigo. Nada de bebidas nem qualquer outra coisa, combinado?

Ele adotou uma expressão séria e abriu a boca para dizer algo, mas ela não queria ouvir. Cada segundo que passava sozinha com ele era um segundo a mais do que deveria.

— Estão te esperando. É melhor entrar antes que se atrase.

Sem aguardar resposta, ela se virou e entrou. Dessa vez, ele não fez nenhum movimento para impedi-la. Mira nunca fazia isso, não confrontava ninguém. Seus nervos estavam à flor da pele, mas nesse momento estava feito. Ela tinha sido clara e, dali em diante, Will Hawley com certeza ficaria a um quilômetro de distância. O que era bom. Ela passaria a noite inteira tentando se lembrar de que aquilo era bom.

— Tudo bem? — perguntou Violet quando Mira se acomodou no assento reservado para ela.

— Tudo! — respondeu ela, animada.

A última coisa de que precisavam saber era que o novo piloto estava dando em cima dela. Se soubessem, dariam um chute no traseiro dela e a mandariam de volta para Los Angeles o quanto antes.

Mira soltou um suspiro trêmulo, recusando-se a olhar para a porta, mesmo quando ouviu Will entrar e cumprimentar as pessoas. Violet lhe serviu uma taça de vinho tinto, e ela tomou um gole, agradecida. Tudo bem, ela estava tendo um começo um pouco difícil, mas tinha conseguido lidar com aquilo. E continuaria a lidar. Não havia nenhuma chance de deixar que Will Hawley a distraísse do trabalho.

4

Will respondeu de um jeito distraído aos cumprimentos amigáveis e às provocações gentis da equipe da Lennox durante o percurso até o lugar reservado na sala de jantar privativa — tinha sido o último a chegar. Fixou os olhos em Mira, do outro lado da mesa, entre Violet e Natalia, a namorada do diretor da equipe. Como a novata já conhecia todo mundo? Primeiro, tinha abraçado Harry, agora conversava com Natalia? Ela não tinha começado naquele dia?

E, principalmente, o que havia acontecido lá na entrada? Ele não tinha sido nem um pouco sutil ao convidá-la para sair, mas a raiva na resposta o surpreendeu. Será que ele havia feito algo errado? Será que a tinha ofendido ou assustado de alguma forma? Quanto mais pensava, pior se sentia. Atitudes estúpidas como aquela deviam ter ficado no passado. Bom, já era. A substituta de Pen podia ser a mulher mais bonita que ele vira em meses, mas ela havia dito claramente que não. Entendido.

Pegou a taça de vinho, então se lembrou de que voltaria ao simulador no dia seguinte para dirigir com o carro *daquele* dia. Ajudar os engenheiros a descobrir o que precisavam ajustar antes de Barém era uma parte essencial do seu trabalho. Ele não podia se dar ao luxo de não estar com os reflexos cem por cento acurados e, ultimamente, tinha regras severas sobre o consumo de álcool antes das corridas, mesmo que o carro fosse virtual. Afastou a taça e pegou água.

Na cabeceira da mesa, Paul, o diretor da equipe, levantou-se para saudar os presentes, então Will desviou a atenção de Mira e direcionou ao que deveria: seu novo chefe.

— Não vou me estender muito. Só queria agradecer a todos pelo trabalho árduo nas temporadas anteriores, que foi o que nos trouxe até aqui, e agradecer antecipadamente o trabalho que farão no decorrer desta. Mesmo com as restrições da FIA, hoje foi um dia de muitas novidades, e estamos muito otimistas em relação ao carro deste ano. Espero que, no final, tenhamos vencido mais um campeonato de construtores ou até mesmo um campeonato mundial de corrida. Antes que o jantar termine, gostaria de dar as boas-vindas aos nossos recém-chegados.

Paul baixou o olhar e encontrou o de Will.

— Como todos aqui sabem, demos a sorte de ter William Hawley conosco para dirigir ao lado do Matteo. Tenho certeza de que será um aliado excepcional nesta temporada.

A última frase foi ao mesmo tempo tranquilizadora e ameaçadora, bem no estilo de Paul. Ele podia ser seu melhor amigo, tranquilo e agradável, mas, quando se tratava da Lennox Motorsport, era um dragão. Um que você *não* gostaria de encontrar.

Os convidados bateram palmas entusiasmadas, palmas que ele esperava merecer. Do outro lado da mesa, Matteo ergueu um brinde a Paul.

— *In bocca al lupo* — disse ele.

Will não falava italiano, mas reconhecia a frase. *Na boca do lobo*, versão italiana de *Boa sorte*, só que ao contrário. No entanto, ao ver o brilho nos olhos de Matteo, Will pensou que talvez ele desejasse *literalmente* virar o lobo.

Matteo era seu parceiro e companheiro de equipe, mas também seu rival, e ambos sabiam disso. Apesar de nunca ter vencido um campeonato mundial, Matteo havia conquistado muitos pódios em seus quase dez anos no topo do esporte, e passado a maior parte desse tempo pilotando para a Lennox. Ele era o cara deles. A Lennox sempre priorizaria as necessidades de Matteo, a menos que Will *provasse* que merecia os recursos e o apoio da equipe.

— Alguns de vocês já conhecem nossa outra novata há anos — continuou Paul. — Outros a conheceram hoje durante seu tour pela empresa. Estou muito feliz que minha filha, Miranda Wentworth, tenha se juntado a nós para substituir a Penelope nesta temporada. Mira. — Fez uma pausa para sorrir para ela. — Bem-vinda a bordo.

Houve mais aplausos diante do anúncio, mas Will mal os ouviu. Miranda Wentworth. *Mira* Wentworth. A filha de Paul. A *filha* do diretor da equipe.

Porra.

Que porra.

A piadinha interna de que Mira — *Miranda* — e Violet haviam rido mais cedo fez todo o sentido. Ele havia se oferecido para ajudá-la a entender a Fórmula 1, sendo que o pai dela era praticamente uma lenda viva do esporte. As duas haviam caçoado dele e pode apostar que ele merecera.

Depois, como se insultar a inteligência dela em relação a corridas não fosse ruim o suficiente, Will a convidara para sair. A reação dela a isso também fazia sentido. Quem ele pensava que era para se aproximar da *filha* do diretor da equipe, porra? Não era de admirar que ela estivesse tão irritada.

Tudo que ele podia fazer era manter um sorriso educado no rosto enquanto todos na mesa brindavam aos dois. Olhou para Mira, que, como se tivesse sentido, o olhou de relance. O sorriso dela permaneceu fixo, mas havia algo em seus olhos e no leve arquear da sobrancelha que dizia que ela sabia o que ele estava pensando. Mira aproveitava o momento. E não era para menos, afinal ela acabara de provar que ele era um grande babaca.

Will queria dar o fora dali, ir para um bar e beber até esquecer a vergonha que havia passado. Mas isso estava fora de questão.

Paul havia lhe dado uma chance de pilotar — sua última chance de verdade. Se ele pisasse na bola, teria de esquecer para sempre qualquer campeonato mundial de F1. Ficaria como nos últimos três anos, pulando da IndyCar para a Fórmula E... em todo lugar, menos na liderança de uma equipe de ponta da Fórmula 1.

Olhou mais uma vez para Mira, cujo perfil estava iluminado num tom dourado pelas velas espalhadas na mesa. Ela sorriu para o pai, um sorriso maior do que o que tinha lançado para Will. Ele notou uma covinha que não tinha percebido antes. A explosiva atração se intensificou em seu peito.

Não. Ela era *filha* de Paul. Ter qualquer coisa com Miranda Wentworth seria um erro. E dali em diante, não haveria erros. Will Hawley seria um cidadão exemplar e um piloto dos sonhos. Caso contrário, colocaria tudo a perder.

5

Quando Paul terminou as apresentações, David Weber, o engenheiro-chefe, se levantou para falar um pouco sobre o carro novo. Mira deu uma olhada para Will. Ele ouvia David com um genuíno interesse profissional, sem demonstrar nenhum sinal daquele rapaz sedutor de fala mansa de alguns minutos atrás. Ele não tinha ideia de quem ela era e, na fração de segundo que levou para se recuperar, ficou óbvio que a notícia o surpreendera. Que bom. Talvez isso o afugentasse de uma vez por todas.

— Um puta gostoso, né?

Mira se assustou e olhou para Violet.

— O quê?

Violet revirou os olhos.

— Ah, pode olhar. Todo mundo olha. Quer dizer, ele não faz exatamente o meu tipo de homem gostoso. Eu curto uma coisa mais desleixada e emocionalmente ferrada. Mas tenho que admitir que ele é um pedaço de mau caminho.

— Tá, mas qual é a história dele?

Embora Mira tivesse feito a própria pesquisa mais cedo, o departamento de RP sempre sabia o que rolava por baixo dos panos.

— História?

— Eu pesquisei sobre ele. As hashtags são... esclarecedoras.

Violet deu uma risadinha.

— "BoyProblemaDaF1" é a minha favorita.

— Mas pelo jeito as pessoas acham ou que ele é o piloto mais talentoso dessa geração... ou que é um desastre ambulante.

— Talvez as duas coisas?

— Qual é, Violet? Desembucha.

— Você nunca ouviu falar dele?

— Eu meio que parei de acompanhar as corridas durante a faculdade.

A verdade era que doía demais acompanhar as corridas estando fora do seu país. Por mais que tivesse pesquisado sobre Will, torcia para que Violet não se intrometesse muito nos motivos dela nem fizesse perguntas demais. A mãe de Mira havia gastado uma fortuna com um especialista para apagar a maioria das menções à filha da internet, mas ainda era possível achar alguma coisa. E as pessoas lembravam. Era só perguntar por aí e alguém com certeza compartilharia alguma fofoca, verdadeira ou não.

— Que bom que você decidiu sair da toca. — Violet riu. — Certo, vamos lá. O Will apareceu há três anos dirigindo pra Hansbach. Eles o recrutaram logo no programa júnior. O primeiro test drive dele foi lendário. Todo mundo passou meses falando de um tal de Will Hawley, provavelmente o melhor piloto que o esporte tinha visto desde o Senna. Mas ele conseguiu pôr tudo a perder em uma única temporada.

— Mas o que ele fez? Drogas, festas e mulheres?

— Humm... Pelo que fiquei sabendo, nada de drogas. Mas com certeza festas e mulheres. Você sabe como esses caras são.

— É, eu sei — murmurou Mira.

Cara, ela sabia.

— Ele era jovem, talentoso e famoso.

— E estúpido.

Violet tomou um gole do vinho.

— É, no final, ele só foi muito, muito estúpido.

— O que aconteceu na primeira temporada dele?

— Foi a *única* temporada. Ele se acidentou em várias corridas e terminou várias de um jeito bem medíocre. A situação ficou tão ruim que a Hansbach o dispensou no meio da temporada. Sem mais nem menos, ele deixou de ser o próximo grande talento das corridas pra se tornar um garoto mimado e vaidoso que se autossabotou.

— Ele é rico, claro — declarou Mira.

Isso devia ter ficado óbvio assim que ele abriu a boca. O sotaque era muito suave para um mero mortal.

Violet assentiu.

— A família dele é dona de um *banco*. Mas, se o Will fosse só um nepo baby, seu pai nunca teria dado uma chance pra ele.

Ela olhou para o pai, sentado na cabeceira da mesa, conversando com Natalia, todo sorrisos e olhos azuis brilhantes. Ninguém nunca desconfiaria da armadura de aço por baixo da fachada. Seu pai tinha pouca paciência para qualquer pessoa que se mostrasse um estorvo em sua empresa. Mira sabia disso por experiência própria.

— E como ele voltou pra F1?

— Ele estava fazendo boas corridas na IndyCar e na Fórmula E. Também parou de dar margem pra escândalos. Aí, no ano passado, no final da temporada na Fórmula E, ele fez uma corrida realmente incrível. A pista estava molhada e em condições horríveis. Metade da equipe desclassificou na primeira metade. Mas o Will? Fez a melhor corrida da vida dele. Ele não só venceu, mas abriu uma vantagem de quase trinta segundos do carro mais próximo, apesar de quase ter derrapado umas dez vezes. Foi difícil ignorar o que ele fez. O Phillipe tinha acabado de se aposentar e tinha uma vaga em aberto. E, do ponto de vista do RP, é claro que é uma boa história; todo mundo adora uma redenção.

— Então você acha que ele se redimiu?

Violet deu de ombros.

— Ele tem se comportado bem até agora, mas tá todo mundo preso aqui nessa droga de Essex. Não tem muitas tentações por perto.

Bem, isso explicava por que ele havia se interessado tão repentinamente por ela. *Ele estava entediado.* E Mira iria fazer de tudo para ser entediante. Logo ele estaria de volta ao centro da Fórmula 1, com distrações muito mais atraentes para mantê-lo ocupado, e com certeza se esqueceria dela. E isso, disse a si mesma com convicção, seria o melhor para todo mundo.

— Vamos torcer pra ele conseguir se controlar.

— Pro bem de todos nós — disse Violet.

— O que você quer dizer?

— Seu pai está correndo um grande risco trazendo o Will de volta pra F1. Se ele ferrar com mais uma temporada, isso também não vai ser bom para o Paul, especialmente nesse momento da história da Lennox.

Os detalhes do passado de Mira na Lennox podiam não ser de conhecimento geral, mas as dificuldades da equipe nos últimos anos com certeza eram. Depois que tudo estourou, foram anos de transtornos e mudanças de pessoal, e só agora eles voltavam aos trilhos, lutando para recuperar o status que tinham antes de dar tudo tão errado.

Considerando o que estava em jogo para a Lennox, ela nem sequer culpava o pai por ter dito "não" na primeira vez em que ligou e pediu o emprego de Pen. E na segunda e na terceira. Mas ela havia insistido, porque aquele emprego era mais do que uma oportunidade incrível de carreira. Era a chance de consertar tudo que ela havia feito de errado sete anos antes, inclusive quanto ao relacionamento com seu pai.

Olhou para Will. Ele estava inclinado para a frente, com a camisa esticada nos ombros e bíceps, os dentes brilhando à luz das velas enquanto ria de algo que Matteo dizia.

— Tenho certeza de que o papai sabe o que está fazendo — afirmou ela, com mais confiança do que sentia.

— Vamos torcer para que saiba. Porque a equipe inteira está contando com ele — concluiu Violet.

Lennox merecia uma volta triunfal, o que significava que o cara gostoso e charmoso do outro lado da mesa precisava se concentrar. Portanto, não importava o quanto ele flertasse e como esse flerte a fizesse se sentir, ela permaneceria muito, muito longe dele.

Depois do jantar, Mira pegou uma carona de volta para casa, com seu pai e Natalia. Natalia a convidara para ficar na casa de hóspedes deles e, com a temporada de Fórmula 1 começando em menos de três meses, isso fazia mais sentido do que tentar achar um apartamento no pequeno vilarejo perto da fábrica da Lennox.

No banco de trás, deu uma olhada no pai pelo espelho retrovisor. Ele demonstrava a mesma intensidade ao volante do carro particular que havia tido ao volante de um carro de corrida, onde começara. Foi assim que a mãe dela o conhecera. O piloto britânico de carros de corrida e a supermodelo americana haviam tido um romance e um casamento turbulentos, mas, pouco depois do nascimento de Mira, ambos perceberam que um bebê era tudo que tinham em comum.

Apesar disso, o divórcio, que aconteceu quando Mira ainda era pequena, havia sido amigável e os dois tinham preservado uma boa relação. A mãe dela e Natalia tinham até se tornado amigas, o que fazia sentido, considerando o quanto eram parecidas. Mesmo exibindo uma beleza italiana estupenda, Natalia não era uma namorada troféu. Era uma advogada respeitada. E a mãe de Mira podia ter ficado famosa por sua beleza, mas, depois de se aposentar como modelo, se dedicou ao máximo para criar do zero sua bem-sucedida linha de produtos orgânicos para a pele. Ela e Natalia definitivamente tinham muito em comum.

Houve uma época em que Mira se ressentia do lugar que Natalia ocupava na vida do pai, mas, sete anos antes, quando ela precisou desesperadamente de ajuda, Natalia a apoiara sem reservas, e agora Mira a adorava. Além disso, ela suspeitava de que o pai havia cedido e lhe dado o emprego de Pen por insistência de Natalia.

Como se sentisse que estava sendo observado, seu pai olhou para ela através do retrovisor e sorriu brevemente. Estava na casa dos cinquenta anos, com cabelos grisalhos e rugas no canto dos olhos, mas ainda exalava a energia de alguém com metade da idade.

— Como foi seu primeiro dia, Mira? — perguntou ele.

Quando se lembrou da cena com Will antes do jantar, ela sentiu seu rosto esquentar. Se seu pai descobrisse, a faria embarcar no próximo avião com destino a Los Angeles. Por sorte, parecia que ela tinha dado um fora convincente em Will, pois ele não chegou nem perto dela o resto da noite.

— Foi bastante... intenso — disse ela, por fim.

— Infelizmente a Pen não estava aqui para ajudar na transição...

— Vou entrar no ritmo rapidinho, prometo. Já comecei a pesquisar o que precisa para os vistos e passaportes e atualizei o calendário on-line dos funcionários com todos os prazos para a entrega dos documentos, então todo mundo deve ter recebido um aviso hoje à tarde, e...

— Não deixe seu pai te assustar, Mira — interrompeu Natalia, pousando a mão no braço do companheiro. — Tenho certeza de que você vai se sair muito bem.

— Tem *muita* coisa pra aprender — argumentou Mira. — Eu conheço o esporte, mas é diferente desse ponto de vista.

Paul olhou a filha pelo retrovisor mais uma vez, e ela notou a preocupação em seu olhar.

— Mas estou animada e grata pela oportunidade. Não vou te decepcionar, papai.

— Mira... — começou ele, mas fez uma pausa. — Tenho certeza de que não vai.

Ela não acreditava muito nisso, mas provaria para ele... e para si mesma.

6

Embora tivesse dado um tiro no próprio pé na noite anterior com Mira, Will estava determinado a deixar isso para trás quando chegou à fábrica da Lennox na manhã seguinte. De acordo com a agenda, ele dirigiria no simulador para melhorar os números das corridas do dia anterior e precisava se concentrar em fazer de tudo para otimizar a performance do carro.

Sua determinação passou por uma prova de fogo quando entrou na sala do simulador e viu que Mira o esperava. Para falar a verdade, quem o aguardava era Paul, e Mira estava lá porque... bem, era o trabalho dela. E Paul era o *pai* dela. Mira estava ocupada, anotando diligentemente tudo o que Paul e David diziam, então Will aproveitou a distração dela para observá-la. Afinal de contas, a carne era fraca.

A calça preta e o moletom azul eram tão formais quanto o vestido cinza que ela usara na noite anterior, mas isso não o impediu de achá-la atraente, o que era frustrante. Nem o cabelo loiro, impiedosamente penteado para trás. Isso só o fazia imaginar como seria se estivesse solto sobre os ombros dela. Assim como os sapatos pretos e profissionais o faziam pensar se ela havia pintado as unhas dos pés, e o suéter azul justo, no sutiã que haveria por baixo, e...

— Will?

Assustado, percebeu que Paul e David o encaravam e teve a impressão de que o haviam chamado mais de uma vez. Era por isso que ele precisava parar de ficar obcecado por uma garota que o havia rejeitado não uma, mas duas vezes, e que era filha do seu chefe.

— Tudo pronto, Paul?

Sim, por favor, me ponham logo nesse simulador para eu me concentrar em dirigir e esquecer o resto.

— Queremos verificar mais uma coisa. Pode nos dar um minuto?

— Claro.

David levou Paul até um painel de monitores. Mira fez menção de segui-los, mas Will tocou seu cotovelo. Hora de deixar o clima mais leve.

— Escuta, Mira, desculpa se eu fiz você se sentir mal.

— Tudo bem — respondeu ela depressa, voltando a se concentrar no bloco de anotações para evitar olhar para ele.

As páginas estavam lotadas de palavras muito precisas, com bullets e títulos. Mais pareciam uma tese de doutorado. Como se ele já não estivesse apavorado.

— Eu não sabia quem você era, ou nunca teria...

Ela ergueu a cabeça bruscamente e o encarou com aqueles olhos verde-claros.

— Ah, então você só sente muito porque o meu pai é o chefe da equipe?

— Não, eu...

— Se eu fosse só a estagiária sem-noção que você pensou que eu era, então seria normal?

— Eu não disse...

— Porque você simplesmente não...

— Eu pedi desculpa, ok? — disse alto o suficiente para Paul e David olharem para trás. Mira se calou no mesmo instante e olhou em volta, nervosa. — Você está certa. Eu devia ter recuado, independentemente de quem fosse o seu pai. Considere como minha punição especial o fato de o seu pai ser *Paul Wentworth*.

Ela se esforçou para conter um sorriso.

— Sua cara quando descobriu foi impagável.

— Pois é, tenho certeza de que pareci um completo babaca me oferecendo pra explicar o mundo das corridas pra você.

Esfregou a nuca.

Mira ergueu a mão e aproximou o indicador e o polegar.

— Digamos que sim, um pouquinho.

— Tá, beleza, eu fiz papel de babaca e depois te convidei pra sair, e agora tô me cagando de medo do seu pai. Estamos quites?

Ela abriu um sorriso sincero, o primeiro sorriso verdadeiro dirigido a Will. As covinhas dela até apareceram. Cacete, aquilo seria difícil.

— Tudo bem, estamos quites — disse Mira.

— Vamos começar de novo. — Ele estendeu a mão. — Olá, sou Will Hawley. Bem-vinda à Lennox Motorsport.

Hesitante, ela pegou a mão dele. Quente. Dedos delicados. Um formigamento agradável quando as palmas das mãos entraram em contato.

Nem pensar. Fora de questão.

— Prazer em conhecê-lo, sr. Hawley. Miranda Wentworth. Vai ser um prazer trabalhar com o senhor.

Ela fez menção de tirar a mão, mas ele a segurou por mais um instante.

— É Will.

Os olhos deles se encontraram.

— Certo — sussurrou ela. — Will.

Definitivamente havia uma faísca ali. Não era imaginação dele, mas também não ia se deixar levar por isso.

Soltou a mão de Mira.

— É melhor eu terminar de me arrumar.

Desamarrou as mangas do macacão de corrida da cintura e começou a vestir a parte de cima. Não deixou passar a olhada-relâmpago que ela deu no tronco dele com a camiseta justa. Tudo bem, talvez ele tenha diminuído a rapidez do movimento e se flexionado um pouco.

Ela pigarreou.

— Está se preparando para o simulador?

Ele sorriu.

— Ainda estamos ajustando as especificações do meu uniforme. Estou experimentando um tamanho diferente hoje. Mais apertado.

— Mais apertado? — repetiu Mira.

— Pronto, Will? — chamou Paul do outro lado da sala, interrompendo-o de continuar a provocação.

— Pronto. Vamos lá — respondeu, feliz de ter superado o que havia acontecido com Mira na noite anterior.

É óbvio que ele conseguiria ser apenas colega de uma mulher tão bonita quanto ela. Aquele era o novo Will Hawley, um excelente profissional.

Fora de questão. Fora de questão, repetia a frase como um mantra ao subir o curto lance de escada de metal até a plataforma onde ficava o protótipo do carro, elevado por apoios hidráulicos. Havia alguns técnicos lá, ainda mexendo nos monitores que exibiam a pista, como se aquele fosse o jogo mais caro e imersivo de todos os tempos.

Vestiu as luvas enquanto Paul o preparava.

— Atenção na pressão aerodinâmica hoje.

— Ontem estava uma merda.

— A gente viu. O David acha que descobriu como reconectar as estruturas de ar na parte de trás para otimizar o difusor. Adicionamos um assento de macaco sob a asa traseira para ajudar a conectar o fluxo de ar do difusor. Com certeza você vai notar uma grande diferença em relação a ontem, mesmo levando em consideração aqueles tijolos de pneus.

— Entendi. Onde vou correr?

— Em Melbourne — disse Paul, no andar de cima. — Já que é lá que você vai dirigir com o novo duto de freio dianteiro instalado.

Ignorou a irritação ao se lembrar do fato. Faria a primeira corrida no carro do Matteo. Foda-se. Ele pilotaria. Pilotaria o carro do Matteo melhor que ele.

Omar entregou o capacete para Willl, que olhou para baixo. Mira ainda estava lá, observando-o se preparar. Lançou mais um olhar rápido para Paul, David e todos os outros técnicos que circulavam por ali. Estavam todos ocupados fazendo alguma coisa, então olhou para Mira, sorriu e levantou dois dedos na altura da testa em uma pequena saudação. Ela mordeu o lábio e baixou os olhos para o caderno. Estava sorrindo.

Assim como ele, quando colocou o capacete e entrou no simulador.

7

Normalmente, Simone e Violet gerenciavam os eventos de imprensa juntas, mas naquele dia Simone tinha inúmeras teleconferências, então Violet precisou de ajuda para organizar o dia de entrevistas com os pilotos em Londres. Foi assim que Mira se viu no banco de trás de um carro com chofer, a caminho de Londres, em um horário dolorosamente cedo pela manhã. Na verdade, não ligava de passar o dia inteiro com Violet. Estava trabalhando muito em suas primeiras semanas na Lennox, mas, sempre que encontrava Violet, acabava rindo por pelo menos alguns minutos do dia.

— Você é uma santa — murmurou Mira quando Violet abriu a porta de trás e lhe entregou um copo de café grande para viagem. Quase engasgou quando a colega entrou e se sentou ao lado dela. — Que roupa é *essa*?

Nunca tinha visto Violet usando nada além de jeans rasgados, camisetas de bandas e jaquetas de couro. Naquele dia, ela estava com uma saia preta social e o cabelo preto preso em um rabo de cavalo baixo. Tinha colocado até um elegante par de brincos de diamante.

— É pra eventos públicos. Parece que os principais meios de comunicação não confiam em você quando você usa uma camiseta com a frase "Que se foda o patriarcado".

— Você está bonita.

Violet deu de ombros como se seu terno estivesse cheio de insetos.

— Estou parecendo uma mãe.

Mira parou um pouco para pensar na próxima pergunta. Não queria se intrometer, mas ela e Violet estavam ficando amigas, e amigas faziam perguntas pessoais, certo?

— Então... você não faz muito o estilo do pessoal de RP...

Violet soltou uma gargalhada alta.

— Você quer saber como uma garota como eu veio parar num lugar como este?

— Tipo isso.

Violet hesitou por um instante.

— Eu namorava um cara, ele era vocalista de uma banda.

— Isso faz muito mais sentido.

— É, mas eu não curto essas coisas de fã, sabe? Ficar no estúdio dizendo para os caras como eles são brilhantes e tal. — Revirou os olhos. — Então eu comecei a fazer o marketing pra banda meio que sem querer, porque estava entediada. Procurava gerentes de clubes ou representantes de sites de música e conversava com eles enquanto a banda se preparava. Aí percebi que tinha talento pra coisa.

— E o que aconteceu com o cara?

Violet deu uma risadinha irônica e, pela primeira vez, Mira viu um lampejo de algo que se aproximava de um lado mais sensível na expressão de Violet.

— Ele me trocou por uma daquelas fanáticas que ficavam no estúdio e diziam o quanto ele era brilhante.

— Ah, sinto muito.

— Não sinta. Foi tudo muito clichê. — O lampejo de vulnerabilidade sumiu tão rápido quanto tinha aparecido, e Mira sentiu que não devia cutucar mais. — Definitivamente, a melhor parte do negócio foi o treinamento em campo. Percebi que eu tinha aprendido algumas habilidades que poderiam me render algum dinheiro, então... pus isso em prática.

Candidatei-me para a vaga de assistente que a Simone havia aberto e consegui convencê-la a me contratar. Eu já era fã de corridas, o que foi uma mão na roda. O trabalho é praticamente o mesmo do rock, só que com um grupo diferente de contatos. Com certeza os pilotos são mais fáceis de lidar do que os narcisistas aspirantes a astros do rock.

Mais uma vez, aquela porta parecia bem fechada, então Mira mudou de assunto.

— Quanto tempo de viagem daqui até Londres?

— Com trânsito, cerca de uma hora.

— Achei que a gente só ia começar às dez. Por que estamos saindo tão cedo?

— Porque temos que fazer outra parada. Não confio que o Will vai chegar a tempo em Londres sozinho, então falei pra ele que a gente passaria pra dar uma carona.

— Que legal — murmurou Mira.

Todas as vezes que eles haviam se cruzado nas últimas semanas — o que acontecia com frequência demais para o gosto dela —, Mira ainda sentia um frio na barriga, por mais que tentasse aplacá-lo. E nesse momento seria forçada a ficar com ele durante um dia inteiro. Já estava nervosa.

O carro parou em frente a uma casa de pedra exótica, que só não podia ser descrita como um "chalé" em razão das grandes dimensões. Tinha até paredes de pedra desgastadas pelo tempo e um telhado de colmo de verdade. Parecia saída diretamente do filme *O amor não tira férias*.

Mira arregalou os olhos para observar com atenção.

— É aqui que ele mora?

Se fosse para dar um palpite, Mira teria chutado um apartamento de cobertura, novo e elegante, algo com paredes de vidro e objetos de aço escovado, bem masculino e minimalista.

— Ele tem uma casa em Londres — respondeu Violet, com um bocejo. — Acho que essa aqui é só alugada. Enfim, vai lá buscar ele.

— Eu? Por que eu?

— Porque você é a garota que lida com as pessoas. Eu sou a RP.

— Lidar com as pessoas é, literalmente, a descrição do seu trabalho.

— Você é nova, o que significa que eu tenho meus privilégios.

Mira fez uma careta e saiu do carro. Subiu pela trilha de pedra que levava à porta e tocou a campainha. Silêncio. Tocou de novo. Esperou. Mais silêncio.

Então ergueu o punho e bateu insistentemente na porta, até ouvir um baque abafado e um xingamento vindo de dentro. A porta se abriu, revelando um Will muito desgrenhado e quase pelado.

Ah, não.

O corpo dele era tão perfeito quanto Mira imaginava — não que ela tivesse passado *muito* tempo imaginando como ele era por baixo das roupas. Pelo menos, ela havia se *esforçado muito* para não imaginar. No entanto, a realidade era melhor do que qualquer coisa que sua imaginação tivesse criado — um peito deliciosamente musculoso que se afunilava em uma cintura e quadris finos, *felizmente* cobertos pela cueca boxer. Um delicioso V de músculos desciam, desciam e desciam, até chegar a uma protuberância bastante significativa. Uma mão estava apoiada na cintura e a outra no batente da porta. Os músculos e tendões dos braços estavam flexionados, e o tronco era um verdadeiro retrato da beleza masculina. Com os olhos semicerrados, ele a observou sob uma profusão de cabelos escuros bagunçados.

Agora a mente dela corria solta enquanto fantasiava passar a palma das mãos ao longo da linha da mandíbula dele para sentir a barba escura que a cobria, ou traçar aqueles músculos abdominais para ver se eram tão firmes quanto pareciam. E talvez deslizar as mãos para dentro da boxer para ver se aquela protuberância era tão grande e dura quanto prometia.

— O que você está fazendo aqui a essa hora?

Até a voz rouca de quem acabou de levantar da cama era sexy.

Ela arrastou o olhar de volta para o dele e a mente para o veículo que aguardava na calçada. Tinha que fazê-lo colocar uma roupa e entrar no carro. *Vestido*, definitivamente. Essa parte era um imperativo.

— Dia de imprensa? Em Londres? A Violet tinha certeza de que você ainda estaria dormindo. Eu falei que de jeito nenhum. Que você sabia a importância do evento e que com certeza estaria pronto para sair.

Ela levantou as sobrancelhas para enfatizar a decepção.

Ele baixou a cabeça e grunhiu.

— Que meeerda. Ok, qual é o endereço?

— Nem pensar. Não vou te deixar aqui de jeito nenhum, Bela Adormecida. Você nunca vai chegar no horário. Vista uma roupa e vamos embora.

— Mas...

— Vai logo.

Ele abriu a boca para argumentar, mas desistiu, então se virou e foi andando. Deixou a porta aberta, como se a convidasse para entrar. Pouco depois, ela ouviu os canos da casa rangerem enquanto ele ligava c chuveiro. Quando entrou na sala de estar, foi confrontada por uma explosão ofuscante de rosas e florais, das cortinas com babados ao sofá todo enfeitado. Toalhas de crochê e estatuetas de gatos de porcelana cobriam todas as superfícies.

— Casa legal! — gritou ela.

— Não é minha! — gritou ele, mais alto que o chuveiro. — Era a única casa mobiliada pra alugar nesse fim de mundo.

— Combina com você!

Ela o ouviu resmungar um xingamento e depois uma porta se fechar com um baque. Reprimindo um sorriso, se virou na direção em que achava que ficava a cozinha. Parecia intocável, exceto pelas duas taças de vinho, ambas ainda meio cheias, sobre o balcão. Duas? Ela se aproximou um pouco mais e o mistério foi resolvido quando a ponta do seu sapato se enroscou em um sutiã de renda cor-de-rosa jogado no chão.

Legal. Bem a sua cara, Will.

O que quer que ele fizesse depois do expediente era problema dele, certo? No entanto, não conseguiu sentir deixar de sentir uma onda de inveja totalmente descabida da estranha que estivera ali na noite anterior.

Alguém tinha conseguido concretizar todas as fantasias que ela andava alimentando. Independentemente de quem fosse, já tinha ido embora. Encontrá-la teria sido *bem* estranho.

Não havia comida de verdade na cozinha, mas ela viu uma máquina de café, então preparou um pouco e colocou em um copo para viagem (cor-de-rosa e floral, da loja de souvenires do Historic Melford Hall). Dez minutos depois, ele surgiu recém-barbeado e vestido com um fino suéter de lã preta e calça jeans escura. O cabelo estava molhado, mas, quando passou os dedos pelas ondas escuras, elas formaram uma obra de arte bagunçada e perfeita. Desnecessário.

— Sério? Um banho de dez minutos e você fica assim? Não é justo.

Ele abriu um enorme sorriso.

— Você está flertando comigo, Mira? Pensei que tivéssemos decidido ficar só no profissional.

— Não parece que você precisa de mim como válvula de escape para o seu charme.

Ela apontou para o sutiã no canto, para onde o havia chutado.

Ele teve a delicadeza de parecer um pouco envergonhado.

— Ela foi só... Espera, você acabou de falar que eu sou charmoso?

Ele se recostou no balcão e abriu um sorriso convencido.

— É claro que não. Baixa a bola — disse ela, decidida. — Pega seu café e vamos logo.

Ele olhou para o copo cor-de-rosa e depois para ela.

— É pra eu beber nisso?

— Se você não beber, eu bebo — ela retrucou, empurrando o copo contra o peito dele. — Agora vamos. A Violet deve estar com a faca na mão pra te matar.

Quando chegaram ao carro, Violet já tinha passado para o banco do carona, deixando os assentos de trás para Mira e Will.

— Que bom que você se juntou a nós, Will — ela murmurou enquanto Mira e Will se acomodavam. — Tudo pronto? Ok, me acordem quando chegarmos.

Ficaram vários minutos em silêncio enquanto o carro atravessava a paisagem nua de inverno. A neblina pairava sobre as colinas, e mesmo depois de tanto tempo longe, tudo ainda parecia reconfortante e familiar. Mira desviou o olhar da vista para dar uma espiada em Will, que a observava. No momento em que cruzaram o olhar, ele fitou outra coisa e tomou um gole do copo de viagem cor-de-rosa.

— Qual é a sua, Miranda Wentworth? — perguntou de repente. — Estamos trabalhando juntos há semanas e ainda não sei quase nada sobre você.

— Não tem nada de muito interessante — respondeu ela, vestindo sua melhor máscara profissional. — Sou tão chata quanto pareço.

Ele balançou a cabeça.

— Não, você cresceu na Fórmula 1. Isso não é chato.

— Cresci mais ou menos — corrigiu ela. — Minha mãe mora em Los Angeles, e eu cresci lá.

— Isso faz sentido.

— O que isso quer dizer?

Ele lançou um olhar entediado para Mira.

— Seu sotaque, gata. Entrega bastante.

— Na verdade, eu nasci em Londres. Tenho dupla cidadania. Mas, sim, passei a maior parte da vida em Los Angeles. Seu sotaque também te entrega, você sabe, né?

Foi a vez dele de se irritar.

— Entrega o quê?

— Onde você estudou? Eton? Talvez Winchester ou Harrow?

O topo das maçãs do rosto dele ficaram vermelhas. Ela não chamaria aquilo de rubor, não exatamente. Era mais como se as emoções dele o tivessem traído e se apossado temporariamente de seu rosto contra sua vontade.

— Harrow — disse ele, depois de um minuto. — Como...

— Eu disse que passei a maior parte da vida nos Estados Unidos, não a vida inteira.

— Certo. Você passou tempo suficiente com seu pai para entender de sotaques de escolas de elite e se apaixonar por corridas. Continue.

— É isso. Eu gosto de corridas.

— Você não perdeu uma única sessão de simulador.

— Tudo bem. Eu *amo* corridas — admitiu ela.

— E...

— E o quê?

— O que aconteceu? Parece que o pessoal mais antigo da Lennox te conhece de quando você era criança, mas fazia anos que ninguém te via. Por onde andou?

Ela deu de ombros para esconder o desconforto e olhou pela janela.

— Eu estava na faculdade, depois fui trabalhar.

— Onde você fez faculdade? E onde trabalhou?

Meu Deus, ele não parava.

— UCLA, especialização em negócios, *summa cum laude*. Assistente júnior em uma empresa de cobrança. Viu? Nada que valha a pena falar.

O período em que Mira havia trabalhado nessa empresa foi um verdadeiro inferno. Ela era organizada e eficiente por natureza, então o trabalho era fácil, mas, quando seu antigo chefe falou que ela tinha um grande futuro na companhia, Mira ficou com vontade de chorar, imaginando-se passar os próximos trinta anos ali. Uma semana depois, quando ouviu que Pen tiraria uma licença, foi como uma providência divina. Ela estava desesperada para ir embora, mas a oportunidade ter se apresentado na forma de um cargo na Fórmula 1 era como um sonho que se tornava realidade. Tudo bem que voltar para a Inglaterra também significava enfrentar seu pesadelo, mas, fazer o quê? Todo sonho tinha um preço.

— Então é a primeira vez que você volta pra Inglaterra desde que era criança? Por quê? Quer dizer, se eu amasse a Fórmula 1 e *meu* pai fosse o diretor de uma das principais equipes, seria difícil ficar longe.

Ficar afastada por sete anos tinha sido horrível, para dizer o mínimo. Mas ela não estava disposta a compartilhar com Will as razões de sua saída do país, não importava o quanto ele tentasse arrancar isso dela.

— Eu senti falta — confessou ela em um o tom de voz neutro, que desencorajava mais perguntas.

Mas era óbvio que Will não era o tipo de pessoa que respeitava limites.

— Pelo jeito, não sentiu muito, já que você nunca mais voltou.

— Ei — disse ela, virando-se na direção dele. — Vamos falar sobre como um garoto rico de Harrow acaba na Fórmula 1. Essa é uma história que *eu* gostaria de ouvir.

Ele a encarou, e os olhos azul-escuros se tornaram cautelosos.

— Muitos garotos adoram corridas. Para minha sorte, eu tinha o talento para fazer algo a respeito. — Dessa vez, foi ele quem desviou o olhar, virando-se e mirando a paisagem de inverno sem graça que passava do lado de fora. — Pelo menos até eu estragar tudo.

— Fiquei sabendo.

Ele bufou.

— É, praticamente todo mundo sabe. Só pra constar, eu não sou mais aquele cara.

— Ótimo, porque meu pai se arriscou muito te trazendo de volta. Fico feliz de saber que você não é um riquinho que vai jogar tudo pro ar na primeira oportunidade.

Ele voltou a olhar para ela, sem nenhum traço de humor.

— Agradeço o que ele está fazendo ao me trazer de volta. E eu não faria isso com o Paul. Apesar do que você possa pensar de mim, Mira, não sou tão babaca assim.

Agora que o conhecia um pouco melhor, Mira não o achava mais um babaca. Talvez um pouco arrogante, mas Will não era mau-caráter. Era óbvio que estava determinado a vencer, e, nesse sentido, ela o entendia completamente.

8

—Pelo menos eles dão comida pra gente.

Will parou de mexer o café e ergueu o olhar enquanto Matteo se aproximava da mesa do bufê e examinava as opções.

— Nenhuma quantidade de comida faria isso aqui valer a pena — resmungou Will, jogando o palito de café no lixo. — Eu odeio esses eventos.

Matteo tinha trinta anos e certamente encarava o crepúsculo de sua carreira como piloto, mas ainda se portava com a confiança de um astro do rock. Deu de ombros ao pegar algumas uvas do prato de frutas.

— Eu não ligo muito.

Talvez porque você anda você pegando bem leve, pensou Will, irritado. Will nunca havia gostado de entrevistas, mas costumava ser *bom* nelas. Era algo natural para ele. Mas agora era diferente. Ele estava ansioso para falar sobre o novo carro, sobre a estratégia de corrida, sobre a equipe Lennox... mas não era sobre isso que eles queriam que Will Hawley falasse. O foco era falar sobre sua derrocada e sua surpreendente chance de redenção. Simone e Violet o haviam alertado de que a narrativa de bad boy em busca de redenção era como uma droga para a imprensa, mas, mesmo assim, ele se sentia na defensiva. Perto da hora do intervalo, ele já respondia de forma precipitada, sabendo que não estava se saindo tão bem quanto deveria.

— É só que eu odeio que façam perguntas sobre a minha vida pessoal — reclamou ele.

Matteo jogou uma uva para cima e a deixou cair direto na boca. Exibido. Deu um tapinha no ombro de Will e sorriu.

— Só continua sendo simpático e sorria — disse ele, então se virou para voltar para a poltrona, sob os holofotes.

— Fácil pra você dizer isso — murmurou Will para si mesmo.

Para Matteo, as perguntas pessoais se resumiam a questionamentos educados sobre seus dois filhinhos fofos. Ele era o experiente líder da equipe de pilotos da Lennox, o profissional confiável, e era assim que o tratavam. A figura mais respeitada e antiga da empresa. Will era o bad boy esquentado e imprevisível, a jogada de marketing que usavam para vender mais. O importante não era ele falar sobre as melhorias tecnológicas do novo carro até não aguentar mais, porque isso ninguém perguntava.

Voltou para o set, quando viu Violet conversando com a próxima repórter. Era uma mulher em um terninho vermelho intenso, com o rosto cheio de maquiagem e muito loira.

Atrás deles, Mira pairava longe do brilho das luzes de estúdio que banhavam os pilotos. Parecia focada em responder e-mails no tablet, mas Will notou que ela olhava muito mais para ele do que para a tela. O que não era tão ruim. Se ele estava entendendo direito, Mira parecia mais aberta depois da viagem. Como se tivesse chegado à conclusão de que ele não era tão babaca quanto ela tinha achado. Sentiu uma vontade estranha de provar isso a ela.

Ele devia estar com cara de quem estava odiando, porque ela abriu um enorme sorriso, apontou para a própria boca e disse "sorria", em uma mímica silenciosa. Certo. Por mais que aquelas entrevistas o irritassem, ele tinha um trabalho a fazer. Havia muita coisa em jogo, tanto para ele quanto para a equipe. Ele não podia se dar ao luxo de decepcioná-los e, acima de tudo, não *queria* decepcionar Mira.

Quando Violet conduziu a repórter da Glamazon até a frente, ele já havia aberto um educado sorriso.

— Will, esta é Pippa Hollywell.

Óbvio que era. Ele ergueu a mão para apertar a dela e abriu seu melhor sorriso de vencedor. Os olhos de Pippa se iluminaram.

— É um prazer conhecê-lo, Will.

Ela devolveu um sorriso de flerte. Ok, entendido, se flertar o ajudasse a sobreviver à entrevista com um ar um pouquinho mais respeitável, que fosse.

Ele abriu um sorrisinho discreto e íntimo.

— Prazer em conhecê-la também, srta. Hollywell.

— Pode me chamar de Pippa.

Ele sorriu novamente quando ela se acomodou na cadeira e cruzou as longas pernas. A saia subiu até a metade das coxas, e ela não fez menção de puxá-la de volta para baixo. Então aquele era o jogo dela? Will se sentou.

— Tudo bem, então, *Pippa*.

— Vamos começar?

— Vamos — concordou ele.

Com certeza.

— Então você está de volta à Fórmula 1 depois de duas temporadas na Fórmula E e na IndyCar.

Que observação brilhante, Pippa. Ninguém notou isso ainda, apesar de estar na minha página da Wikipédia.

— Isso mesmo — respondeu ele, em um tom neutro.

Will merecia a porra de uma medalha por não rir.

— Você está feliz por ter voltado?

Era como perguntar "Você está feliz por ainda estar respirando?". Ninguém em sã consciência responderia outra coisa que não fosse um retumbante "sim".

— Muito feliz.

Viu como ele se comportava bem?

— E está de volta com uma nova equipe, certo?

Será que aquela mulher nunca pararia com suas observações?

— Sim, exatamente.

— O que você está achando de fazer parte da Lennox Motorsport?

— É incrível. Acho que a Lennox é uma boa escolha para mim como piloto. Nossos objetivos estão muito alinhados.

Simone havia martelado essa frase na cabeça dele durante o treinamento para entrevistas. Ele poderia dizer isso até dormindo.

— A empresa o acolheu bem?

Ele desviou o olhar para Mira e não conseguiu tirar os olhos dela ao responder:

— Muito bem. Fui muito bem recebido por *todos* na Lennox.

Apesar de tentar ao máximo reprimi-lo, Mira também esboçou um sorrisinho. A satisfação de quebrar aquela fachada de indiferença o distraiu e a próxima pergunta de Pippa o pegou com a guarda baixa.

— Você acha que eles estão preocupados com a possibilidade de você sair no meio da temporada como aconteceu três anos atrás?

— Perdão?

Pippa deu de ombros, como se dissesse: "Ops, também não sei de onde veio essa pergunta". Cruzou novamente as pernas e deixou mais uma vez a saia subir até a metade das coxas. Se ela achava que um belo par de pernas e uma provocação sexual o distrairiam, ela o havia subestimado. Ele não tirou os olhos do rosto dela.

— Bem, você passou por um escândalo público que foi muito divulgado...

— Acho que você está exagerando um pouco colocando dessa forma...

— ... que levou à sua demissão repentina da Hansbach, três anos atrás. Você lidou com os seus problemas?

Como ele deveria responder a uma coisa dessas, porra? Enquanto Will processava, Pippa jogou o cabelo loiro e liso para trás e sorriu, inclinando-se para lhe dar uma boa visão do decote, se ele estivesse inclinado a olhar. Mas não estava.

— Acho que minha performance fala por si só. Com certeza convenceu Paul Wentworth — respondeu ele, olhando-a fixamente, com os dentes cerrados.

Pippa soltou uma risadinha baixa.

— Sim, ele ficou bastante encantado, não?

— Ele ficou *impressionado* — corrigiu Will.

O joelho dele começou a balançar involuntariamente.

— É claro que ficou — disse Pippa. — A ponto de correr um risco enorme ao colocar você na equipe.

— O Paul confia nas minhas habilidades.

— Tenho certeza de que confia — retrucou Pippa, fazendo beicinho e fingindo que compreendia. — Mas será que ele acredita que você vai controlar suas tendências autodestrutivas?

Will se inclinou para a frente no assento.

— Escuta, eu posso ter feito algumas escolhas questionáveis no passado, mas estou aqui para pilotar.

— Humm... — Pippa leu algo em seu caderno. — E talvez sair carregado de uma ou duas festas?

Ela estendeu uma fotografia para ele, que se recusou a pegá-la. Viu de longe e reconheceu o momento em que havia sido tirada. Do último Réveillon. Uma única noite. Durante todas as semanas que passou em Lennox, ele havia saído *uma única noite* para beber com uns caras da equipe e brindar o Ano-Novo. Tinha parado no primeiro copo e levado Omar e Ian para casa quando ambos ficaram bêbados. Já era de madrugada quando duas fãs embriagadas o reconheceram e imploraram por uma foto. Como ele podia recusar? Will ficou um pouco surpreso quando uma delas caiu no colo dele. Talvez um pouco assustado quando a outra beijou sua bochecha e apontou o celular para os três. Elas agradeceram, animadas, e saíram correndo para algum outro bar. Tudo totalmente esquecível.

No entanto, aquela foto, em que ele aparecia com os olhos semicerrados encarando o flash, parecendo meio bêbado, com uma garota no colo e outra abraçando seu pescoço e beijando sua bochecha não era esquecível. Passava uma impressão horrível, como as fotos terríveis que os paparazzi tiravam dele três anos antes, toda vez que Will saía.

— Que porra é ess...

— *Certo*, o tempo está acabando! — exclamou Violet em uma voz alta e forçada, passando entre ele e Pippa.

Com uma virada rápida de corpo, ela bateu com o quadril na mão de Pippa, derrubando a foto.

— Ops, deixa que eu pego pra você.

Antes que Pippa erguesse a mão, Violet enfiou a foto no bolso, ou a escondeu na prancheta, ou a pôs em algum outro lugar. Pippa a olhou de cara feia.

— Tenho uma última...

— Estamos com uma agenda *super*apertada hoje. Tenho certeza de que você entende.

Violet passou a mão por baixo do braço de Pippa, levantando-a da cadeira sem muita delicadeza.

Will não parou para ouvir os protestos da repórter enquanto Violet a levava para longe. Ele se levantou, arrancou o uniforme e atravessou o estúdio na direção oposta, rumo ao camarim.

Entrou e bateu a porta.

— Porra, que merda!

Sua voz ricocheteou nas paredes do pequeno espaço, ecoando na quietude. Em dois minutos, aquela bruaca havia destruído tudo que ele havia passado três anos para consertar. Foi como se Will estivesse com vinte e dois anos e tivesse acabado de ser demitido da Hansbach como a merda de um pária.

— Will?

— Será que posso ter um minuto de paz, cacete?

Ele se virou e viu Mira no vestiário.

9

Mira fechou a porta silenciosamente e se recostou nela. Will andava de um lado para o outro no pequeno espaço do vestiário, como um animal preso na jaula, as mãos enfiadas no cabelo.

— Porra! — rugiu ele de novo e bateu a mão na cadeira, fazendo-a colidir com força no balcão.

— Will, você precisa falar mais baixo — disse ela, com firmeza. — Dá pra ouvir lá de fora.

— Aquilo foi sacanagem! — gritou Will, apontando para o estúdio, com os olhos arregalados e a mandíbula tensa de raiva. — Era Ano-Novo. Eu tomei uma porra de cerveja e aquelas garotas me pediram uma foto. Nem sabia direito o que estava acontecendo e...

— Tudo bem.

— ... é diferente de virar uma garrafa inteira de uísque.

— Eu sei.

— ... e acho que eu não tomei nem uma taça de vinho direito desde aquele dia.

— Will, está tudo bem. Eu só queria saber se você estava bem.

Sem mais nem menos, a raiva pareceu se esvair de Will. A fúria sumiu dos olhos dele, e ele se recostou no balcão do vestiário e cobriu o rosto com as mãos.

— Bem? — murmurou ele. — Em dois minutos, uma jornalista de merda me fez parecer o mesmo babaca que eu sempre fui. Como se os últimos três anos não tivessem existido.

Mira sentiu uma onda de empatia. Sabia como era se sentir um fracasso.

— Sinto muito.

Ele levantou a cabeça, exibindo um semblante cansado e derrotado.

— Tudo bem. Quer dizer, que se dane. Está todo mundo desesperado pra me fazer parecer o mesmo criançāo de três anos atrás. Às vezes é difícil deixar tudo no passado, não importa o quanto você tente. Essa Pippa Hobbyhorse acha que eu sou uma piada. Assim como todo mundo. A imprensa, todo o mundo da corrida, *você*.

— Ei. — Talvez fosse porque o tempo que ela passara com ele naquele dia tivesse baixado sua guarda, ou talvez fosse apenas por vê-lo sendo tão duro consigo mesmo, mas Mira não conseguiu ficar longe, vendo-o naquele estado. Ela se aproximou e colocou as mãos em seus ombros. — Escuta, tem muita gente que acredita em você. Você não estaria aqui se eles pensassem diferente.

Ele bufou, então ela continuou:

— Todo mundo aqui te viu pilotar na Fórmula E na última temporada e sabe que você tem talento. Todo mundo da nossa equipe. Meu pai. Eu.

Finalmente ele virou o rosto para olhar para ela.

— Você? — repetiu ele, com uma risada curta e sem graça. — Quando foi que fazer discurso motivacional virou parte do seu trabalho?

Ela sacudiu os ombros dele de leve, que, por serem muito fortes, quase não se mexeram.

— Sério, acredita em mim. Eu estive em todas as suas sessões no simulador. Você está se esforçando mais do que qualquer pessoa que eu conheço. E é o mais talentoso.

Will soltou um longo suspiro e olhou para o vazio, como se tentasse acreditar em tudo que ela dizia.

— Não deixa o que ela disse te afetar — incentivou Mira, com a voz baixa.

Ele ficou quieto, observando-a. Foi então que Mira percebeu que ainda estava com as mãos nos ombros dele e que as dele tinham chegado aos quadris dela. E que ela estava quase no meio das pernas abertas de Will, a poucos centímetros de distância. Ela viu no olhar dele o momento em que ele também percebeu.

De repente, ela estava dolorosamente ciente de cada pequeno detalhe nele: os olhos azul-escuros ligeiramente sombreados sob as sobrancelhas grossas e escuras, os cílios que pareciam ter pontas âmbar sob o brilho difuso das lâmpadas que cercavam o espelho atrás dele, as maçãs do rosto altas que se inclinavam até a definida linha da mandíbula.

Os dedos dele fizeram mais pressão nos quadris dela, e o corpo dela correspondeu sem consultar o cérebro. De alguma forma, ela se aproximou mais, posicionando-se entre as coxas dele. Percebeu que também havia cravado os dedos nos ombros dele. A proximidade, a intensidade feroz do olhar de Will no rosto dela, fez Mira sentir um aperto na garganta e no peito. E em partes muito mais abaixo também. Ela passou a língua nos lábios, e ele finalmente desviou o olhar do dela, descendo rapidamente para a boca e subindo de volta.

Então ele começou a aproximar o rosto, sem parar de olhá-la, mesmo ao inclinar a cabeça, mesmo quando ela também inclinou. Ele estava prestes a beijá-la. Ela sabia disso, mas não conseguia fazer nada para impedi-lo. Will soltou o ar e ela sentiu o hálito quente roçar sua boca. Deslizou as mãos pelas costas dela, depois subiu a palma larga para segurar sua nuca quando...

— Tudo bem, resolvido — disse Violet rapidamente ao entrar no camarim. Como olhava o tablet, não viu quando Mira se afastou de Will aos tropeços, como se ele estivesse pegando fogo. — Eu dei uma palavrinha com a produtora da Pippa... — continuou, enquanto Mira inspirava, tentando organizar os pensamentos.

Que porra tinha acabado de acontecer? Ou quase acontecer?

— ... eu avisei que se a Pippa insistisse nessa história de garoto festeiro, nós diminuiríamos drasticamente o acesso da rede deles a todos os eventos da Lennox. Acho que ela vai ser mais cautelosa da próxima vez.

Por fim, ergueu a cabeça e olhou de Will para Mira e de Mira para Will.
— Está tudo bem?
Bem? *Bem?* Ela tinha quase o beijado, e ele tinha quase a beijado. Os dois definitivamente iam se beijar.

Mira disparou um olhar para Will, mas, se alguém o visse naquele momento jamais adivinharia que, meio minuto atrás, seus lábios estavam prestes a encostar nos dela. Ele suspirou e passou a mão no rosto.

— Está tudo bem, Violet. Eles que falem o que quiserem. Eu não posso impedir ninguém.

O coração de Mira ainda estava a mil, mas Will parecia perfeitamente à vontade.

Violet olhou feio para ele, com as mãos na cintura.

— Não pode mesmo, mas eu posso. Tenho que tentar, de qualquer forma. É o meu trabalho.

Ele abriu um pequeno sorriso.
— Obrigado.
— De nada — disse ela, com um tom excessivamente gentil. — Então já terminamos por hoje?
— Sim, por favor — implorou ele. — Vamos dar o fora daqui.

Mira finalmente conseguiu falar, chocada por sua voz soar tão normal.
— Não, ainda não podemos. Tem mais entrevistas.

Violet olhou para o tablet.
— Mais seis, para ser exata.

Will parecia desolado.
— Violet...
— Ei, é assim que você me agradece por ter salvado seu traseiro lá atrás? Vai lá e se comporta.

Ele gemeu.
— Tá bom...
— E sorria — acrescentou ela, virando-se e voltando para o palco. — As garotas adoram quando você sorri.

Mira se concentrou ao máximo e seguiu Violet para fora do camarim. Ela o ouviu suspirar, mas não se virou para olhar.

Ele estava chateado, só isso. Ela estava ali, na frente dele, em um momento vulnerável, e ele... bem, eles... Quase tinha acontecido algo que não deveria. Mas o importante era que *não* tinha acontecido. Portanto, nada havia mudado entre os dois. Uma esquisitice de meio minuto não era o fim do mundo. Em breve eles voltariam para a estrada e para o circuito de corridas, e Will com certeza se esqueceria de tudo aquilo... e dela. Até lá, talvez ela desse um jeito de esquecer também.

10

Quando as entrevistas com a imprensa terminaram, Violet e Will decidiram que era melhor jantar antes de voltar para Chilton. Fazia anos que Mira não visitava Londres, então deixou que Will e Violet escolhessem o restaurante. Depois de uma discussão acalorada, que só foi resolvida porque Will estava pagando, os três acabaram em uma pequena brasserie, próxima ao estúdio.

— É aconchegante — observou Mira enquanto se acomodavam.

O local era iluminado principalmente por velas dispostas sobre as mesas, e as paredes eram forradas com um conjunto variado de pinturas e fotos antigas, todas com molduras douradas que não combinavam entre si. Sobre o pequeno balcão nos fundos, uma lousa exibia os pratos do dia. Uma garçonete com o cabelo raspado na parte de baixo e piercing no nariz entregou os cardápios a caminho de outra mesa. Era difícil imaginar que aquele lugar fosse um dos restaurantes favoritos de Will, mas, por outro lado, ele sempre a surpreendia.

Will deu de ombros.

— É perto da minha casa e a comida é boa.

— Onde você mora? — perguntou Mira, tentando convencer a si mesma de que apenas mantinha uma conversa educada, mas, na verdade, estava extremamente curiosa para saber sobre a vida de Will fora do trabalho.

— Em Hackney, ao norte daqui. Eu comprei faz... — hesitou — três anos. Quando assinei o contrato com a Hansbach.

— Entendi. É o seu covil de depravação chique de piloto da Fórmula 1.

Will lhe lançou um olhar incisivo.

— Para ser sincero, não é tão chique assim. É só um apartamento em uma antiga fábrica.

Ok, não é bem o estrelismo que Mira imaginava.

— O que servem de bom aqui? — perguntou Violet, antes que Mira cavasse mais informações sobre o apartamento de Will.

Ele soltou um suspiro.

— As massas são ótimas, mas meu treinador me mata se eu comer, então, por favor, peça por mim. Pelo menos sinto o cheiro.

— Parece bom — comentou Mira.

Violet ainda examinava o cardápio quando seu telefone tocou. Viu quem era e franziu a testa.

— Pede uma bolonhesa e uma enorme taça de vinho tinto pra mim. Preciso atender.

Ela se levantou e foi até a porta da frente. Mira a observou ir até a calçada e atender a ligação, parecendo mais irritada do que o normal.

— Quem será que é?

— Tenho certeza de que a Violet é uma assassina de elite secreta — comentou Will.

— É, dá até pra imaginar mesmo.

A garçonete voltou para pegar os pedidos. Mira escolheu uma massa para ela e para Violet, e Will optou por um salmão no vapor, sem molho. Depois que ela o viu — quase de corpo inteiro —, não conseguia imaginar como ele poderia ficar *mais* em forma, mas a pressão que faziam para que os pilotos se mantivessem no auge do condicionamento físico era a mesma que faziam para qualquer outro atleta profissional, especialmente à medida que o início da temporada se aproximava.

Quando a garçonete levou as bebidas — vinho para Violet e Mira, e água com gás para Will —, Mira olhou de relance para a amiga, mas ela ainda estava ao telefone. Nenhuma ajuda viria de lá. Mira teria que arranjar assunto com Will por conta própria. Não que fosse difícil. Era surpreendentemente fácil conversar com ele. E ela estava tentando esquecer qualquer resquício de mal-estar do que havia acontecido à tarde, afinal ele parecia bem. Provavelmente nem tinha achado grande coisa. Ele devia beijar mulheres que não conhecia o tempo todo e nunca mais pensar nelas. Talvez já tivesse até esquecido o incidente. Ela também queria conseguir esquecer.

— Você acha que a Violet conseguiu mesmo acabar com a história da Pippa? — questionou ele, de repente.

Suas sobrancelhas escuras estavam franzidas, fazendo sombra nos olhos. A dúvida mexeu com ela da mesma forma como havia acontecido à tarde. Fez Mira desejar protegê-lo, o que era simplesmente ridículo. Will Hawley não precisava dela para se defender.

— Você ainda está pensando nisso? Relaxa. É só um monte de fofoca.

— É que...

Ele passou a mão na nuca.

— O quê?

— É que... às vezes cansa. Tentar deixar essas merdas pra trás e provar pro mundo inteiro que eu mudei.

A frase a atingiu como um soco no estômago.

— Eu entendo — disse ela de primeira, com um suspiro.

Ele a observou com atenção.

— Não parece que você já tenha feito algo de que se arrependeu, Mira. Você é bem... cuidadosa.

Ela quase respondeu que ele não tinha ideia do que estava falando, mas no último minuto se conteve. Mas isso não importava, pois o silêncio foi um sinal de que ele havia tocado em um ponto sensível.

— O que foi? — Ele se endireitou, apoiando-se nos cotovelos. As mesas eram muito pequenas e ele estava muito perto. — Você tem um *segredo*, me conta.

Ela se recostou na cadeira e cruzou os braços.

— Não tenho nada pra contar.

— Olha só você, que nem uma tartaruga se escondendo no casco. Não tem segredo mesmo, é?

Nesse momento, a garçonete chegou com os pedidos. Mira torceu para Will se distrair com a comida, mas, quando ela ergueu o olhar, ele ainda a observava.

— Esse seu arrependimento tem alguma coisa a ver com o fato de você ter desaparecido por tantos anos?

Meu Deus, como esse cara era tão perceptivo? Will Hawley? Sério mesmo? Ela olhou para a porta, desesperada para Violet voltar, mas ela ainda estava do lado de fora, andando de um lado para o outro na calçada, com o telefone colado ao ouvido.

— Não importa. Já faz um século que aconteceu.

Deu uma garfada no macarrão, que, como ele havia dito, estava excelente.

— Então foi um século bem curto se isso ainda te incomoda. — A voz dele era baixa e íntima, como se os dois estivessem sozinhos no círculo de luz dourada suave emitida pela vela que tremulava entre eles. Devia ter sido por isso que ela abrira aquele baú cheio de segredos, mesmo que apenas uma fresta, e deixara uma pequena parte deles escapar.

Ela girou a taça de vinho e tomou um gole.

— Eu cometi um erro muito estúpido quando era mais jovem.

— Bem, então você está falando com a pessoa certa, porque, por acaso, sou *profissional* em fazer escolhas estúpidas. Teve uma época que eu podia ter sido campeão mundial.

Apesar do pavor que Mira sentia ao falar do passado, o comentário a fez rir.

— Tenho quase certeza de que, em algum momento da minha vida, nós dois teríamos apostado uma corrida pra ver quem chegava no fundo do poço primeiro.

— Você matou um cara só pra ver ele morrer? Ou vendia armas para um regime fascista?

— Como você sabe?! — disse ela, fingindo surpresa. — Não, ninguém morreu. Eu só... — Fechou os olhos e respirou fundo. — Na última vez que estive em Lennox eu tinha dezesseis anos e viajava com o meu pai para acompanhar o circuito.

Will assentiu.

— Considerando quem é o seu pai, imagino que você passou muito tempo nas pistas.

— E passei. Então eu conhecia as regras. Mas, enfim, eu era uma adolescente burra que achava que sabia tudo.

— Uau, acho que o universo te deu uma lição quanto a isso.

— O universo, não. Um cara.

Os olhos dele se iluminaram de interesse.

— Ah, estamos falando de uma história de amor.

Mira bufou de desgosto.

— *Não* é uma história de amor.

Will ergueu as sobrancelhas.

— Não?

— Eu me envolvi com alguém que não devia. Dei umas escapadas e menti pra muita gente no processo. Menti pro meu pai. Depois tudo acabou... mal, como você deve imaginar. E todo mundo descobriu. Eu decepcionei muitas pessoas e paguei por isso. Pior ainda, meu *pai* pagou por isso, e a equipe também.

— Como?

Ela balançou a cabeça.

— Não quero falar disso. O problema é que eu ferrei muito as coisas com ele. E agora preciso compensar bastante. Nunca mais vou fazer algo que o deixe naquela posição de novo.

— Ei. — Ele se aproximou da mesa e pousou a mão na dela. Mira ficou paralisada, olhando para aqueles dedos longos e elegantes, curvados frouxamente sobre os dela, e tentou não pensar na onda de calor que sentiu em todo o corpo. Tão repentinamente quanto a havia tocado, afastou a mão. — Você era só uma criança. E crianças cometem erros.

Ela piscou, ainda olhando para a mão que ele havia tocado um momento antes. Ela tinha ficado com alguns caras desde aquela primeira decepção, mas nenhum deles conseguira incendiá-la com um simples toque de dedos como Will fazia. Ela se perdeu completamente na conversa. Mas ali estava ele, do outro lado da mesa, sempre tão bonito e tranquilo, que ela teve de lembrar a si mesma que, embora cada olhar e cada toque hesitante entre os dois fossem suficientes para fazê-la ter um ataque cardíaco, obviamente ele não sentia a mesma coisa. E era bom Mira se lembrar disso, ou então faria papel de trouxa.

— Eu sabia o que estava fazendo — disse ela por fim e abriu um sorriso irônico. — Ou pelo menos eu achava que sabia.

— E você tem se punido por isso desde então?

— Tenho *aprendido* com isso. É diferente.

— Ah... agora eu entendi.

— O quê?

Ele gesticulou com o garfo para ela.

— Esse seu olhar tenso.

— Quê? Eu não estou...

Will se inclinou para a frente, como se fosse contar um segredo.

— É que você não parece ser assim. Acho que você é mais do que essas suas listas estranhamente organizadas. Aliás, onde você aprendeu a escrever desse jeito? Não é normal, Mira.

— Não é... Minhas listas são... Minha caligrafia não é...

— Às vezes nossos erros nos tornam melhores. Sou um piloto melhor depois dos erros que cometi no meu primeiro ano.

Ela cortou um pedaço de rigatoni com mais força que o necessário.

— Olha, vamos entrar num acordo... Você faz as coisas do seu jeito, e eu faço do meu. Contanto que o seu jeito não prejudique a Lennox, não vou pegar no seu pé por isso.

Will ficou sério na hora.

— Eu nunca prejudicaria a equipe. Espero que você saiba disso. Trabalhei muito pra voltar.

Ela baixou o olhar para o prato, mexendo no garfo.

— Eu sei.

— E acho que você também deu duro pra voltar pra cá.

Ela assentiu.

— É tudo que eu quero.

— Sério? — disse ele, inclinando-se e abrindo aquele sorriso criminoso de gostoso de novo. — É *tudo* que você quer?

As borboletas no estômago começaram a se agitar novamente. A atenção dele era uma droga viciante, e ela ia perdê-la quando fosse inevitavelmente atraída por outras opções mais bonitas e disponíveis. Porque, por mais que Mira quisesse se entregar àquela sensação — uma sensação que não experimentava havia muito —, simplesmente não podia.

— Você é implacável — murmurou ela.

— Você não faz ideia — disse ele num tom baixo que fez as coxas dela se apertarem. — E olha só, funcionou.

— Do que você está falando?

— Você saiu comigo.

— Isso aqui não conta.

Ele olhou em volta, fingindo estar confuso.

— Nós estamos num restaurante. Estamos tomando vinho à luz de velas. Tenho certeza de que isso conta.

— Tanto faz. Você entendeu o que eu quis dizer.

Ele começou a rir.

— Eu sei, eu sei. Mas, Mira?

— Oi.

Ele se inclinou para a frente novamente, então ela o acompanhou. O rosto dele estava a poucos centímetros, e ela se esforçou para não tirar os olhos dos dele e não olhar para sua boca.

— Só pra você saber — disse ele, baixinho. — A qualquer hora que você quiser terminar aquele beijo, é só me chamar.

Ela paralisou, o coração batendo forte e o calor se espalhando por seu corpo. Então ele também tinha sentido. O humor desapareceu da expressão dele, e Mira entendeu, pela intensidade daquele olhar, que ele falava bem sério. Ela abriu a boca para responder, embora não tivesse ideia do que iria dizer, do que *deveria* dizer, do que queria dizer. Porque ela o queria, não havia como negar. No entanto, não podia ficar com ele.

— Por favor, me fala que esse vinho é meu.

Violet se sentou com um baque e pegou a taça, dando um longo gole. Mira se recostou na cadeira

— Hum... — Fez uma pausa e pigarreou. — Está tudo bem?

— Com o quê?

— Sua ligação.

Violet balançou a cabeça.

— Nada. Só uns fantasmas me assombrando. Sabe como é.

Ah, sim, ela sabia muito bem. E os fantasmas de Mira eram o lembrete de que ela precisava para manter a cabeça no lugar. Ela tinha acabado de dançar à beira de um abismo com Will, mas se recusava terminantemente a se deixar levar.

11

Sakhir,
Barém

*U*m ano de projetos mecânicos e aerodinâmicos, vários meses de planejamento, milhares de horas de trabalho de centenas de funcionários, e tudo isso para testes em Barém, uma semana antes do Grande Prêmio. O planejamento e o desenvolvimento ultrassecretos não seriam mais secretos.

Não haveria vencedores oficiais naqueles três dias de pista. O objetivo era testar os carros, se certificar de que estavam funcionando direito e gerar dados para as equipes de desenvolvimento nas fábricas averiguarem se os carros que haviam projetado em computadores e túneis de vento estavam tendo resultados conforme o previsto. Mas, extraoficialmente, muitos prognósticos aconteceriam durante os testes, e logo todos saberiam quais equipes haviam apresentado os carros e os pilotos que venceriam aquela temporada e quais teriam que dar duro para continuar na batalha.

Para aumentar a pressão, a primeira corrida da temporada aconteceria dali a uma semana. Se o carro apresentasse algum problema durante os testes, eles teriam apenas seis dias para consertar antes de voltar às pistas para classificação.

Paul, o responsável por tudo aquilo, estava compreensivelmente nervoso, mas ninguém diria isso só de olhar para ele. O sol estava ofuscante quando Mira se apressou em direção à garagem, ao lado do pai. Ele parecia calmo, mesmo em meio ao caos.

— Mira, você pode ver com o David se eles estão registrando os dados na fábrica?

— Já fiz isso. A transmissão de vídeo está boa e todos os departamentos confirmaram que estão recebendo a telemetria.

— Pode verificar se o Ravinder está com o fone de ouvido? Quero que ele ouça.

— Ele está com o fone de ouvido no escritório, fazendo anotações. Vou conectá-los ao servidor depois da sessão.

— O David enviou os números atualizados?

— Já foram inseridos no computador de bordo.

Ele a olhou brevemente, sem interromper o ritmo.

— Muito bem, Mira.

Ela queria ficar feliz com os seus elogios, mas não havia tempo. Quando chegaram à garagem, Matteo já havia se acomodado no carro, então estava quase na hora da largada. Omar entregou o volante e observou Matteo encaixá-lo no lugar e testar suas funções. Quando o engenheiro de corrida de Matteo deu o sinal verde, Omar fez um sinal de positivo e ligou o motor. O rugido foi estrondoso. Mira podia senti-lo sob os pés, a vários metros de distância. Apesar do nervosismo que acompanhava os testes, ela também sentia uma empolgação, como se fosse véspera de Natal. Estava quase chegando.

Então os mecânicos que estavam ao redor do carro recuaram e Matteo foi para a pista. O pai de Mira ocupou seu lugar em frente a um painel de monitores, com fones de ouvido, pés afastados, uma mão segurando o queixo, o outro braço cruzado sobre o peito. O comportamento calmo era enganoso. Todo o seu corpo estava tenso e irradiava energia e intensidade, e seu olhar de aço não perdia um único detalhe.

Ele parecia tão intocável quando ela era pequena, não era o tipo de pai amoroso que pegava uma menina no colo e lia histórias para ela dormir.

Isso não fazia o estilo de Paul Wentworth. Quando ela ficou mais velha e começou a passar os verões com ele na estrada, os dois finalmente criaram um vínculo genuíno e afetuoso, centrado no esporte que ela passara a amar tanto quanto o pai. Depois, Mira estragou tudo, e desde então eles haviam estado distantes. Agora que ela tinha voltado aos circuitos, as coisas estavam melhorando, mas se sair bem naquele trabalho seria uma missão demorada.

Matteo fez uma volta de instalação, enquanto os engenheiros, tanto na pista quanto na fábrica, examinavam com cuidado toneladas de telemetria em tempo real, em busca de qualquer anomalia. Matteo voltou para os boxes e desligou o carro para uma verificação dos sistemas e, só depois que a equipe se certificou de que tudo estava bem encaixado, os mecânicos abasteceram o carro para vinte voltas e religaram o motor.

— Vamos forçar mais o carro dessa vez — disse Paul no headset enquanto Matteo se aproximava das primeiras curvas.

— Ele nunca é agressivo o suficiente nas curvas — murmurou Mira.

O pai cobriu o microfone do fone e murmurou:

— Exatamente.

Olhou para trás e deu uma piscadinha, e ela teve de abafar o riso com a mão.

Todos seguraram a respiração quando Matteo entrou na primeira curva, o carro mal em contato com o asfalto. Quando ele estava prestes a terminar as curvas e entrar na reta, Mira já se sentia meio zonza.

Os monitores exibiram as estatísticas e ela exalou um suspiro de alívio e felicidade. Os números estavam ótimos até então. Apesar de todo os projetos e ajustes de engenharia feitos no papel e nos computadores, das centenas de horas fabricando e testando as peças, das milhares de horas no túnel de vento e no simulador, era impossível saber *com certeza* o carro que tinham até juntarem tudo e mandá-lo para a pista. Matteo teria que dar muito mais voltas e gerar muito mais dados até que a Lennox tivesse um controle mais sólido de todos os aspectos do carro, mas, no momento, parecia muito promissor.

Ela tocou o ombro do pai e estendeu uma garrafa de água.

Ele tirou o headphone e abriu o primeiro sorriso do dia ao beber.

— A Natalia vai te agradecer, Mira. Ela sempre acha que eu vou esquecer de beber água.

— É porque você esquece mesmo. Pai, o carro é incrível.

Paul olhou para trás em direção ao painel de monitores, que estava repleto de fotos de Matteo na pista e telas cheias de dados.

— Acho que há uma chance de termos projetado o carro vencedor deste ano.

— Com certeza. Olha esses tempos.

O sorriso de Paul se alargou à medida que examinava a telemetria.

— Estou feliz. Agora vamos ver o que o Will consegue fazer com ele.

Mira observou as primeiras estatísticas do desempenho de Matteo.

— Ele vai se sair melhor. É um piloto melhor.

Seu pai arqueou a sobrancelha.

— É mesmo?

— Pai, você viu as sessões de simulador dele?

— Ele é rápido, tenho que admitir.

— E você construiu o carro mais potente da história da Lennox. O Will vai ganhar o campeonato mundial.

— Você acha mesmo?

— Acho. E você também acha. Foi por isso que você o contratou.

Apesar da tensão do dia, ele riu.

— Você tem razão, Mira. Pelo jeito, tenho uma equipe vencedora.

Enquanto ele colocava os fones de ouvido e voltava para os monitores, ela avistou Will atrás do pai e revirou os olhos.

— Você ouviu tudo, né?

Mira tentava manter uma postura profissional perto dele, mas era difícil. O momento durante o jantar em Londres se repetia em sua cabeça... o rosto de Will tão perto e ele confessando que ainda pensava em beijá-la.

— Que você acha que eu sou o melhor piloto do circuito? Queria ter gravado isso pra ouvir mais tarde, quando você tentar negar.

— Você sabe o que eu acho. Agora precisa ir lá fora e provar isso pra todos os outros.

Ele abriu um sorriso.

— É exatamente o que eu pretendo fazer.

Will subia o zíper do macacão de corrida, ainda sorrindo sozinho ao se lembrar do jeito que Mira falara dele sem saber que ele estava ouvindo. Foi então que Harry apareceu.

— Cuidado com a frenagem nas curvas até a gente resolver o problema do acoplamento — avisou ele, sem nem cumprimentar. — Assim, se o carro derrapar, pelo menos você consegue evitar um acidente. Também trocamos as pastilhas de freio para as de carbono-carbono que você gosta, mas elas não vão aguentar as paradas até esquentarem, então presta atenção na temperatura dos freios durante a primeira volta.

Harry tagarelou, listando todos os aspectos relativos ao desempenho do carro sobre os quais ele tinha de fornecer feedback. Will escutou por cima enquanto vestia sua balaclava Nomex resistente a chamas, cobrindo a cabeça e então o queixo, até que apenas seus olhos estivessem visíveis. Harry falava apenas para extravasar o nervosismo que nunca admitia sentir. Todos aqueles sábios conselhos não importariam muito no final, quando ele estivesse acelerando na primeira curva a trezentos quilômetros por hora. Nesse momento, ele não podia contar com nada além do próprio instinto.

Os mecânicos ainda trabalhavam, verificando as conexões e fazendo ajustes microscópicos. Paul deu um tapinha no ombro dele.

— Vá com calma. Hoje é só para testar o carro.

— Pode deixar, chefe.

— Boa corrida.

Paul, sempre discreto. Ele conseguia resumir "boa sorte", "não estrague tudo" e "é melhor você realizar todos os meus sonhos" em duas palavrinhas.

Will foi para o carro. Beata, a assistente que gerenciava os kits dos pilotos, deu uma última olhada no macacão dele e se certificou de que todos os fechos estavam seguros. O traje era forrado com o mesmo material resistente a chamas que as luvas e a balaclava e o protegeria do fogo por onze preciosos segundos, o que poderia ser a diferença entre a vida e a morte em um acidente.

— Tudo certo com o HANS? — perguntou ela.

— Está ótimo. Obrigada.

O HANS protegeria seu pescoço no caso de um grande impacto. Quando ela terminou e levantou o polegar em sinal de positivo, ele parou um segundo para respirar profundamente e examinar a pista mais uma vez.

O objetivo daquele dia não era vencer. Como Paul havia dito, Will só precisava ir lá e dirigir de forma consistente para fornecer dados à equipe de engenheiros.

Mas Will queria mais. O carro ainda não estava perfeito, mas, mesmo assim, ele queria mostrar ao mundo que aquele veículo era o mais rápido da pista e que *ele* era o piloto mais veloz.

Entrou na cabine de pilotagem e se ajeitou no assento que fora ajustado especialmente para ele e encaixava como uma luva. Dois mecânicos o amarraram com tanta força que ele mal conseguia se mexer.

Omar entregou o volante.

— Boa sorte.

— Obrigado, cara.

Encaixou o volante no apoio e esperou o sinal de positivo de Omar.

— Vai! — gritou Omar.

Will apertou o botão para ligar o motor e o sentiu rugir, a potência pulsando em seu corpo como se bombeasse seu coração. Meu Deus, não havia sensação melhor no mundo. Bem, talvez quando ele estava a trezentos quilômetros por hora.

A equipe dos boxes que o cercava fazia high-five, tão empolgada quanto ele com o desempenho do veículo. Dali em diante, era só ele e o carro. Era hora de ver o que eles podiam fazer juntos. Will pisou no acelerador e o carro disparou.

Cinco voltas moderadas se passaram em um borrão. Depois de abastecer, ele deslizou de volta para a pista, ouvindo Paul e Tae pelo headset. Ao se aproximar da linha de largada e tudo ainda parecer bem, Tae fez sinal para que fosse com tudo.

Ele sentiu um pico de adrenalina ao mudar de marcha e acelerar. O carro desceu a reta de largada guinchando, ganhando velocidade em um ritmo insondável. Will se sentiu atado a um foguete. Quando se aproximou da primeira curva, era como se todos prendessem a respiração com ele. Sim. Era óbvio que o novo carro alcançava uma velocidade extraordinária na reta, mas será que conseguiria mantê-la nas zonas de frenagem? Ele conseguiria, e faria isso mais rápido do que Matteo, cacete.

A roda dianteira soltou fumaça quando o pneu interno perdeu a aderência durante a frenagem na curva. Will soltou um pouco os freios para a roda voltar a girar. Parecia que tinha acelerado demais na saída, mas confiava em seus instintos.

Quando todos pensavam que ele não conseguiria terminar a curva, o carro se inclinou para dentro, os pneus roçando de leve a faixa de tinta na extremidade da pista. Ao sair da curva de baixa velocidade, ele pisou no acelerador e o carro disparou como se estivesse em chamas.

Isso.

Agora que ele sabia que havia impressionado, as coisas começaram a ficar divertidas. Alternando entre o acelerador e o freio, ele começou a perder décimos de segundo à medida que o combustível se esgotava. A última sequência de curvas difíceis resultou numa desaceleração brutal de 6G, que o jogou com força contra os cintos de segurança. O pescoço e os braços doíam enquanto Will lutava contra a força gravitacional.

Curva após curva, volta após volta, Will manteve o controle, mas a um fio, levando o carro e a si mesmo ao limite. Nunca havia se esforçado tanto para controlar um veículo, mas valia a pena. Ele se sentiu implacável.

Will Hawley não havia ressurgido apenas para limpar sua má reputação. Após três anos de trabalho duro para voltar àquele lugar, ele não queria só manter um assento aquecido. Queria ganhar tudo, e não se contentaria com menos.

E agora todos da Fórmula 1 sabiam disso.

12

No elevador que descia para o saguão do hotel, Mira esfregou os olhos. Precisava de cafeína, e muita, o mais rápido possível. O teste tinha sido um sucesso absoluto para a Lennox, mas a primeira corrida da temporada seria dali a uma semana, portanto não havia tempo para comemorações. Naquela manhã, ela acordou cedo e voltou para a pista para resolver os milhões de problemas que aguardavam na caixa de entrada de seu e-mail.

A porta do elevador se abriu, e ela semicerrou os olhos diante da luz do saguão. Havia dado dois passos quando começou a enxergar direito e avistou uma figura imponente na recepção.

Não. Ah, não. Ela sabia que aquilo seria inevitável desde o segundo em que saíram da Inglaterra para fazer os testes em Barém. Fazia sete anos — uma vida inteira —, mas ele não estava morto, não importava quantas vezes ela desejasse que estivesse. Mesmo depois que parou de chorar e sofrer, ela ainda se mantinha informada sobre os passos dele.

Até então, Mira tinha sido muito cuidadosa e conseguido evitar estar no mesmo lugar que ele, o que não era pouca coisa, já que ambos circulavam no mundo das corridas. Mas será que ele estava hospedado no mesmo hotel que ela durante toda a semana?

Houve um tempo em que só o vislumbre daqueles ombros largos e do cabelo ruivo-claro bagunçado fazia o coração dela disparar. Naquele momento, ele também disparou, mas por causa de um misto de pânico e pavor. Ela teria que passar por ele para chegar à entrada do hotel. Mira foi para a esquerda e atravessou a porta do restaurante, ao lado do saguão. Ficaria escondida ali até ter certeza de que ele tinha ido embora.

— Posso ajudar com mais alguma coisa, sr. Hawley?

À menção do nome de Will, ela se virou bem a tempo de ver uma garçonete linda e curvilínea sorrindo para ele ao lhe entregar uma xícara de café. O sorriso de orelha a orelha dela brilhava em contraste com a pele marrom, o cabelo preto volumoso preso em um coque na parte de trás da cabeça. O vestido preto do uniforme se ajustava ao seu corpo muito melhor do que deveria.

Ela parecia querer lhe oferecer muito mais do que café, o que não era nenhuma surpresa. O circuito havia começo e Will era... bem, ele era Will. Qualquer coisa — qualquer *pessoa* — que ele quisesse cairia a seus pés. Aquele quase beijo em Londres estava prestes a se tornar uma lembrança distante... pelo menos para ele.

E aquele pesadelo no saguão era o principal motivo por que ela precisava torná-lo uma lembrança distante para si mesma.

Mira foi até Will, sentado sozinho a uma mesa.

— Bom dia. — Cutucou o pé dele com um pouco mais de força que o necessário, em um cumprimento.

Ele levava o café à boca e teve de fazer um malabarismo para não derramar.

— Pelo amor de Deus, quase derramei o café! — protestou.

Ela se sentou do outro lado da mesa. Will estava à vontade, de óculos escuros e com o cabelo despenteado. Voltaria para Londres para uma campanha publicitária antes da primeira corrida e já estava com a mala de rodinhas, então ela supôs que ele só estava esperando o motorista para levá-lo ao aeroporto.

— Tenho certeza que ela ficaria bem feliz em trazer outro pra você. Na verdade, acho que ela ficaria feliz em trazer qualquer coisa que você quisesse.

Ele fez uma careta.

— Pode parar, tá?

Ela o estudou sob a luz da manhã. Pálido e com a barba por fazer, Will definitivamente não estava no seu melhor momento.

— Ressaca?

— Não, não estou de ressaca. Só cheguei em casa muito tarde ontem à noite, considerando o horário do meu voo de hoje.

— Pelo jeito você se divertiu muito, seja lá o que estava fazendo.

Ela estava tentando descobrir o que ele tinha feito? Porque era o que parecia.

— Vou ficar fora por mais de uma semana — disse ele, tirando os óculos escuros. — Alguns drinques não vão fazer mal. Eu *não* fui pra farra, não me envolvi em nenhuma orgia cheia de drogas, nem em qualquer outra coisa que você possa estar imaginando.

Ela não podia culpá-lo por querer comemorar um pouco. Will tinha arrasado em Barém. Era melhor Matteo ficar de olho nele.

— Acho que minha imaginação não conseguiria nem te acompanhar.

Ele ergueu a sobrancelha.

— Quer tentar?

— Dispenso, obrigada.

Ele se recostou na cadeira e se espreguiçou.

— Garanto que o Matteo está muito pior do que eu. E o Rikkard praticamente apagou. Vai ficar de ressaca uma semana.

Tomou um gole do café e soltou um pequeno gemido de prazer. O som fez Mira pigarrear e desviar o olhar. Se ele gemia assim por causa de *café*... Não, era melhor nem terminar a frase.

— Aposto que sim.

— Como se você nunca tivesse acordado de ressaca.

— Já faz um tempo.

Uma eternidade.
— Sério que você não comemorou nada ontem?
Ela balançou a cabeça.
— Tinha muita coisa pra fazer.
Ele terminou o café e se recostou na cadeira.
— Mira, você perdeu uma festa lendária. Foi numa *ilha privada artificial*, pertinho da costa. Dinheiro de petróleo, claro. A casa era uma loucura, com piscina de borda infinita com vista para o golfo da Pérsia. Eles chamaram o David Chang pra elaborar o cardápio. Tenho quase certeza que vi o Jay-Z lá.
— Parece divertido.
— E foi. Até o seu pai e a Natalia foram. Você deveria ter ido também. Aposto que você nem saiu da pista.
— Eu saí — protestou ela.
— Pro hotel não conta.
Ela não respondeu, porque ele estava certo. Tudo que ela tinha visto de Barém até então era o hotel, o circuito e o aeroporto. No dia anterior, enquanto o resto da equipe festejava em uma ilha particular, ela estava no escritório, atualizando os calendários da empresa e enviando e-mails para lembrar sobre os prazos da semana. Até o seu *pai* tinha comemorado mais do que ela. Que triste.
— Você está prestes a passar meses viajando pelo mundo. Sério que vai trabalhar o tempo todo? Barém tem praias e lojas incríveis, e...
— Beleza, já entendi. Prometo que vou tirar mais folgas.
Will lançou um longo olhar impassível para Mira, que o encarou, decidida a não ser a primeira a quebrar o contato visual.
— Não acredito. Mas vamos combinar o seguinte: você vai ter que fazer uma coisa divertida em cada cidade onde a gente passar. Comigo.
Sem chance de isso acontecer, e o motivo ainda devia estar à espreita no saguão.
— Não sei se...
Ele ergueu o dedo.

— Pensa assim: se eu sair com você, é menos provável que eu me meta em confusão em outro lugar, certo?

Ela pensou brevemente sobre o tipo de confusão a que Will estava propenso: um caminhão de garotas gostosas. Se deixá-lo arrastá-la para um monte de iscas para turistas em países estrangeiros o mantivesse longe desse tipo de problema, talvez valesse a pena.

— Certo. Se eu tiver tempo. E se *você* tiver tempo.

Mira tinha certeza de que ele ficaria tão ocupado que nem se lembraria daquela conversa. Na verdade, estava contando com isso.

Ele deu uma risadinha.

— Eu vou cobrar. E pode acreditar, Mira, pra você eu tenho tempo.

13

Melbourne,
Austrália

$\mathcal{M}$ira olhou para o nome que aparecia na tela do celular e soltou um gemido.

— Oi, Penelope! — disse ela, com um entusiasmo que não sentia, ao se aproximar do escritório da Lennox.

Ainda faltavam várias semanas para Pen dar à luz e ela estava absolutamente enlouquecida sem sair da cama, por isso Mira recebia um desses telefonemas quase todos os dias. Em alguns em especial, como naquele, eram uma interrupção que ela não queria nem precisava.

Penelope dispensou as gentilezas e foi direto para um monólogo de preocupações.

— Então, uma coisa que você tem que saber é que a pista de Melbourne é de rua, o que pode acarretar uma série de novos problemas...

Mira só ouvia e concordava enquanto Penelope discorria o rápido fluxo de instruções, posicionando o celular embaixo do queixo para pegar o bloco de notas enfiado no meio do monte de pastas que carregava. Não havia lugar para se organizar e trabalhar ali. Quando voltassem para a Europa, teriam seus próprios escritórios da Lennox, obras-primas de design modular, montados durante a noite. Mas transportá-los para a Austrália era impossível em razão da distância, então os funcionários haviam ficado à mercê das instalações pop-up fornecidas pelo local do evento. Pelo menos o clima estava agradável.

Depois de Barém, ela pensou que talvez — apenas talvez — estivesse pegando o ritmo. A montagem foi uma espécie de caos organizado, mas a equipe da Lennox era experiente e tudo transcorreu sem problemas. O salto para Melbourne, a segunda corrida da temporada, estava sendo completamente diferente.

Primeiro, foram os ajustes do carro. A equipe de aerodinâmica queria remodular uma parte da carroceria, e, a de mecânica, revisar o injetor de combustível. Todos tiveram que trabalhar sem parar para terminar a tempo de carregar os contêineres que seriam levados para Melbourne.

Segundo, ir para Melbourne envolvia colocar todos os profissionais e equipamentos em um voo para o outro lado do mundo. Mesmo que houvesse pessoas para cuidar de toda a logística, sempre acontecia alguma emergência, e era Mira que tinha de resolver. Manter tudo sob controle se provara uma tarefa e tanto.

— Agora, mais uma coisa — continuou Penelope, sem ter feito uma única pausa. — Ainda estou recebendo lembretes no calendário e percebi que estamos quase furando o prazo para assinar o contrato com a Hintabi para a montagem dos freios do próximo ano. O Paul já analisou esse contrato, certo?

Mira reprimiu um gemido.

— O departamento jurídico enviou na semana passada para ele revisar, mas ele ainda não o devolveu.

— Então você tem que apressá-lo! Lembra que...

— É, eu sei. Sei de cada detalhe! Estou cuidando de tudo, Penelope! Descanse um pouco!

Desligou antes que Penelope acrescentasse mais uma dezena de tarefas à sua lista e se apressou em localizar o pai para assinar o contrato.

No escritório, o ar fervilhava com a conversa discreta de alguns engenheiros e estrategistas que discutiam os resultados da qualificação do dia.

Paul estava do outro lado da sala, em frente a um painel de monitores. Mira deu um tapinha no ombro dele.

— Desculpa interromper, pai, mas você conseguiu dar uma olhada no contrato da Hintabi?

— Ah, certo. Você precisa disso logo, né? Podemos...

Nesse momento, a porta se abriu com um estrondo e Harry entrou correndo, com Will logo atrás.

— Temos um problema, Paul. O duto do freio dianteiro do carro do Will já era.

— Cacete, como isso aconteceu?

— A merda dos detritos da pista — esbravejou Will.

Ele tinha acabado de sair da pista após a classificação e ainda estava com o macacão e o cabelo úmido de suor. Depois de Barém, ele ainda não a tinha chamado para fazer nada "divertido". Os compromissos com a mídia consumiam todo o tempo dele, exatamente como ela tinha imaginado. E, considerando a pontada de decepção que sentiu, provavelmente era melhor mesmo que ele estivesse ocupado demais para ela. Era mais seguro.

— Pistas de rua são um perigo — grunhiu Harry.

Então era por isso que Pen estava preocupada. Ela podia ser implacável, mas raramente se enganava.

— Dá pra consertar no local? — perguntou Paul.

Harry balançou a cabeça.

— Não. Já era. Vamos precisar substituir.

Vários engenheiros que monitoravam a corrida de suas mesas se levantaram para se juntar à conversa.

Paul pareceu preocupado.

— Não temos um extra aqui, certo?

— Não conseguimos terminar a tempo de carregar no avião pra cá — explicou David. — Estava com um defeito. Tivemos que jogar fora e começar de novo.

Harry esfregou a palma da mão na mandíbula com a barba por fazer.

— Consigo arranjar alguma coisa pra substituir aqui, mas...

— Eu já classifiquei — disse Will. — Estou em *parc fermé*. Se trocarmos, vou ser multado.

Aquilo era ruim. Quando um carro começa a classificar, não é permitida nenhuma substituição de peças até a corrida do dia seguinte. Qualquer substituição precisava corresponder exatamente às especificações da peça original, ou o carro seria penalizado e obrigado a largar do pit lane.

— E onde está a peça extra agora?

— Ainda na fábrica — disse David.

— São mais de vinte horas de Heathrow a Melbourne — disse Paul, quase rindo. — Não vai dar tempo de chegar aqui até amanhã.

— Merda — resmungou Will, andando agitado no pequeno escritório móvel. — Quando finalmente arrumo um carro que consigo dirigir, tenho que largar do pit lane. Isso não pode estar acontecendo.

O coração de Mira começou a bater rápido e sua mente acelerou. Aquilo poderia acabar com a temporada de Will — com a temporada da Lennox —, antes mesmo de ter começado.

A corrida de Will em Barém tinha sido boa: ele terminara em décimo lugar. Não havia nada de que se envergonhar, mas não chegava nem perto do que ele era capaz. Em um carro projetado para outra pessoa, porém, havia limites para o que ele conseguiria fazer. Aquela era uma corrida decisiva. Mas iria por água abaixo se eles tivessem que trocar peças em *parc fermé*.

Mira olhava fixamente para o bloco de notas, tentando encontrar uma solução para um problema *sem* solução. Havia apenas duas cópias do duto de freio do carro de Will — a do carro de Matteo, o que não ajudava em nada, ou a peça reserva, que estava na fábrica da Lennox, na Inglaterra. Não tinha o que fazer. Ela não chegaria a tempo em Melbourne.

A não ser que...

— Espera!

Todos os olhares da sala se voltaram para encará-la.

— Meu Deus, meu Deus! Não está na fábrica. Está em Singapura!

Paul fez uma careta.

— O quê? Tem certeza?

Mira assentiu e folheou os papéis em uma das pastas.

— Acho que vi no inventário da remessa antecipada pra Singapura... Ah, aqui está!

Tirou uma folha e estendeu para o pai.

Mira recebeu a cópia de um e-mail de um dos funcionários da Lennox para o departamento de exportação em que ele explicava que tinham acabado de terminar o duto de freio sobressalente, mas, como haviam perdido a última remessa para Melbourne, o haviam colocado no contêiner antecipado para Singapura.

Paul, Harry, Davi e Will se debruçaram sobre a folha de inventário.

— Está aqui — murmurou Paul. — Quanto tempo dura o voo de Singapura?

— Sete horas e meia, mais ou menos — respondeu ela.

— É possível enviar alguém pra buscar? — perguntou David.

Paul olhou para o relógio.

— Demoraria muito pra chegar.

— Poderíamos pedir que um dos funcionários em Singapura trouxesse a peça — sugeriu Harry. — Não é tão grande. Cabe em uma bagagem de mão.

Paul balançou a cabeça.

— Os caras de Singapura não têm visto australiano...

Por fim, os milhões de informações se encaixaram na cabeça de Mira de uma só vez.

— O Ollie está lá! Ou quase. E ele já tem visto.

Harry fez uma careta.

— Oliver Hayes? Ele tem visto australiano?

Ela folheou freneticamente mais papéis até encontrar o que procurava.

— É, você não lembra? No começo você queria que ele fosse com a equipe da Austrália, mas a irmã dele ia casar e ele só poderia viajar ontem. Aí você falou pra ele ir pra Singapura, com a equipe que ia na frente. — Passou a ponta do dedo pela lista de viagem até encontrar o nome de Ollie. — Aqui. Ele vai pousar em Singapura em quarenta e cinco minutos. Já tem o visto australiano. Se o colocarmos em um avião pra Melbourne na próxima... — olhou a hora no celular — uma hora e meia, ele deve chegar aqui amanhã de manhã.

— Se ele passar pela alfândega... — disse Paul.

Outra informação aleatória veio à tona.

— O governador-geral da Austrália vai vir pra corrida amanhã. Demos ingressos VIP pra ele.

— Quem é agora? Ainda Charles Stapleton?

— Isso, ele mesmo. Você o conhece? Ele ajudaria?

Paul assentiu.

— Conheço, e sim, ele ajudaria. Mira, entre em contato com o departamento de viagens. Peça para reservarem um voo fretado para o Ollie. Depois reserve um helicóptero do aeroporto para a pista. Fale com François Bernard, da Track Logistics, se precisar de autorização para o helicóptero. Quero o Ollie fora daquele avião e na pista amanhã de manhã, antes que ele tenha tempo de respirar.

— Perfeito.

Paul se afastou para consultar Harry, deixando-a sozinha com Will, que a observava.

— Eu poderia te beijar agora mesmo — murmurou ele, para que só ela pudesse ouvir.

Era apenas um comentário, mas, pela intensidade do calor nos olhos dele, dava para ver que estava falando sério. Se não estivessem cercados por pessoas, ela suspeitava que Will a teria agarrado e feito exatamente isso.

Ignorando como aquela ideia a fez se sentir, ela deu uma risada nervosa, ainda cheia de adrenalina.

— Eu fiz a minha parte. Agora você vai lá e faz a sua.

— Amanhã, quando eu estiver no pódio, vai ser pra você. E você vai comemorar comigo.

Aquele era o Will convencido que ela conhecia e adorava.

— Bom, então é melhor você ganhar.

— Te vejo depois da corrida, Mira. — O sorriso que ele abriu foi criminoso.

Ela o observou ir embora, depois voltou a atenção para os inúmeros problemas com os quais teria de lidar, procurando na lista de contatos do celular o número da Jo, a chefe do departamento de viagens da Lennox, na Inglaterra.

— Harry — disse Paul —, ligue para o pessoal em Singapura e peça a um dos rapazes para desembalar o duto de freio e entregá-lo ao Ollie no aeroporto. Vou procurar o Sanderson e ver o que ele consegue fazer para passarmos rapidamente pela alfândega.

Ele se dirigiu à porta, mas parou no batente e olhou para Mira. Ela já havia ligado para Jo e aguardava que ela saísse da cama e atendesse.

— Mira — disse seu pai, sorrindo com uma luz calorosa nos olhos que ela não via fazia anos. — Bom trabalho, querida.

Ainda estava nas nuvens com o elogio do pai quando a voz grogue de Jo atendeu do outro lado da linha.

14

— Certo, três burnouts longos até seu lugar no grid. — A voz de Tae ecoou no ouvido de Will enquanto ele fazia a última curva na volta de aquecimento. — E o de praxe: acelera em vez de ir pro acostamento.

— Entendido — respondeu Will ao fazer a manobra obrigatória e chegar no seu lugar no grid para aguardar o início da corrida.

Os motores rugiam em volta e o suor brotava em sua nuca. Fazia calor em Melbourne.

Ollie Hayes havia saído de um helitáxi no meio da pista uma hora antes. A equipe havia instalado a peça e ajustado o carro em apenas trinta minutos. Não era exatamente o tipo de ansiedade de que ele precisava antes de pegar no volante, mas tinha dado tudo certo, graças a Mira. Ela não só ocupava um lugar cada vez maior na mente de Will, como também havia salvado a pele dele. Teria de cumprir sua promessa e levá-la para sair quando voltassem para Melbourne... Quer dizer, se ela aceitasse.

Will corria com a adrenalina a mil desde o dia anterior, mas, naquele momento, enquanto aguardava os outros se posicionarem atrás dele, a calma o dominou. Tudo estava prestes a se encaixar. Podia sentir isso no fundo da alma.

Todo mundo sempre achava que o nervosismo de um piloto aumentava quando ele entrava no carro e ligava o motor, à espera de que as luzes se apagassem e de que dessem o sinal de largada. Mas no caso de Will era diferente. A ansiedade e as dúvidas sobre si mesmo eram, sim, um problema, mas do lado de fora das pistas. Quando ele se sentava atrás do volante, todas as vozes dentro da sua cabeça cessavam e as ideias clareavam. Ele estava no lugar certo, fazendo o que tinha nascido para fazer.

No instante em que as luzes se acenderam uma a uma, ele verificou suas rotações por minuto e respirou devagar. Quando a última luz piscou, pisou na embreagem e aumentou as rotações. Então as luzes se apagaram — hora de *correr* — e ele deu a partida. O carro disparou na reta, colando-o ao assento com uma força enorme.

Tae avaliou rapidamente a posição de cada carro na pista. Parte do cérebro de Will acompanhou, imaginando os veículos que se moviam atrás dele, mas se concentrou no que estava à frente.

Sempre que uma corrida começava, era como se o tempo passasse mais devagar, mas não para Will. Ele podia praticamente ver o futuro, visualizar os espaços entre os carros antes que surgissem, sentir quem estava prestes a perder o ponto de frenagem e quem erraria o momento da curva. Na pista, ele tinha um superpoder.

René Denis, o então campeão mundial, acelerou tentando alcançá-lo. Quando a aderência aumentou, Will o prensou contra a extremidade da pista, impedindo-o de avançar. Em seguida trocou de marcha e acelerou com cuidado, evitando patinar e comprometer sua pole position tão arduamente conquistada e abrindo com facilidade a distância de um carro em relação René, à medida que a primeira curva se aproximava. As primeiras voltas eram a parte favorita de Will nas corridas, quando os engenheiros e estrategistas permitiam que o piloto levasse o carro ao limite. Em breve, eles demandariam um jogo estratégico de gerenciamento de combustível e pneus para o restante da corrida. Mas, naquele momento, era pura velocidade, apenas ele e o carro dando tudo de si.

René ainda estava mais perto do que Will gostaria, então ele começou a trabalhar para tirar décimos de segundo do oponente, uma manobra precisa de cada vez. No final da primeira volta, René ainda tentava se recuperar atrás de Will, que ainda ocupava o primeiro lugar.

— Vou precisar que você controle um pouco a temperatura do freio, Will. Consegue dar um gás e ir pro acostamento na curva 13? — perguntou Tae, no fone de ouvido.

Will xingou baixinho. Se ele controlasse a temperatura dos freios, René poderia ganhar tempo para ultrapassá-lo.

— Assim você me mata, Tae — respondeu ele.

— Na verdade, só estou tentando te manter vivo — respondeu Tae.

Will começou a poupar os freios, evitando que René se aproximasse muito.

— Box, box, box! — gritou Tae, alguns minutos depois.

Ele voou para dentro do box e parou nas marcas, com as rodas perfeitamente sincronizadas, então a equipe de box da Lennox entrou em ação para substituir os pneus.

Um segundo, dois segundos, três segundos.

Omar já deveria estar dando sinal para ele sair.

— O que está acontecendo? — gritou ele no headset.

— A roda traseira direita emperrou na saída. Já está acabando — disse Tae.

— Que porra!

Todos aqueles preciosos décimos de segundo que o separavam de René começaram a se perder, acabando com sua liderança tão duramente conquistada.

Finalmente os mecânicos finalizaram as trocas e Omar o liberou. Will saiu do box com o motor no limite. Se ele dirigisse com velocidade total, e se nada mais desse errado, ainda conseguiria deter René.

Mas então Tae se opôs à ideia.

— Ainda é pra pegar leve com os freios, Will. Você vai precisar se controlar até o fim.

— Controlar é o cacete. Vou recuperar esse tempo.

Tae suspirou.

— Você até pode acelerar, só não queima os freios.

Ele acelerou ao máximo, recuando apenas quando Tae insistia, mas, quando desceu a reta final com os pneus cantando, René ainda estava na frente por angustiantes dois segundos. E no final ainda eram dois segundos a mais quando a bandeira quadriculada foi hasteada com René Denis em primeiro lugar e Will em segundo.

Assim que parou após a volta de desaceleração, toda a equipe do box da Lennox correu para cercar o carro. Paul estendeu a mão para ajudá-lo a sair, com um sorriso que Will nunca vira antes.

— Arrasou, Will. Vamos arrumar os freios e aí ninguém vai te parar, companheiro.

— Beleza, porque da próxima vez ninguém vai me ultrapassar.

— Assim que eu gosto de ouvir!

Paul deu um tapinha nas costas dele.

Tae foi o próximo, dando um abraço forte de lado.

— Eu vou curtir *muito* ser o engenheiro de corrida do campeão mundial de Fórmula 1.

Will estendeu a mão para ele.

— Sua bebida hoje à noite é por minha conta.

— Combinado. Agora vai pro pódio.

O hino da França começou a tocar nos alto-falantes, e Will observou a multidão lá embaixo. René, à sua esquerda e em um pódio *um pouco* mais alto, acenou para a sua equipe, vestida com os macacões vermelhos da Allegri. Todos gritaram e acenaram de volta, comemorando o primeiro lugar. Will esperava que eles tivessem gostado, porque, a partir daquele dia, o único hino que ele ouviria no pódio seria o sangrento "God Save the King".

Era angustiante para ele saber que poderia ter sido o grande vencedor, não fossem os freios, mas, sinceramente, conquistar o segundo lugar também era muito bom. Em toda a sua carreira na F1, ele nunca havia subido ali. Alcançar o segundo lugar em apenas duas corridas da temporada era praticamente um milagre. E ele estava gostando.

Will acenou para a equipe da Lennox. Todos sorriam e comemoravam, finalmente sentindo que estavam na disputa pelo campeonato. De pé ao lado de Tae e David, Paul levantou as mãos e aplaudiu seu novo piloto. Ele havia se arriscado muito ao contratá-lo, e era incrível fazer jus a essa escolha.

Mira também o observava, atrás do pai. Ela enfiou dois dedos na boca e assobiou. Meu Deus, ela estava linda. Um representante do comitê oficial se aproximou, apertou a mão de Will e lhe entregou o troféu de segundo lugar. Triunfante, Will o ergueu acima da cabeça e apontou para Mira. O troféu era tanto dela quanto dele. Ela jogou a cabeça para trás e riu, e a sensação foi quase tão boa quanto estar no pódio. Em seguida, René apontou um jato de champanhe na direção de Will, que se perdeu no caos de seu primeiro pódio na Fórmula 1. Com certeza não seria o último.

Terminada a corrida, Will não teve muito tempo para se vangloriar pelo sucesso, pois saiu direto para participar de entrevistas, conferências de imprensa, eventos corporativos e, por fim, um coquetel. Àquela altura, seu rosto já doía de tanto sorrir.

Ele tinha acabado de escapar da esposa de um dos patrocinadores e calculava quanto tempo faltava para poder ir embora quando duas mãos femininas cobriram seus olhos por trás e um corpo quente pressionou suas costas. Por um segundo, a esperança de que fosse Mira se dissipou quando uma voz rouca com um leve sotaque italiano ronronou em seu ouvido.

— Surpresa.

Quando ele se virou, ela afastou as mãos do rosto dele e as repousou em seus ombros.

— Francesca. *Isso*, sim, é uma surpresa.

Francesca trabalhava como modelo de um ou outro patrocinador. Era uma das lindas mulheres que apimentavam as corridas de Fórmula 1. Ele já havia saído com ela uma vez, em sua primeira temporada. Não ficou surpreso ao vê-la, mas por ela tê-lo procurado. Os dois haviam se cruzado em algumas corridas nos últimos três anos, mas Francesca optara por não se lembrar dele, não quando havia pilotos mais bem-sucedidos para flertar. Mas ali estava ele, de volta à F1, e ali estava ela, parecendo muito feliz por vê-lo novamente.

— Você foi incrível hoje, Will — disse ela, passando a ponta dos dedos na lapela da jaqueta dele.

— Obrigado.

Por cima do ombro dela, Will procurou Mira na sala. Estava torcendo para encontrá-la depois da festa e convencê-la a sair para fazer algo divertido. Os dois tinham um acordo. Se ele subisse ao pódio, os dois comemorariam juntos, mas ela havia simplesmente sumido.

— Will, acho que perdi minha bebida em algum lugar. Que péssimo, né?

Ele voltou a atenção para Francesca, que dava um show e tanto com aquele beicinho dramático. Ela era inegavelmente linda, com cabelos longos e escuros e olhos escuros sensuais. O vestido vermelho justo não deixava dúvidas de que cada centímetro de seu corpo ainda era tão delicioso quanto ele se lembrava.

— Que pena — disse ele.

Havia garçons por toda parte. Tudo que ele teve de fazer foi levantar o dedo e um deles apareceu com uma bandeja repleta de taças de champanhe. Francesca pegou uma e tomou um gole, sem tirar os olhos dele.

— Humm, que delícia. — Ela gemeu, lambendo os lábios de propósito. Será que tinha dado tão na cara da última vez? — Will, como você tem passado?

— Bem. Na verdade, estou ótimo.

Francesca levou a mão à nuca dele e passou os dedos pelo cabelo.

— Claro, tenho certeza que sim. Por que a gente não vai pra um lugar mais reservado e você me mostra o quanto?

Ele a encarou, surpreso. Então ele tinha *essa* opção, se quisesse. Embora estranhasse um pouco que *Francesca* estivesse dando em cima dele, convites daquele tipo não eram nenhuma novidade. Na

F1, havia bastante "boceta disponível", como costumavam dizer os caras da época de juniores. Mesmo depois que caíra na tabela de classificação, Will ainda podia escolher a mulher com quem iria sair, se estivesse a fim.

Será que ele queria ficar com Francesca aquela noite? Olhou para ela, o rosto lindo, o decote convidativo, o corpo de matar. Seria muito fácil e, sem dúvida, bem divertido. Sentiu uma espécie de interesse nascer.

Mas não em relação a Francesca.

Ele sabia o que queria e com quem queria, e isso o deixou irritado consigo mesmo. Ele estava realmente prestes a deixar passar uma noite de sexo sem compromisso com uma mulher maravilhosa que passaria a noite fazendo-o se sentir um herói, para ir procurar Mira, a única garota da F1 que estava explicitamente fora de questão? Sim. Parece que sim. O que Will estava fazendo com a vida dele?

— Hã... Francesca, desculpa, mas não posso.

— Não pode?

Naturalmente, ela não costumava ser dispensada desse jeito.

Ele examinou a multidão por cima do ombro de Francesca, desesperado por uma rota de fuga. Até que avistou Violet.

— Tem uma pessoa do RP que não para de acenar pra mim. Sabe como é... Preciso ir lá dar uma palavrinha.

Na verdade, Violet conversava com um barman e não dava a mínima atenção a Will, mas Francesca não precisava saber disso.

— Por que você não pega meu número e me liga mais tarde?

— Eu já tenho.

Will deu um tapinha no bolso da jaqueta onde estava o celular. Estava longe de ter o número dela.

— Então te vejo mais tarde?

Como ela não tinha querido papo com ele durante os três anos de rebaixamento, ele não se sentiu tão mal por dar um perdido nela.

— Com certeza.

Ela se inclinou para beijá-lo e ele recuou, mas mesmo assim ela conseguiu dar um selinho. Sem olhar para trás, Will se afastou e desapareceu em meio à multidão.

— Violet — chamou ele, quando finalmente a alcançou. — Você precisa me salvar. Por favor, me faz parecer muito ocupado durante os próximos dez minutos.

Ela lhe lançou um olhar entediado.

— Por quê?

— Tem uma modelo particularmente insistente na minha cola.

— Bem, acho que você vai ter que se salvar sozinho, garotão. Tô vazando.

— Pra onde você vai?

— Vou levar a Mira pra uma boate. Vamos comemorar.

Ok, então um acordo não era bem um acordo. Ela já tinha feito planos com Violet. Will se sentiu preterido, algo incomum no caso dele. Beleza.

— Vocês vão comemorar a corrida?

Violet revirou os olhos.

— Vamos comemorar a genialidade dela, seu babaca. Você teria largado no último lugar do grid hoje com dutos de freio de merda se não fosse por ela.

— Entendi — disse ele, devidamente repreendido. — Então vocês vão sair pra dançar?

— É, a Mira fica enrolando dizendo que está muito ocupada, mas não vou deixar ela se safar dessa.

Meu Deus, o que Violet estava tentando fazer com ele?

— Que boate?

Ele estava odiando o tom de desespero na própria voz.

— Um lugar chamado The Slide. Eu ia lá quando o meu ex estava em turnê pela Austrália. Ei, se você não estiver ocupado com sua modelo, pode acompanhar a gente.

Acompanhar. Ele podia até estar se rebaixando, mas não recusou o convite. Pelo menos Mira estaria lá.

— Vou, sim.

Ela o observou, obviamente intrigada.

— Ah, vai?

Ele apontou para Francesca.

— Eu preciso cair fora, Violet. E tenho que agradecer à Mira, certo? Que tal eu pagar as bebidas?

— Bom, então vamos nessa. Encontra a gente no saguão às onze.

15

Óbvio que Mira iria dar um bolo em Violet. Ir para uma boate parecia uma péssima ideia no momento.

Além disso, ela estava um caco. Não tinha tido um minuto de sossego desde os problemas do dia anterior. Acordara quatro vezes de madrugada para verificar o status do voo de Ollie e não tivera tempo nem de respirar direito até que Will tivesse levado o carro consertado para a pista. A ansiedade devia ter consumido pelo menos dois anos de sua vida.

Quando finalmente conseguiu aproveitar seu momento de glória, entrou no salão onde estava sendo realizado o coquetel e viu Will agarrado a uma mulher alta e linda, de cabelo escuro. Ela sabia que isso acabaria acontecendo e não estava errada.

No entanto, saber era diferente de ver. E ver as mãos daquela mulher no cabelo dele, as mãos dele em seus quadris... Era frustrante admitir, mas tinha sido como um soco no estômago. Ela *gostava* de Will. Tinha se esforçado muito para não gostar, mas gostava. E sabia que ele também gostava dela, à sua maneira. Mas a vida dele estava prestes a se tornar um turbilhão de entrevistas, festas e mulheres bonitas e disponíveis. Já classificado para o Grand Pix, não havia nenhuma chance de Will continuar flertando com ela, quando havia toneladas de ofertas melhores por aí. A promessa que ele havia feito de levá-la para sair e aproveitar cada cidade estava prestes a se tornar só uma memória distante.

Mas Mira se recusava a atribuir seu mau humor a isso. Só estava cansada de tanto estresse. Foi *por isso* que deu meia-volta e foi embora. Precisava descansar e talvez assistir a uma boa série na Netflix. E não porque não iria suportar vê-lo sair com aquela mulher. Claro que não.

Quando voltou para o hotel, tirou as roupas amarrotadas e foi direto para o chuveiro. Ajustou a temperatura no máximo e ficou sob o jato de água até os dedos se enrugarem. Exausta, olhou para seu reflexo no espelho. O cabelo havia secado naturalmente, o que significava que tinha ficado *ondulado*, um volume selvagem de cachos loiros bagunçados, e não daria tempo de alisá-lo.

Além disso, ela não tinha nada para vestir. Havia enchido a mala com um monte de blusas e calças sociais, e alguns vestidos discretos para eventos mais formais. Ela não frequentava boates. Tipo, nunca.

Quando ouviu Violet bater à porta, gemeu, irritada.

— Violet — disse ela —, desculpa, mas eu não tô...

Violet levantou a mão.

— Nem tenta recusar. Eu sabia que você ia fazer isso.

Mira gesticulou para si, impotente.

— Mas eu tô toda desarrumada...

— É um *bar*, Mira. Usa isso aí. Vai ficar ótimo. — Violet acenou com a mão e entrou no quarto, pegando as botas pretas do chão. — E põe isso. Elas são brilhantes... Queria que você usasse o meu número pra eu poder roubar. Coloca logo e vamos.

Ela olhou o que estava vestindo: regata e jeans desbotados.

— Tá de brincadeira? Isso aqui não é roupa de sair.

Violet lhe lançou um olhar exasperado.

— O que você usa quando sai em Los Angeles?

— Eu não saio.

— Bom, isso é triste. Mira, sei que você vai ficar chocada com o que vou te dizer, mas você *é jovem*. Sair, se divertir... é meio que esperado, sabe? E depois de hoje, você merece uma comemoração!

Tudo bem, ela iria. Um drinque, depois alegaria exaustão e pegaria um táxi.

— O meu cabelo...

Fez menção de ir até o banheiro, mas Violet agarrou seu braço e a puxou de volta.

— Tá divino. Sinceramente não sei por que você alisa todos os dias. Esses cachos são maravilhosos.

A relação dela com o cabelo era complicada. Em primeiro lugar, aquele era o cabelo da *mãe* dela, os volumosos cachos platinados que tornara Cherie Delain famosa. Mas o cabelo de Mira era um pouco menos dourado, um pouco menos anelado, um pouco... menos. Em segundo lugar, o cabelo dela era... bem, tinha sido o primeiro elogio que *ele* fizera. Ele dissera que os cachos radiantes a faziam parecer indomável. E, na época, isso parecia incrível. Desde que aquilo se voltara contra ela, Mira alisava o cabelo e o usava puxado para trás, como um lembrete do que *não* deveria ser. Domar o cabelo fora ótimo, na verdade.

Desesperada, encarou seu reflexo, então Violet a puxou. Ela só conseguiu pegar a jaqueta preta no encosto de uma cadeira antes de Violet empurrá-la porta afora.

— Você não vai acreditar no cara do site, Mira — disse Violet enquanto esperavam o elevador.

— Aquele do *Fórmula Fan*?

Violet revirou os olhos.

— Pensei que ele fosse a droga do Tom Hardy, tentando me convencer a conseguir uma entrevista com o Matteo. Juro, tô supercansada de me fazer de boazinha com esses idiotas.

— Então talvez você devesse...

A porta do elevador se abriu, mas ele não estava vazio.

— Ah, oi, garotas.

Mira não o conhecia, mas ele dava muita pinta de piloto. Era insanamente bonito, com cabelos e olhos escuros e um corpo de arrasar. Ele foi para o canto, com aquela confiança física inata que todos eles tinham.

Violet soltou um suspiro de puro desdém.

— Chase — disse ela.

— Violet — respondeu ele, com um sorriso de dentes brancos que contrastava com a pele bronzeada.

Violet engatou o braço no de Mira e a conduziu para o elevador, fazendo questão de ficar virada para o outro lado.

Sem se intimidar, ele estendeu a mão para Mira.

— Chase Navarro.

Irritada, Violet bufou e revirou os olhos.

Mira se virou meio sem jeito — já que Violet não soltava o seu braço — e o cumprimentou.

— Miranda Wentworth.

— Você é a filha do Paul Wentworth, não é?

— Ela também é uma assistente fodona, muito obrigada! — retrucou Violet.

Chase levantou as mãos para se defender.

— Tenho certeza disso. A propósito, parabéns pela corrida de hoje. A Lennox está indo muito bem.

— Obrigada. E você...?

Foi interrompida quando a porta do elevador se abriu no segundo andar. Chase se afastou da parede e passou por elas.

— Eu fico por aqui. Foi um prazer te conhecer, Miranda. Violet... — Fez uma pausa antes de sair, depois sorriu para ela novamente. — É sempre um prazer.

— Seu...

As portas do elevador se fecharam novamente antes que ela terminasse a frase.

— Quem é esse cara?

— Ninguém! — retrucou Violet, irritada.

— Bom, tá na cara que ele é alguém.

Violet suspirou, impaciente.

— Ele é da equipe da Hansbach de Fórmula 2. Dá pra *acreditar* nesse nome? Um piloto chamado "Chase"? Tão falso quanto o resto dele.

— Como você o conheceu?

— Ah, ele é da F2, então está em *todas* as festas. Na última temporada, eu estava entrevistando uma jornalista, e o babaca se intrometeu na conversa e a roubou só pra flertar. Tipo, eu entendo que os pilotos pegam todo mundo, mas o Will não chega nem *aos pés* desse aí.

Nesse momento, as portas do elevador se abriram no saguão e a primeira coisa que Mira avistou foi Will, como se Violet o tivesse invocado.

— O que *ele* tá fazendo aqui?

Da última vez que o vira, Will estava a um passo de ir para a cama com aquela modelo gostosa. Agora andava de um lado para o outro, sozinho e de cabeça baixa, com as mãos nos bolsos do jeans apertado. A camiseta cinza-escura era para ser algo totalmente normal, mas não dava para ignorar como o tecido abraçava os ombros gloriosos e caía sobre o peito largo. Devia ser proibido alguém ficar tão bem de camiseta e calça jeans.

— Ah — disse Violet, fingindo inocência. — Eu não te falei? O Will vai com a gente. Você não se importa, né?

Ela não sabia. Por um lado, sentia um incômodo alívio por ele não estar por aí, fodendo aquela mulher. Por outro, corria o risco de vê-lo pegando outra garota, e muito mais de perto. As palavras de Violet sobre Chase Navarro ainda pairavam no ar.

Os pilotos pegam todo mundo.

Will ouviu a voz das duas e se virou. Assim que viu Mira, paralisou e arregalou um pouco os olhos. Se ela já estava insegura no quarto, agora se sentia totalmente desconfortável. Seu cabelo estava uma bagunça. Geralmente usava aquela regata para lavar roupa — tinha certeza de que o sutiã ficava aparecendo. Vestiu depressa a jaqueta.

— Relaxa — disse Violet.

Will ainda a encarava quando as duas se aproximaram.

— Que foi?

Ela puxou a jaqueta para fechar, mas ainda se sentia muito exposta.

— Seu cabelo — disse ele, parecendo surpreso.

— Tá todo zoado.

— Eu gostei. Muito.

Ela estendeu a mão para tocá-lo, consciente demais de si, depois se xingou por dentro. E daí que o Will gostava do cabelo dela? Por que isso deveria importar?

Os olhos dele desceram brevemente pelo corpo de Mira.

— Você tá diferente. Bonita. Muito bonita.

Ela revirou os olhos para disfarçar o fato de ter ficado sem graça e, com um gesto firme, ajeitou uma mecha do cabelo atrás da orelha, onde ele se recusava a ficar.

— A gente já tá indo?

— Com certeza — respondeu Violet, atravessando as portas giratórias. — E hoje é por conta do Will.

O bar era um lugar decadente perto do rio, em um beco e com um lance estreito de escada. Mira já conseguia ouvir a banda quando ainda estavam a uns cinco metros da porta. As pessoas se espalhavam pelo beco, rindo e fumando, um mar de camisetas de banda desbotadas, piercings e tatuagens. Óbvio que Violet tinha encontrado aquele lugar estando do outro lado do mundo. Pelo menos ninguém reconheceria Will. Aquelas pessoas não pareciam gostar de esportes motorizados.

Will pagou a taxa de couvert e abriu caminho pela multidão até o bar, seguido por Violet e Mira. Quando encontrou um espaço livre, inclinou-se para as duas se acomodarem ao seu lado. De algum jeito, Mira acabou encostada em Will, com o ombro pressionado contra o peito dele. A sensação de estar tão perto era chocantemente íntima, o calor do seu corpo pressionado do lado esquerdo dela, seu rosto a poucos centímetros.

O barman estava superocupado, mas Violet deu um jeito de capturar a atenção dele com uma única palavra. Pediu uma dose de tequila, e Will, uma cerveja.

— Uma água com gás — disse Mira, quando chegou sua vez.

Violet se virou para ela.

— Sério, Mira?

— *Tudo bem.* Vodca com cranberry.

Talvez uma bebida a ajudasse a se soltar um pouco.

— Melhor — disse Violet, sorrindo. — Quer dizer, olha só esse lugar. Está cheio de caras gostosos. Vamos nos divertir pra caramba hoje à noite.

— Acho que vou só ouvir a banda por enquanto.

Violet deu de ombros, já distraída com um rapaz loiro e esguio na ponta do balcão.

— Fica à vontade. E você, Will? Já tá com o olho treinado em alguma garota?

Mira lançou um olhar rápido para ele, depois desviou para a bebida. Ai, meu Deus, será que ela teria que ouvi-lo decidir qual mulher pegar e depois ainda ver o desfecho? Tomou um longo gole do drinque pelo canudinho. Ter ido ali tinha sido uma *péssima* ideia.

Ele pigarreou.

— Vou só... hm, ouvir a banda também. Por enquanto.

Mira olhou para ele, que encarava a cerveja.

— Bom, então vou deixar vocês dois criando raízes aqui e vou até ali dar uns beijos naquele australiano gostoso.

Violet virou o shot, deu as costas para os dois e foi em direção à sua presa.

— É sério isso? — murmurou Mira.

Mas, segundos depois que Violet se aproximou, o loiro já estava sorrindo e pagando outra dose para ela. Então, tudo bem. Violet era uma mulher que conseguia o que queria. Pelo jeito, Mira e Will estavam por conta própria.

Ele se inclinou para falar perto do ouvido dela. As palavras vieram com uma corrente de ar quente no pescoço de Mira.

— Acho que te devo um obrigado.

Quando ela se virou para encará-lo, o rosto dele estava a poucos centímetros.

— Você disse que sua vitória foi pra mim. Então estamos quites.

— Nem perto. Foi o meu primeiro pódio na Fórmula 1, e foi você que tornou isso possível. Então obrigado.

Ele ergueu a cerveja e os dois brindaram.

— De nada.

Mira se surpreendeu por ele ter conseguido ouvir sua resposta sussurrada.

Ele manteve o contato visual por tempo demais, então seus olhos desceram até os lábios dela. Mira desviou rapidamente o olhar de volta para a banda e deu mais um longo gole na bebida.

— Eles são muito bons — comentou, como se a banda do bar australiano fizesse a apresentação ao vivo mais fascinante que ela já tinha visto na vida.

— São mesmo.

Tomou mais alguns golinhos do drinque. Já estava quase acabando. O barman devia ter colocado muito gelo.

— Quer mais um? — perguntou, de novo muito próximo ao seu ouvido para que ela sentisse as palavras.

— Ah. Claro, acho que sim.

O bar estava quente, e a bebida, gelada. Assim que terminou a primeira dose, sentiu a vodca começar a fazer efeito, eliminando a tensão do pescoço e da coluna. Tirou a jaqueta e a deixou sobre a banqueta. Will lhe entregou outra bebida, e ela tomou um golinho, agradecida. Ele ainda estava muito perto, a camiseta roçando seu braço, o quadril batendo no dela sempre que se mexia. Todo o corpo de Mira formigava só de estar ao lado dele. Ela manteve os olhos na banda, embora quase não prestasse atenção no que ouvia.

A pista de dança ficava entre o bar e o palco, e estava lotada de pessoas banhadas por uma luz azul. Todos pareciam se divertir. Ela se lembrava daquela sensação, de estar energizada pela música e pela dança, como se tudo fosse possível, como se tudo pudesse acontecer. Como se tudo *fosse* acontecer, se ela quisesse.

Violet estava certa. Ela podia se divertir um pouco, especialmente naquela noite. Mira tinha arrasado no trabalho — salvado o dia, na verdade — e isso merecia uma pequena celebração, certo?

Nem percebeu quando começou a se mover no ritmo da batida. Há quanto tempo ela não dançava? Deixou o copo vazio no balcão e foi para a pista, onde mergulhou no momento e no embalo da música. Talvez fosse o efeito da vodca, mas quem se importava? Ela se animou com as conquistas do dia e com a sensação de que tudo era possível. Era *incrível*. Violet estava certa. Mira era jovem e, naquela noite, queria aproveitar.

16

Will não conseguia parar de encarar. Talvez Mira estivesse bêbada. Bem, talvez não bêbada, mas definitivamente altinha. Era a única explicação. Ela estava *dançando*. Mira. Bem ali, no meio da multidão, a cabeça jogada para trás, os olhos fechados e os braços erguidos, absolutamente perdida na música. Ele não conseguiria desviar o olhar nem se tentasse, e não queria tentar.

Ele *queria* Mira com uma intensidade que o chocou. A batida da música, a pulsação do sangue e a força daquele desejo se uniram em uma batida latejante.

Imaginou aqueles braços envolvendo seus ombros e aquelas coxas envolvendo seus quadris. Imaginou o sutiã preto de renda quase aparecendo sob a regata branca fina, as mãos tocando e sugando aqueles seios. Pensou como seria enfiar os dedos naquele cabelo inacreditavelmente perfeito enquanto a beijava, a deitava e pressionava o corpo contra o dela. Nunca tinha pensado que, quando ela finalmente soltasse o cabelo, ele seria daquele jeito... um volume longo e maravilhoso de cachos loiros bagunçados, parecendo que ela havia acabado de sair da cama depois de uma transa muito boa.

Sem pensar duas vezes, largou a cerveja e foi até ela, entre a multidão de corpos. Os dois foram imediatamente cercados, um de encontro ao outro.

Ela olhou para trás e, quando percebeu que era ele, sorriu e fechou os olhos novamente, deixando-se levar pela música. Alguém esbarrou em Will, que se deslocou para a frente e se apoiou nos quadris dela para se firmar. Quando recuperou o equilíbrio, manteve as mãos onde estavam, com delicadeza. Ela não reclamou. Toda vez que a multidão se agitava, Mira acompanhava o movimento, até que os braços de Will quase a envolveram, o cabelo dela fazendo cócegas em seu queixo, seu perfume subindo cada vez que ele inalava. Quando Will baixou a cabeça, descansando a têmpora na dela, sentiu o corpo de Mira se render lentamente contra o seu. Era o convite que ele estava torcendo para receber.

A música continuou tocando, a batida pesada cada vez mais forte enquanto os dois dançavam juntos. Will a girou devagar. Então Mira ficou de frente para ele, a poucos centímetros de distância. A luz azul banhava o rosto dela, e seu cabelo brilhava como se estivesse cercado por um halo. Os cílios subiram até que aqueles grandes olhos fitaram os dele, brilhando sob as luzes.

O que aconteceu em seguida pareceu inevitável, como se Will fosse apenas um cometa orbitando ao redor de Mira, atraído inexoravelmente pela gravidade. Ele ergueu as mãos e os dedos longos seguraram o pequeno rosto dela. Quando ele baixou a cabeça, ela voltou a fechar os olhos. Will parou por um segundo, saboreando o momento, então a beijou. Não havia nenhum outro lugar no mundo onde ele devesse estar, senão ali, naquele instante, beijando aquela garota. Nada parecia tão certo desde a primeira vez que ele pegara no volante para dirigir. Ele podia sentir isso acontecendo, como se algo se encaixasse em seu coração. Will estava se apaixonando por Mira como se apaixonara pelas corridas: de um jeito intenso, rápido e sem volta.

Quando ele abriu a boca, ela o deixou entrar, e ele mergulhou na perfeição daqueles lábios, daquela língua. Todas as fantasias que havia tido com Mira não eram nada em comparação com a realidade. Aquele era o melhor beijo da sua vida, o mais intenso. Talvez fosse porque fazia uma eternidade que ele a desejava, ou era o que parecia.

As mãos dela dançaram pelos seus braços, deslizaram pelos seus ombros até chegar ao cabelo. O raspar das unhas em seu couro cabeludo provocou uma onda de prazer em Will, que acariciou as costas de Mira, moldando seu corpo ao dela. Então ele pousou as mãos nos quadris dela e a puxou para mais perto, até sentir o coração dela batendo contra o seu peito no ritmo da música. Com os corpos colados e as línguas se tocando, Will ficou duro. Mesmo com a batida incessante da música, a respiração arrastada de Mira se confundia com os batimentos cardíacos dele e ecoava nos ouvidos de Will.

Ele voltou a envolver as mãos nos lindos cabelos de Mira e os apertou. Eram macios contra seus dedos, exatamente como ele havia imaginado. Sem interromper o beijo, Mira gemeu, um som baixo e suave de rendição que quase o fez perder a cabeça.

Quando os dois finalmente se afastaram, Mira ainda permaneceu com as mãos nos ombros de Will, e ele ainda a abraçava, as testas se tocando.

Ele levou a mão ao rosto dela e, com o polegar, o acariciou.

— Vou chamar um táxi pra gente, tudo bem?

Eles precisavam sair daquele bar quente e lotado.

Ele baixou a cabeça para dar um beijo na bochecha dela, na lateral do pescoço e no lóbulo da orelha.

— Eu te quero demais — sussurrou ele. — Vem pra casa comigo.

Quando ele levantou a cabeça, Mira estava com os olhos fechados e as sobrancelhas franzidas. Ela tirou as mãos dos ombros dele e gentilmente se afastou. Um sopro de ar passou entre os dois.

— Não... eu...

— Mira.

Ela o empurrou com mais força e ele a soltou.

— Não posso. Desculpa. Eu não devia ter...

Quando abriu os olhos e ergueu a cabeça, parecia prestes a chorar. O desejo de Will se transformou em culpa. Será que ela estava mais bêbada do que ele tinha pensado? Ele havia se aproveitado dela em um momento de fragilidade?

— Ei, tá tudo bem? Fala comigo.

Ele se aproximou e a pegou gentilmente pelos ombros, tentando trazê-la de volta.

Ela se desvencilhou, com lágrimas no rosto.

— Preciso ir ao banheiro.

Abriu caminho pela multidão e o deixou sozinho no meio da pista, fazendo-o se sentir um grande babaca.

17

Mira fechou a porta do banheiro com força, encostou-se nela e deslizou até se sentar no chão, com a respiração pesada. O corpo todo ainda vibrava. O rosto estava banhado de lágrimas, e a garganta doía com um soluço reprimido.

Não, não, não, não, não.

Por que tinha feito uma coisa tão *idiota*?

Ela não podia culpar Will, apesar de ele ter iniciado o contato. Sim, ela tinha bebido, mas não estava bêbada, a menos que estar bêbada de música e emoção contasse. Envolvida por tudo que estava sentindo na pista de dança, ela se virou para encará-lo e no mesmo instante *soube*. A intenção dele ficou clara assim que ela fitou seus olhos. Mira sabia o que estava por vir e não fez nada, permitindo que acontecesse, gostando que acontecesse.

E quando conseguiu...

Eu te quero demais.

Mira fechou os olhos e soltou um gemido curto e indefeso. Também queria Will. Os efeitos daquele beijo ainda reverberavam em seu corpo. Ela ainda podia sentir a ponta dos dedos dele em sua nuca, a mão dele em seu cabelo... ainda podia sentir o gosto do seu beijo. Os mamilos estavam endurecidos e, entre as pernas, ela sentia uma necessidade pulsante ao se lembrar das palavras que ele havia sussurrado.

Qual era o *problema* dela? Será que nunca iria aprender? A temporada mal havia começado, e ela já estava se pegando com um cara em um bar. E não era um cara qualquer... era *Will*. Will, piloto da equipe do *pai* dela. Will, que ela estava começando a considerar um amigo. Will, o único cara — possivelmente no mundo — que poderia estragar tudo que ela estava se esforçando para conquistar. Era como se Mira procurasse uma maneira de se autossabotar.

Tirou algumas toalhas de papel do suporte na parede e secou o rosto. Bem, a diferença era que, da última vez, ela tinha dezesseis anos e era inexperiente. Agora tinha vinte e três e era muito mais esperta. Esperta o suficiente para dar um passo atrás e se recompor em vez de se lançar em direção ao desastre sem pensar duas vezes. Não importava como ele a fizesse se sentir, o que acontecera lá fora não poderia acontecer novamente.

Quando ela abriu a porta do banheiro, Will a esperava, recostado na parede, com os braços cruzados.

— Você tá bem?

— Olha só, eu sinto muito. Eu não devia ter feito aquilo. Foi errado da minha parte.

Ele se afastou da parede e deu um passo em direção a Mira. Abriu um sorriso que fez o coração dela se apertar.

— A culpa é minha.

Estendeu a mão, mas ela se afastou, balançando a cabeça, prestes a entrar em pânico.

— Eu não devia ter deixado. Não posso fazer isso. É...

O sorriso dele desapareceu.

— Por quê?

— Não pode acontecer. Você e eu.

Ele ficou em silêncio por um momento, um silêncio tão pesado que parecia esmagá-la. Will a encarava — Mira sentia isso, mas não conseguia suportar a ideia de olhar nos olhos dele.

— Então você só quer esquecer que aconteceu? — perguntou ele, por fim.

— Acho que é melhor.

Ele riu de um jeito irônico, mas não discutiu.

— Tudo bem, fechado. Então nunca aconteceu.

— Eu gosto de você, Will.

— O quê?

Ela se obrigou a levantar a cabeça e encará-lo. Will parecia confuso, tentando entender o que ela queria dizer.

— Você é meu amigo e eu gosto muito de você.

— Amigo — repetiu ele.

— É só isso que podemos ser.

Mais silêncio. A expressão dele era inescrutável enquanto refletia sobre o que acabara de ser dito. Por fim, assentiu de leve e suspirou de um jeito cansado.

— Certo. Amigos.

— Acho melhor eu ir.

Ele assentiu com firmeza.

— Vou chamar um carro pra gente.

— Não, não precisa...

— Mira, não vou deixar você voltar pro hotel sozinha a essa hora.

— Eu não vou sozinha. Vou procurar a Violet.

— Então vou levar vocês duas de volta.

— Não precisa ir embora...

— Não vou ficar aqui sem você.

Sem forças para contra-argumentar, ela passou por ele e foi procurar Violet. Encontrou-a no bar conversando com um cara — não o loiro australiano.

— Violet, desculpa interromper, mas preciso ir embora.

Violet se virou e olhou de Mira para Will. Fosse lá o que ela tivesse visto a fez omitir as perguntas que obviamente queria fazer e apenas assentiu.

— Claro. Vamos.

Enquanto o Uber serpenteava pelas ruas escuras de Melbourne em direção ao hotel deles, a mente de Will estava na pista de dança, com o corpo colado em Mira, extremamente excitado e pronto para fazer tudo que vinha fantasiando desde que a conhecera.

Mas nesse momento ela estava no assento mais distante, toda triste e encolhida, encarando a paisagem em silêncio. Ele havia dito que faria o mesmo que ela e esqueceria o que acontecera entre os dois. Mas era mentira, porque não tinha como esquecer a sensação de estar com ela e sentir o gosto dela. Mesmo ali, no banco de trás de um táxi escuro, em um silêncio tenso, ele sentia o sangue esquentar e o pau ficar inacreditavelmente duro só de pensar naquele beijo.

Tinha ficado bem claro que ela se sentia tão atraída por ele quanto ele era por ela, mas, por algum motivo, Mira se recusava a ceder. Will sentiu um formigamento de frustração e desejo negado percorrer a espinha, mas não havia nada que pudesse fazer a respeito. Ela havia chorado. Ele a beijara, e ela havia *chorado*. A lembrança esfriou um pouco sua luxúria.

O carro parou em frente ao hotel de Will, e ele desceu.

— Coloquei o hotel de vocês como segunda parada. Então já tá tudo certo.

— Obrigada — respondeu Violet no mesmo instante.

Antes de fechar a porta, ele hesitou e olhou de relance para Mira, que havia se mantido afastada de propósito, encarando a rua pela janela. Violet olhou para Will, depois para Mira, então de volta para ele e deu de ombros.

Beleza. Ela não abriria a boca para falar com ele aquela noite. Talvez nunca obtivesse respostas, porque essa era uma prerrogativa dela. Mira havia dito que "não". Portanto só restava superar e seguir em frente. Como se fosse simples.

— Avisem quando chegarem ao hotel — disse ele, por fim.

Como Mira não respondeu, Violet interveio:

— Com certeza. Obrigada pelos drinques.

Ele passou a mão no cabelo, ainda frustrado.

— Não foi nada.

Esperou um pouco antes de entrar no saguão, observando o carro desaparecer.

Quase imediatamente, avistou Rikkard, um dos pilotos reserva da Lennox, indo para o bar do hotel.

— Olha só quem apareceu! O sr. Segundo Colocado, porra!

— E aí, Rikkard.

Rikkard era finlandês, tinha vinte anos e estava começando a carreira. Era um piloto muito promissor. Na verdade, ao olhar para Rikkard, Will lembrava muito de como ele mesmo era naquela idade: um talento bruto que precisava ser lapidado pela experiência e uma pessoa com tendência a se divertir demais. Era óbvio que, naquele momento, ele estava significativamente bêbado.

— Will, vem comigo. — Rikkard passou o braço ao redor do ombro dele. — Tem um bar lotado de mulheres lá dentro, todas desesperadas pra te dar os parabéns.

— Não sei se tô no clima — disse ele, protelando.

Rikkard parou de repente e se virou, desajeitado, para encará-lo.

— Will. — Bateu as mãos nos dois lados do pescoço de Will. — Você subiu no pódio! Na segunda corrida desde que voltou! Como assim não tá no clima, porra? Você tem a *obrigação* de entrar lá e comemorar! Beber um champanhe, conseguir umas transas. Vamos *logo*. Essa é a melhor parte das corridas!

Talvez não fosse a *melhor* parte das corridas, mas Rikkard não estava errado. Ele havia subido no pódio. Devia comemorar. As coisas com Mira deram muito errado. Mas isso não queria dizer que ele tinha que se arrastar pelo quarto e ficar se lamentando.

O som da música e das risadas se espalhou pelo saguão enquanto ele pensava. Nesse momento, um vulto se materializou no bar mal iluminado. Um vulto bem torneado em um vestido vermelho justo.

— Oi de novo, Will.

— Oi, Francesca.

18

Alguns minutos depois, o Uber deixou Mira e Violet em frente ao hotel.

— Obrigada por ter voltado pra casa mais cedo comigo — disse Mira enquanto as duas passavam pelas portas giratórias. — Fiquei contente.

— Parecia que você estava precisando — comentou Violet, em tom neutro.

— Estava mesmo.

As mãos de Mira ainda estavam trêmulas. Toda vez que fechava os olhos, ela o imaginava na pista de dança, a voz urgente de Will em seu ouvido, implorando para ela voltar para o hotel com ele.

Violet soltou um suspiro exasperado.

— Mira, sou péssima nisso, mas se quiser conversar...

— Não, tá tudo bem, eu só...

— Mira?

Aquela era a única voz que ela não queria ouvir. Não naquela noite. Ela se virou lentamente para encarar o pai. Ele tinha acabado de entrar no hotel, de braços dados com Natalia. Mira se lembrava vagamente de que haveria uma festa de um patrocinador da equipe. Ela deveria ter ido com o pai. Fazer o trabalho dela, ficar com ele a noite toda... era onde deveria ter estado. Porque olha só o que acontecia quando não estava.

Como Mira ficou quieta, Violet se intrometeu:

— Oi, Paul. Você também acabou de voltar?

Paul as observou com cuidado. Mira queria morrer. Por que o chão de mármore polido não podia se abrir e a engolir inteira? Ela estava um caco — o cabelo revolto, a maquiagem borrada de lágrimas, os lábios inchados por causa do beijo.

— Pelo jeito nossa noite não foi tão animada quanto a de vocês.

Violet riu, mas Mira ficou séria, percebendo o julgamento nas entrelinhas. Era exatamente isso que ele temera quando ela pedira para trabalhar na Lennox. E ali estava ela, provando que todos aqueles medos tinham fundamento. Paul não fazia ideia sobre Will. Seria capaz de nunca mais falar com ela se descobrisse o que a filha fizera aquela noite.

— Eu arrastei a coitada da Mira pra uma boate comigo pra ouvir uma banda. Foi difícil fazer convencê-la a ir comigo.

— Não sabia que ainda fazia esse tipo de coisa, Miranda.

A cara feia se aprofundou, e ela estremeceu de vergonha e sentiu o rosto corar quando se obrigou a olhar o pai nos olhos.

— A música era boa — murmurou ela. — Mas, é, não é muito meu estilo.

O silêncio era tão frágil que até Violet parecia intimidada demais para quebrá-lo. Será mesmo que fazia apenas um dia que ela tinha salvado a corrida e o pai a tinha olhado com um ar cheio de orgulho e dito que ela tinha feito um bom trabalho? Naquele momento, não havia nem sinal daquele olhar.

— Bem, estou exausta — disse Natalia, sempre habilidosa. — Vamos subir e descansar um pouco.

— Boa noite — falou Mira, quando os dois passaram por ela.

Paul se deteve.

— Te vejo no avião amanhã, Miranda? Queria repassar com você alguns documentos durante o voo.

— Claro. O que precisar.

Ela levaria o notebook e todos os documentos e pastas que estavam com ela naquele voo do dia seguinte. O descanso podia esperar. Ela trabalharia todos os minutos em que estivessem no ar.

— Boa noite, Miranda.

Violet e ela observaram em silêncio Paul e Natalia se afastarem. Quando as portas do elevador se fecharam, Violet se voltou para Mira.

— Que porra foi essa?

— Nada.

— Nada? Parece que o seu pai flagrou a gente voltando pra casa escondido! Ele ficou bravo por você ter *saído*?

— Ele não ficou bravo. Ficou decepcionado. O que é muito pior. Eu não devia ter ido.

Mira caminhou em direção ao elevador, mas Violet a segurou pelo braço.

— Mira, por que cacete ele ficaria chateado porque você saiu e se divertiu um pouco? Você é adulta.

Elas entraram no elevador.

— Ele tem um bom motivo. É tudo que posso dizer — respondeu ela, quando Violet fez menção de protestar.

Assim que o elevador parou, Violet encostou a mão na porta para segurá-la enquanto Mira saía.

— Ei, as coisas mudaram. Você não é mais aquela garota das manchetes.

Os olhos de Violet disseram a Mira tudo que ela precisava saber. É claro que Violet havia desenterrado qualquer sujeira que ainda houvesse por ali.

— Eu... — começou Mira, mas as palavras não saíram.

— Mira, relaxa. Eu cuido de você. Vai dormir um pouco.

Um momento depois, Violet soltou a porta, que se fechou.

Mira viu seu reflexo na porta de latão polido, outra acusação silenciosa. O cabelo estava uma bagunça, o rosto, pálido, os olhos, vermelhos e lacrimejantes. Sem dúvida se parecia com aquela Mira de antigamente, que pensava ter deixado para trás.

No dia seguinte, ela começaria tudo do zero e baniria aquela garota da história de uma vez por todas.

Singapura

Dois dias depois daquela noite em Melbourne, uma foto de Will e da mulher de cabelo escuro com quem Mira o flagrara na festa apareceu na internet. Só que os dois estavam no saguão do hotel dele, claramente *depois* que ele saíra do Uber.

Confusa, Mira ficou quase sem ar, mas, se precisasse de mais um lembrete de que o beijo havia sido um erro, ali estava. Sim, ele a havia beijado. Sim, ele havia pedido que ela o acompanhasse até o hotel. Mas Will claramente encontrara uma substituta bem rápido.

O quase acidente reforçou a decisão de Mira de ficar longe de Will sempre que possível. O que acabou se mostrando bem fácil de fazer. Com todas as obrigações que tinha enquanto a equipe seguia para Singapura, Mira não o viu nenhuma vez. Talvez ele também a estivesse evitando. Apesar de garantir que a considerava uma amiga, com certeza aquele beijo interrompido e o posterior surto de Mira tinham posto um fim nisso. Era óbvio que ele havia seguido em frente. E era hora de Mira fazer o mesmo.

Por isso ela se surpreendeu ao receber uma mensagem de Will uma hora após o término da coletiva de imprensa, no primeiro dia inteiro da equipe em Singapura.

A mensagem era concisa e urgente.

Me encontra no saguão do hotel. Preciso de ajuda.

Para que Will precisava da ajuda dela? Se houvesse um problema com a suíte dele, os gerentes do hotel moveriam montanhas para resolver. Com o carregamento e a montagem da garagem da Lennox na pista ainda em andamento, era um péssimo momento para Mira se ausentar. Mas, quer ela gostasse ou não, Will era parte do seu trabalho, e, se ele estava dizendo que precisava de ajuda, ela tinha de socorrê-lo.

Era um alívio sentir o ar fresco do saguão de mármore branco depois de sair da umidade implacável do lado de fora. Mira enxugou o suor da testa e o procurou. Will estava em uma poltrona de couro, olhando o celular. Assim que o avistou, ele também ergueu o olhar e abriu um enorme sorriso. Desde aquela noite em Melbourne, Mira não havia parado de trabalhar nem por um segundo, determinada a apagar o beijo da memória, mas simplesmente um lampejo daquele sorriso devastador foi o bastante para fazer tudo desmoronar.

Ela não devolveu o sorriso e se controlou para permanecer impassível. Também tentou desviar o olhar quando ele ergueu o belo corpo da cadeira e caminhou em sua direção. Mira transpirava e estava desarrumada após a caminhada da pista até o hotel, mas ali estava ele, com se tivesse acabado de sair de um anúncio de roupas íntimas da Calvin Klein. As mulheres — e um cara ou outro — sempre paravam tudo que estavam fazendo para observá-lo, um deus entre os mortais. Mas Will parecia alheio às reações que provocava.

— O que aconteceu? — perguntou ela quando ele se aproximou. — Qual é o problema?

— Preciso de camisetas — respondeu ele, com uma expressão sombria.

— O quê?

— Preciso de camisetas novas, por isso vou fazer compras e você vem comigo.

Ela fechou os olhos e balançou a cabeça, confusa.

— Você me tirou da pista pra te ajudar a comprar roupa? Tá falando sério?

Ele fez um gesto de pouco caso.

— Aqueles caras já montaram a garagem da Lennox um milhão de vezes. Vão ficar bem.

— Mas e se alguma coisa der errado? E se eles tiverem alguma dúvida? E se...

— Eles podem te mandar uma mensagem. Como eu fiz.

— Só que se isso acontecesse seria uma emergência *de verdade*, não um problema no estoque de camisetas!

— Minha situação é definitivamente uma emergência — disse Will, em tom grave. — Além disso, eu falei que ia te levar pra se divertir um pouco durante as viagens.

— Você não pode ligar pra outra pessoa te ajudar com isso? — questionou ela, exasperada. Como ele pareceu não entender, ela explicou melhor: — Aquela mulher? De Melbourne? Vi umas fotos suas com ela na internet.

Ele abriu um enorme sorriso, sem nenhum constrangimento.

— Você tá me vigiando, Mira?

— A Violet me mostrou.

Era mentira, mas ele não precisava saber. Will deu de ombros.

— Era só a Francesca. Acho que ela tá saindo com o Rikkard. Não importa. Enfim...

— Você não dormiu com ela?

O sorriso voltou.

— Não, Mira. Eu não dormi com ela.

Mira sentiu o rosto pegar fogo de vergonha e olhou para baixo, incapaz de suportar a expressão totalmente presunçosa no semblante dele.

— Bom, não é da minha conta...

— Eu não dormi.

— Tudo bem.

— E aí? Camisetas? E depois uma surpresa pra gente se divertir.

Mira estava desconsertada. Ele não dormira com aquela mulher. Não que isso importasse. Mas mesmo assim, apesar de tentar se segurar, uma pequena parte dela gritava de alegria. Se fosse esperta, diria para Will ir comprar as próprias camisetas idiotas sozinho e para deixá-la em paz. Passar um tempo com ele que não fosse trabalhando já havia se mostrado um perigo. Havia muito mais a ser feito na pista, mesmo que Will estivesse certo e a montagem da garagem não exigisse, exatamente, sua supervisão. Definitivamente, ela deveria dar as costas e ir embora.

No entanto, exceto por aquele beijo infeliz, ela *gostava* de ser amiga dele e no momento lutava contra uma forte onda de alívio por Will não ter ficado com outra pessoa aquela noite.

Mira soltou um suspiro cansado e acabou concordando.

— Você me deve uma agora.

Ele sorriu, e ela se esforçou para não sorrir também. Fez até uma boa encenação de quem não estava gostando nem um pouco daquilo enquanto ele a arrastava para fora do hotel.

— Você me prometeu que a gente faria algo divertido. E aí?

— Calma, Mira. Eu já não te paguei um Starbucks?

— Isso não foi divertido. Foi uma questão de sobrevivência.

Ela bebericou o último gole de latte gelado, ignorando o sorriso presunçoso de Will. Graças a Deus o Starbucks era uma rede global. Dava para encontrar uma filial em quase todo lugar do mundo, até num shopping em Singapura.

— Você sempre toma essa quantidade enorme de cafeína?

— Humm... sim, sempre.

Cafeína sempre tinha sido a coisa que Mira mais gostava de consumir, mais do que queijo e sorvete. A paixão chegava *nesse* nível.

— Não é nenhuma surpresa. Isso explica muito sobre você.

— Então, pra onde vamos agora?

— Calma, já disse.

— Me dá uma dica.
— Você tá muito ansiosa!
— Não gosto de surpresas.
— Também não me surpreende.
— Will...
— Ali.

Ele parou de andar e apontou para a frente.

— Uma roda-gigante?
— Não é uma roda-gigante; é uma roda de observação. A Singapore Flyer: a maior roda de observação da Ásia! Nas cabines de observação com ar-condicionado, é possível ter uma vista panorâmica da cidade inteira.
— Parece que você tá citando um site.
— E estou — admitiu ele. — Vi uma publicação sobre as melhores atrações turísticas de Singapura, e essa estava no topo da lista.
— Você tá falando sério?
— Promessa é promessa. Vamos logo.

Quando a funcionária da bilheteria percebeu que eles estavam lá para participar da Fórmula 1, imediatamente lhes entregou ingressos VIP e reservou uma cabine de observação só para os dois, embora fosse grande o bastante para mais de vinte pessoas.

— Vocês fazem isso em todas as cidades? — perguntou Mira enquanto a cabine deles começou a subir.
— Sair pra comprar camisetas? Não, eu falei que era uma emergência.

Ela riu.

— Não, não tô falando de fazer compras. Tô falando disso aqui. As coisas turísticas.
— Não. Eu passo a maior parte do tempo na suíte do hotel e na academia.
— E você que criticou o fato de eu nunca sair...
— Escuta, sair também é bom pra mim. Para de ser tão egoísta, Mira.
— Tudo bem, tudo bem. — Ela observou a vista do porto enquanto eles subiam lentamente. — Admito que não é tão ruim.

Ele encostou o ombro no dela.

— Não, não é.

Quando foi que ele tinha chegado tão perto? Os dois estavam sentados lado a lado na cabine, a coxa dele tão perto da dela que Mira sentia o calor do corpo de Will. A mão dele segurava a borda do banco ao lado da dela, as laterais dos dedos tão próximas que ela podia jurar que havia faíscas atravessando o pequeno espaço.

Ela havia passado a última semana evitando-o, tentando lembrar a si mesma os motivos pelos quais Will era perigoso, e quase conseguiu. Nesse momento, depois de uma hora em sua companhia, o simples fato de estar sentada ao seu lado deixava suas emoções à flor da pele, a força de vontade esquecida lá embaixo enquanto eles subiam. Ficarem sozinhos naquela cabine era uma péssima ideia. Não havia ninguém — nenhum turista tagarela nem crianças gritando — para amenizar a tensão.

Mira respirou fundo, levantou e se aproximou do corrimão ao longo da parede de vidro. O sol estava começando a se pôr. Além da linha do horizonte, o porto se estendia ao longe, iluminado de dourado e laranja.

— A vista é linda — disse ela com uma animação forçada. — Dá pra ver quilômetros daqui de cima.

O plano era continuar fazendo comentários insossos sobre o clima ou perguntar para Will como tinha sido o voo. Mas ela tinha que dizer alguma coisa para dissipar aquele desejo doloroso que ameaçava tomar conta dela e não conseguia pensar em nada mais sensato, nem se sua vida dependesse disso.

Percebeu quando Will se levantou e se postou atrás dela.

— É mesmo.

Amigos, amigos, amigos, ela repetia mentalmente para lembrar o que tinha ido fazer ali. Os dois tinham se divertido. Até mesmo comprar aquelas suas malditas camisetas caríssimas tinha sido gostoso, e eles não podiam estragar tudo fazendo outra coisa.

— Ah, olha só, dá pra ver a pista daqui.

Ela apontou para o formato sinuoso do Circuito Urbano de Marina Bay abaixo, cercado e livre de tráfego durante a preparação para os treinos do dia seguinte.

— Parece tão fácil daqui de cima — comentou ele, apoiando-se no corrimão ao lado dela.

— É só dar sessenta e uma voltas na pista, a toda velocidade. Sinceramente, Will, não sei por que o salário de vocês é tão alto. Qualquer um poderia fazer isso.

Will deu uma risadinha, e os ombros deles se tocaram novamente. Será que ele sabia? Será que percebia que, toda vez que a tocava, um calor tomava conta do corpo dela? Mesmo que a cabine fosse refrigerada, parecia que o ar quente e úmido de Singapura a pressionava. Seu colo estava corado, e sua nuca, úmida.

Engolindo com dificuldade, ela examinou o horizonte de Singapura à procura de algo, qualquer coisa, em que se concentrar.

— Você sabe que ilha é aquela? — perguntou, dolorosamente consciente de como sua voz soava desesperada.

Ele deu de ombros com aquele charme invejável. Parecia calmo e tranquilo.

— É a ilha Sentosa. Você nunca foi lá? Achei que seu pai já tinha te levado.

— Ele nunca tinha tempo pra essas coisas.

Sim, ótimo. Vamos falar do meu pai. Com certeza isso vai acabar com esse fluxo ridículo de hormônios.

— Você teria gostado quando criança. É cheia de parques temáticos, essas coisas...

— Você já foi?

Ele pigarreou.

— Hum, sim. No meu primeiro ano no circuito, mas não propriamente nos parques temáticos.

Ela deu uma risadinha.

— Entendi. Se tinha um bar envolvido, já consigo imaginar o resto.

— Então você sabe mais do que eu, porque eu fiquei apagado na maior parte do tempo. Foi em uma praia. Tinha umas garotas. Depois disso, é tudo um borrão. A ressaca foi brutal. E eu tive que correr no dia seguinte.

— Uau.

— Pois é, eu era um completo idiota.

Eles ficaram em silêncio por um minuto, observando a cidade se tornar cada vez menor. O sol estava se pondo e as luzes começaram a se acender. Abaixo, elas refletiam as cores do arco-íris nas águas da Marina Bay.

— Mira?

Ela soube. Assim que o ouviu dizer seu nome naquele tom baixo e íntimo, ela soube o que viria a seguir. Quando se virou, Will estava com os olhos fixos nos dela. Mira sentiu o coração bater tão forte contra as costelas que tinha certeza de que ele conseguia ouvir. Então Will se inclinou para beijá-la, mas o beijo não aconteceu. Parou a poucos centímetros dos lábios dela. O sol poente trouxe à tona uma profusão de brilhos cor de âmbar que ela nunca havia notado em seu cabelo escuro, e seus olhos azuis escureceram profundamente. Ela apenas o encarou, sem conseguir se afastar ou respirar.

— A gente ainda não pode se beijar? — murmurou ele.

A pergunta percorreu os lábios dela em uma sedutora corrente de ar. Para Mira, era como se o beijo já estivesse acontecendo. Ela sabia exatamente qual seria a sensação, o gosto dele. Seria bom — *incrível* — porque ela já sabia como ele beijava, e isso era uma coisa difícil de esquecer. Ela segurou a grade de metal e lutou contra o impulso de se inclinar na direção dele.

— Sim — sussurrou ela quando conseguiu se recompor o suficiente para dizer alguma coisa — Espera... quer dizer, não, não pode.

O olhar dele recaiu sobre os lábios dela e ele permaneceu parado, a poucos centímetros de distância. Então inclinou a cabeça para o lado e soltou um suspiro, que também percorreu seus lábios, uma promessa sensual e tentadora do que Mira poderia ter se se aproximasse minimamente. Ela sentiu os músculos se retesarem, como se ele fosse um ímã e ela não tivesse escolha, exceto ser atraída.

— Que pena — disse Will.

Os dedos dele roçaram seu quadril, passando pela região lombar.

— O que você tá fazendo? — As palavras saíram em um sussurro.

— Isso não é te beijar.

Ele pressionou a palma na parte inferior das costas de Mira. As coxas dela se contraíram e ela parou de respirar, imaginando o calor da mão dele em cada centímetro de sua pele. Talvez se ele a tocasse bastante, ela conseguisse parar de *pensar* tanto.

Ele abriu um sorriso malicioso e deslizou a mão sobre a curva da sua bunda, até a parte de trás da coxa. Mira havia colocado uma saia porque estava muito quente, mas se sentia quase nua, como se a qualquer momento ele fosse enfiar a mão debaixo da sua saia e tocar a região entre suas coxas.

Meu Deus, e ela queria aquilo. Queria que ele a pressionasse de costas contra a grade e levantasse sua saia. Queria enfiar as mãos debaixo daquela camiseta idiota, cara demais e macia como areia, e sentir o calor da pele dele.

— Isso... — Olhou para os lábios dela. — Ainda não é um beijo, certo? — Então fitou seus olhos profundamente. — A menos que você queira que seja.

Sim, por favor, me beija pra eu parar de lutar comigo mesma.

Mas Mira não disse nada, incapaz de reunir forças para afastá-lo ou se permitir ceder. Ele a observou por mais um momento, como se visse a guerra que ela travava dentro de si. Suspirou e afastou a mão.

Em seguida se recostou na grade, com uma expressão ilegível.

— Só me diz quando, Mira — balbuciou, com a voz rouca.

Trêmula, ela se virou novamente para a grade, mordendo o lábio para não fazer exatamente isso.

20

Quando desceram, a noite estava só começando, e tudo que Will queria era ficar perto de Mira. Como os dois ainda passeavam por uma região muito próxima da pista, Will temeu que ela voltasse ao trabalho e não parou de distraí-la enquanto a conduzia até a baía pela Ponte Helix, o aço retorcido brilhando com luzes roxas e azuis no alto. Dali, um caminho os levou à marina, a iluminação da cidade cintilando na água enquanto escurecia.

Quando o sol se pôs, a temperatura finalmente baixou um pouco, embora o ar noturno ainda fosse tropical. Uma brisa fez a água ondular e soprou o cabelo de Mira, ao que Will sentiu o cheiro de cravo e tangerina dos fios.

— Então, da última vez que você esteve em Singapura... — começou ela, então parou de falar.

— O que tem?

— Você ficou tão bêbado que não se lembra? Você tinha acabado de ser contratado pra uma equipe de Fórmula 1. Não consigo entender — disse ela, incrédula.

— Ah, é — retrucou ele e deu de ombros, desconfortável. Will era tão idiota naquela época, brincando com o tipo de oportunidade que só surge uma vez na vida. E esse era um erro que ele não voltaria a cometer.

— Minha cabeça não tava muito legal.

Ela continuou a observá-lo em silêncio, e ele suspirou. Mira não o deixaria sair daquela tão fácil.

— Você sabe que a minha família é... bem, eles são...
— Ricos?

Ele soltou uma risada.

— Bom, é, eles também são ricos. Mas eu quis dizer que eles são... rígidos. Não me aprovam.

Ela franziu a sobrancelha de um jeito que ele começava a achar adorável demais.

— Mas por quê? Não devem existir nem trinta pessoas no mundo que conseguem fazer o que você faz.

— Cuidado, Mira, você tá começando a parecer impressionada.

Ela riu e encostou o ombro nele, ao que ele respondeu com o mesmo gesto. Ciente ou não, Mira não se esquivava mais de tocá-lo. Isso tinha que contar como progresso. Ele ainda podia sentir o formato da coxa dela em sua mão. Aquilo fora gravado em seu cérebro, e ele queria mais.

O caminho se abria para uma praça, então eles continuaram andando. Deram a volta na marina, afastando-se cada vez mais da pista, do hotel e de todos os outros lembretes do mundo real.

— Qual é! Me conta o que aconteceu — pediu ela.

— Bom, pra começar, ao contrário de você, eu era um lixo na escola. Era tudo muito chato. A única coisa em que eu era realmente bom, a única coisa que eu *realmente* queria fazer, era dirigir. E, quando eu era criança, não tinha nenhum problema em ficar só dirigindo o kart. Mas eles esperavam que eu deixasse isso de lado quando crescesse. Queriam que eu me tornasse uma pessoa séria, que fizesse faculdade, trabalhasse na empresa da família.

— E pelo jeito esse não era bem o seu plano...

Ele bufou.

— Eu nem tentei entrar na faculdade. Sou a primeira pessoa da minha família desde a conquista normanda da Inglaterra que não tem um diploma universitário.

— Tenho certeza de que eles ainda nem tinham inventado a universidade.

Ele deu uma risadinha.

— Acho que não, mas posso te garantir que, desde que as universidades foram construídas, os Hawley mandaram seus filhos pra lá. Minha família é dona de um banco, sabia?

— Eu ouvi algo a respeito. Tipo o Citibank?

— Não exatamente. Existe só uma filial do Hawley and Sons, perto de Temple Bar, e ela não aceita novos clientes.

— Então quem faz transações bancárias lá?

Ele bufou de novo.

— As mesmas famílias inglesas seculares que fazem transações bancárias lá desde que o mundo é mundo. O Hawley and Sons é baseado na *tradição*. Tudo é feito exatamente como na época de Jorge III.

— E aí você apareceu.

— E aí eu apareci. Juro que não consigo nem respirar naquele lugar. Tem cheiro de tumba.

Só de pensar no interior de mogno e veludo do Hawley and Sons, Will era dominado por um mal-estar. Se tivesse tido que passar a vida inteira naquele lugar, teria ficado maluco.

— É, não consigo imaginar você num lugar como esse.

— Nem eu, mas felizmente eu tinha opções. Quando consegui uma vaga no programa de jovens pilotos da Hansbach, meus pais concordaram em me dar mais ou menos um ano para eu arriscar e logo deixar pra lá. Você sabe, a maioria dos pilotos não dá em nada. Eles acharam que eu iria ser só mais um e que depois seguiria em frente e cairia na real.

— Mas você não seguiu.

— Não. Na verdade fui contratado pela equipe de Fórmula 1 da Hansbach.

Fez uma pausa, lembrando-se de quando tinha ido para casa contar para os pais que havia sido contratado. Achou que eles ficariam felizes. Era a melhor notícia da vida de Will, a *melhor* coisa que já tinha acontecido com ele. Will era só um garoto idiota que pensava que isso provaria aos pais que ele estava fazendo a coisa certa, no lugar certo. Nem passou pela cabeça dele a possibilidade de os pais não acharem que aquilo era uma boa notícia.

Respirou fundo e abriu um sorriso forçado.

— Eles não ficaram... felizes, isso pra não dizer outra coisa. Foi uma briga enorme. Eles falaram um monte de coisas horríveis. Enfim, você entendeu.

— E eles ainda não aceitam?

— Não faço ideia. Ficamos anos sem nos falar. Só voltei a procurá-los recentemente, mas mantenho o mínimo de contato possível.

Ela estendeu a mão para tocar seu braço.

— Sinto muito.

Surpreso, Will olhou para a delicada mão de Mira. Fazia tanto tempo que as pessoas o julgavam por tudo de ruim que ele havia feito que nem se lembrava mais como era se sentir consolado.

— Escuta, antes de você começar a sentir pena de mim, vou deixar uma coisa bem clara: eu sou o único culpado pelas merdas que fiz naquele ano. Mas... é, eu estava com raiva. Se eu não pudesse ser bom, então eu seria muito, *muito* ruim, entende? E agora? Que se foda. Se quiserem, eles sabem onde me encontrar, mas eles não querem.

— Que triste, Will.

— Ei, o que eu acabei de dizer? Não é pra sentir pena de mim. Eu tô bem.

— Se você tá falando...

Ele jogou as mãos para cima, exasperado.

— Eu tô mesmo!

— Will...

— Você tá com fome? — perguntou ele do nada, parando no meio da calçada e se virando para ela. — Eu tô faminto.

— Ah... — Ela fez uma pausa para pensar. — É, na verdade eu estou sim. Você sabe se tem alguma coisa aberta por aqui?

Eles foram até o centro comercial, repleto de arranha-céus, todos vazios após o final do expediente.

— Espera aí... — Ele pegou o celular e abriu o mapa. Não tinha certeza, provavelmente porque estava bêbado da última vez que estivera ali, mas se lembrou de um lugar incrível, que achava que ficava perto. — Ahá. Eu tava certo. Por aqui.

Mais algumas quadras e eles chegaram.

— Que lugar é esse?

— É um mercado noturno. Basicamente um mercado de comida de rua.

— Comida de rua? — perguntou Mira, na dúvida. — Tipo palitinhos de carne?

— Isso, mas o *melhor* palitinho de carne. Vamos lá.

Seguiram o cheiro de carne grelhada até algumas barracas de *satay* que ficavam do lado de fora do pavilhão. Will fez um pedido na que tinha mais pessoas aglomeradas na frente e entregou um espetinho para Mira.

— Meu Deus, é incrível — disse ela, após dar uma mordida no frango grelhado.

— Viu? Espetinho pode ser bom.

— *Muito* bom.

Will fixou os olhos nos lábios dela enquanto Mira lambia o molho do polegar. *Não é pra pensar nos lábios dela*, ordenou a si mesmo. *E menos ainda na sua língua*.

Lá dentro, as barracas vendiam de tudo, desde *udon* japonês a comidas indianas e arroz frito malaio.

— O que você quer?

— Não sei. Tem tanta coisa e tá tudo cheirando tão bem...

Nesse momento, alguém passou por eles equilibrando uma bandeja de plástico com uma enorme tigela de sopa fumegante. O rastro do cheiro era insano.

— Quero aquilo — ambos disseram, em uníssono.

O homem atrás do balcão, corpulento e usando um avental de cozinheiro branco amarrotado, com as mangas arregaçadas que deixavam à mostra antebraços robustos e musculosos, apontou o queixo para os dois.

— Sopa?

Will mostrou o cara que passara por eles.

— Duas.

— É pra já, chefe.

O cozinheiro começou a trabalhar, despejando macarrão em duas tigelas, depois legumes e um punhado de folhas, finalizando com um caldo fumegante. Com uma pinça, pegou diversos ingredientes das caixas espalhadas à sua frente — um grande filé de peixe branco, um pouco de camarão e de polvo.

Ao lado de Will, Mira levou um susto e agarrou o braço dele.

— Isso aí não.

— Isso aí o quê?

Ela fechou os olhos e estremeceu.

— Isso. Com as ventosas. *Nem pensar.*

— O polvo? Você é alérgica?

— Fóbica — retrucou ela, com os dentes cerrados.

— Você tem fobia de polvo?

Com os olhos ainda fechados, explicou:

— De tentáculos.

— Você tem fobia de *tentáculos*? — Ele começou a rir, mas, quando viu a expressão no rosto dela, parou. Olhou de volta para o chef e deu de ombros. — Sem polvo, então?

O chef suspirou profundamente e balançou a cabeça.

— Pior pra ela.

O lugar estava lotado, mas eles abriram caminho pela imensidão de mesinhas próximas até encontrar uma vazia. Will começou a examinar os vários temperos que havia sobre a mesa.

— O que é isso? — perguntou Mira.

— Não faço ideia.

— É apimentado? Adoro coisas picantes.

— Parece que é.

Ele passou o frasco para ela, que gotejou um pouco do líquido no dedo para provar. Will manteve os olhos na sopa para não vê-la passar a língua no dedo *de novo*.

— Então você tem fobia de tentáculos? Sério?

— Só dos... — Esticou os dedos e os mexeu. — E daquelas coisinhas... — Fez um som de sucção. — Só... não.

— Uau, algo que intimida Miranda Wentworth.

Mira ergueu o olhar da tigela, onde colocava o molho de pimenta picante.

— Se você rir de mim, eu te mato.

Ele mordeu os lábios para conter o riso e balançou a cabeça.

— Juro que não vou rir de você.

— Ah, é claro que você não tem nada pessoal do qual se envergonhar, né?

— Nada. — Ele sorriu e cutucou o pé dela debaixo da mesa. — Você sabe que eu sou perfeito.

— Muito engraçado. Todo mundo tem alguma coisa. Agora que você sabe a minha maior esquisitice, tem que me contar uma das suas.

— Eu não tenho nenhuma fobia.

— Tá. Então outra coisa. Alguma coisa de que você tem vergonha.

Ele se inclinou para trás na cadeira e olhou para os ventiladores de teto, que giravam tão devagar que mal agitavam o ar úmido.

— Não tem nada, de verdade.

Do outro lado da mesa, ela estreitou os olhos.

— Você tá mentindo. Dá pra perceber.

Ele bufou e fechou os olhos, sem acreditar que estava prestes a contar seu segredo para alguém. Que estava prestes a contá-lo para *Mira*.

— Eu tenho ouvidos internos delicados.

Ela o encarou.

— O quê?

Ele acenou com a mão ao lado da cabeça.

— Meus canais auditivos internos. São sensíveis a qualquer coisa.

— Sério? Seus ouvidos internos?

— Viu? É por isso que eu não queria contar. Sou piloto de Fórmula 1, sou imune a qualquer coisa e a todas essas merdas. Não posso ter canais auditivos frágeis.

— Juro que não tô rindo do seu ouvido. — Com certeza ela estava rindo dele, só que se esforçava muito para se conter. — Mas e aí, o que isso quer dizer?

— Meus ouvidos reagem a tudo, especialmente à minha alimentação. Sal, álcool... isso me deixa propenso a ter tontura no dia seguinte. É por isso que eu fiquei tão mal na minha primeira temporada com a Hansbach. A bebida, por si só, já era ruim, mas, no dia seguinte, meus ouvidos ficavam uma merda. Eu ficava tonto toda vez que fazia uma curva fechada.

— Ouvidos internos delicados — comentou Mira, em tom reflexivo, pegando um camarão com os pauzinhos e apontando-o para ele. — Viu? Eu sabia que você era mais do que deixava transparecer.

— Se você contar pra alguém, vou ser obrigado a te matar.

Mira o fitou com um sorriso de canto de boca.

— Não vou dar nem um pio. Afinal, você também sabe um dos meus segredos.

Ele a encarou até que o ar ficou carregado de tensão.

— Conta mais um — sussurrou ele em meio aos milhares de conversas ao redor.

A garganta dela se moveu enquanto ela engolia e baixava os olhos.

— Acho que agora a gente devia comer.

21

— Você sabe pra onde está indo? — perguntou Mira. Os dois conversavam enquanto caminhavam, sem prestar muita atenção no trajeto, e agora nada em volta parecia familiar. Ela não conseguia mais ver o Singapore Flyer, e aquela coisa era enorme.

Will ergueu o celular na frente dos dois.

— Não, mas procurei no Google. O hotel fica pra lá.

Mira fez uma careta, olhando de um lado para o outro na calçada.

— Você tem certeza? Porque aquilo ali é um templo, Will. Tipo, um templo de verdade. Não lembro de ter um templo perto do hotel.

Enquanto Will examinava o mapa no celular, ela admirou o edifício longo, baixo e ornamentado. Estava escuro, mas, através do portão, dava para ver um pátio cercado de colunas pintadas e arbustos cheios de flores cor-de-rosa. O restante da rua estava repleto de prédios de dois ou três andares, com restaurantes e lojas no térreo, e janelas com persianas de cores vivas acima. O ambiente fervilhava de vida, as pessoas jantavam ou aproveitavam a noite amena e, em meio a tudo isso, erguia-se aquele templo maravilhoso.

— Eu não fazia ideia de que Singapura era tão grande. A gente até se perdeu.

— A gente não se perdeu; confia em mim. Quer dizer, confia no meu celular. Por aqui — orientou ele.

— Isso não é uma rua, é um beco.

— Cadê seu senso de aventura, Mira?

O beco desembocava em outra rua, que na verdade também era um beco, só que um pouco mais largo. De um lado, ficavam os fundos de todos os restaurantes. Do outro, havia apenas... uma parede. Se Mira tivesse juízo, voltaria para a rua principal, pediria um Uber e iria direto para o hotel. Mas, por motivos que não conseguia explicar, continuou seguindo-o. Uma escada surgiu à direita, no meio da parede.

Will recuou e acenou para Mira ir na frente.

— Por aqui.

— Tem certeza?

— Tenho. Mais ou menos.

Ela lhe lançou um olhar duvidoso, mas subiu os degraus de madeira. Viraram uma esquina, então o caminho subitamente se abriu em um pequeno parque que ficava um andar acima do nível da rua.

Mira ficou sem ar assim que se deparou com o lugar.

— Uau!

O parque era minúsculo, apenas um espaço esculpido em uma encosta, moldado pelo cruzamento irregular de algumas ruas, mas tinha um paisagismo exuberante, com caminhos sinuosos que desapareciam em explosões de vegetação e bancos de madeira a cada poucos metros. Dava para ouvir o barulho do tráfego, mas, filtrado pela copa baixa das árvores, soava muito distante. A única fonte de luz eram as pequenas lâmpadas penduradas entre as árvores, uma vista *mágica*.

— É lindo.

De repente, Mira se deu conta de que, apesar de todas as viagens que havia feito com o pai nos últimos anos, não tinha visto muito do mundo. Aeroportos, hotéis e pistas de corrida. Na maioria dos países, essa tinha sido sua experiência.

— Que incrível — disse ela do nada.

Will se virou para encará-la.

— O quê?

Ela deu de ombros e se sentiu constrangida, como se tivesse falado demais.

— Só... isso. Você estava certo. Eu nunca vi nenhum dos lugares que visitei. Nem as rodas-gigantes, nem os mercados, nem os templos, nem os parques...

Ele esfregou a nuca e abriu um sorriso que, se tivesse vindo de qualquer outra pessoa que não de Will, ela descreveria como tímido.

— Também tô me divertindo. Pela primeira vez em muito tempo.

— Então Singapura é, tipo, a primeira cidade de verdade pra nós dois.

— Acho que sim.

— Bem, agora você voltou pra Fórmula 1 e vai poder curtir todas aquelas festas e tudo o mais. Certeza que também vai ser divertido...

Ele deu de ombros, observando as árvores acima.

— Acho que sim. Mas e você? Gosta de todo aquele glamour da Fórmula 1?

— Não é muito a minha praia, sabe? — Pulou em um dos bancos e caminhou na beirada, como se estivesse em uma corda bamba. O ar quente da noite se espalhava pelas árvores e as luzes penduradas nas cordas tremeluziam, fazendo as sombras dançarem. — Acho que sou muito quadradona.

Ele bufou.

— Não é, não.

Surpresa, ela parou e se virou para encará-lo.

— Como você sabe? Você mal me conhece.

Ele também parou e a encarou de volta. Em cima do banco, ela ficava um pouco mais alta que Will. As sombras das folhas se moviam no rosto dele, na mandíbula marcada. A brisa passou por seu cabelo escuro, preto como a noite sob aquela luz. Ela reprimiu um suspiro. Ele era *tão* bonito. Mira poderia olhar para aquele rosto lindo pelo resto da vida.

Lentamente, Will pegou um cacho que caía no rosto de Mira e o colocou atrás da orelha. Ela sentiu um frio na barriga em resposta.

— Ah, fala sério. Isso não é mais verdade. Eu te conheço. Somos amigos, certo?

Ela inspirou e prendeu a respiração. Os dedos dele se demoraram, traçando a borda da orelha dela, depois a lateral de seu pescoço. A pele de Mira parecia prestes a se incendiar sob o seu toque. Independentemente do que fosse aquilo, parecia muito mais do que "amizade".

Era uma fome, um desejo que ela tinha certeza de que ele também sentia. De repente, a vida real parecia muito distante, como se o mundo tivesse parado de girar, apenas à espera de que ele a beijasse ou que ela tomasse a iniciativa. Como se o próximo movimento do relógio, a próxima batida do coração dela, dependesse daquele beijo.

O momento de silêncio se arrastou como acontecera na roda-gigante — ambos se entreolhando. Dessa vez, ele também não tentou se aproximar.

Moveu a mão para o pescoço dela e acariciou lentamente seu cabelo.

— Eu gosto dele assim — murmurou.

Ela olhou para baixo e encontrou os olhos de Will.

— Eu sei que você gosta.

— Você deixou ele cacheado pra mim?

— Talvez. Um pouco — ela admitiu num sussurro.

Havia declarado derrota depois de Melbourne, desanimada por ter de alisá-lo todos os dias. Era uma questão de economizar tempo, insistira para si mesma. Não tinha nada a ver com a expressão de Will quando ele a olhava daquele jeito.

— Tem *certeza* de que a gente não pode se beijar? Porque eu quero muito te beijar agora.

Mira desejava beijá-lo mais do que precisava respirar. Soltou um suspiro trêmulo.

— Não, não tenho. O problema é esse.

Por favor, ela implorou por dentro. *Faz isso por mim pra eu não ter que decidir.*

Ele segurou a cintura dela com a mão livre, depois a deslizou lentamente pela lateral do corpo. Ergueu o braço de Mira até que a mão dela se apoiasse em seu ombro. Os dedos dela se flexionaram, cravando-se nele. Ele passou a outra mão pelo cabelo dela de novo, então a pousou em sua bochecha. Traçou a borda inferior do lábio dela com o polegar e ela se inclinou para ele, com os olhos quase fechados.

— Acho que você devia tentar de novo — disse ele suavemente. — Só pra ter certeza.

A semiescuridão, as árvores e as luzes dançantes a enebriaram. Se Mira já estava achando difícil lembrar o próprio nome, recordar o motivo pelo qual ela não deveria ceder ao impulso de beijá-lo nem lhe passava pela cabeça. Ela parou de lutar e, de repente, a gravidade pareceu dar conta do resto, a força do desejo dela atraindo seu corpo em direção ao dele.

Mira fechou os olhos, silenciando as últimas lembranças do mundo real e, um segundo depois, seus lábios estavam nos dele. Nos dias que se seguiram àquele beijo em Melbourne, ela quase se convenceu de que não tinha sido tão mágico e eletrizante quanto pensava.

Mas estava errada. Sem dúvida, aquele era um dos melhores beijos de sua vida. Aqueles lábios eram tão perfeitos quanto pareciam, e, quando a língua de Will traçou o lábio inferior dela, Mira abriu a boca e permitiu que ele a beijasse profundamente. O gemido ofegante que deixou escapar soou alto na quietude do minúsculo parque.

Will segurou com força o quadril dela, e Mira deslizou os dedos até sua nuca. Sua vontade era descer daquele banco e sentir seu corpo colado ao dele.

Ele deslizou os dedos por baixo da camisa dela e pressionou a palma da mão nas costas de Mira.

Quando mordiscou seu lábio inferior, Mira gemeu e aproximou mais o corpo. Will baixou a mão até a parte de trás da coxa dela de novo, incentivando-a a avançar. Ela se inclinou, deixando que ele puxasse o corpo dela contra o seu e a erguesse.

Ele a pôs no chão, devagar. O corpo dela escorregou pelo dele, sem que o beijo se interrompesse, e Mira deixou escapar um gemido.

O beijo se tornou faminto, os dentes dele passando pelo lábio inferior sensível de Mira. As mãos de Will pousaram nos quadris dela, depois deslizaram até a cintura, debaixo da camisa novamente, quentes contra sua pele nua. Era tudo demais... o calor, a necessidade e o desejo. Mira se sentia à flor da pele, e todos os lugares em que ele a tocava ganhavam vida. Tudo que ela podia fazer era se agarrar a ele, os braços envolvendo seus ombros robustos para se firmar.

— Você é... — murmurou ele quando suas bocas se afastaram por um momento.

Mas ela não chegou a ouvir o restante, pois ele virou a cabeça e a beijou novamente, de um ângulo diferente, lambendo os lábios e a língua de Mira.

Então ele segurou os seios dela, e Mira se arqueou contra ele. A sensação era ótima, mas não era o suficiente. Ela queria mais. Seus mamilos estavam tão endurecidos que doíam, e, quando o polegar de Will traçou um deles sobre a fina renda do sutiã, ela achou que iria explodir. Havia um latejar persistente entre as pernas, e o corpo firme dele pressionado contra o seu não era o bastante para aplacar o desejo. Só havia uma solução.

Ele deslocou o peso do corpo e posicionou uma das coxas entre as dela, e de repente ela o sentiu onde mais precisava. Mira soltou um gemido quando ele afastou a boca da sua, beijando a lateral do seu pescoço. Gemeu de novo, ofegante, quando abaixou a borda do sutiã e sugou seu mamilo.

Nossa, sim. Era isso que ela queria. As mãos dele em seu corpo. Em todos os lugares.

Suspirou no ar quente da noite. Will pressionou a coxa contra ela, e Mira estremeceu.

— Mira... — murmurou baixinho no ombro dela.

Em algum lugar distante, algo zumbiu. Parou e depois recomeçou. No início parecia um resquício dos ruídos da cidade distante, mas aos poucos foi se infiltrando na consciência de Mira. Não era a cidade. Era o celular dela, escondido em algum lugar da sua bolsa.

Will mergulhou os dedos nos cabelos de Mira, segurando o rosto dela junto ao seu.

— Não atende.

Ele a beijou novamente e ela quase — *quase* — cedeu, mas o celular a havia lembrado do mundo real, que voltou como um tsunami. Trabalho. Will. Aquela coisa que eles não deviam estar fazendo.

— Não posso.

Mira se inclinou para trás e pegou a bolsa, mas a mão dele se fechou sobre a dela.

— Mira...

Ela afastou a mão.

— É muito complicado. Não posso fazer isso com você.

— Por que não?

— Porque não posso fazer isso com ele. Não de novo.

— Fazer isso com quem?

— Meu pai! — gritou ela. — Não posso fazer isso com meu pai de novo.

Will a encarou, confuso.

— O que ele tem a ver com isso?

— Tudo.

Ele passou a mão no cabelo, frustrado.

— Olha, eu sei que é complicado, você trabalha pro seu pai e eu sou piloto da equipe, mas...

Ela balançou a cabeça em um gesto resoluto, o último resquício da magia do dia desaparecendo.

— Não, não é complicado. É impossível. Isso é impossível.

— Mira, nós dois somos adultos. Beleza, seu pai pode desaprovar, mas e daí? Que se dane.

— Você não entende.

— Então explica! — O grito soou alto no silêncio do parque.

Ela ficou em silêncio, porque não podia explicar, não sem contar tudo a ele.

— Vou pegar um carro e voltar — murmurou ela, passando o dedo na tela para desbloquear o celular, que se iluminou com mensagens e chamadas perdidas. O estômago dela embrulhou. Harry, Omar, Ian, Violet, papai... — Droga.

— O que foi?

— Aconteceu alguma coisa no hipódromo e eu não estava lá porque estava aqui, com você, no único lugar em que não deveria estar.

Ela se virou para sair correndo, mas ele a pegou pelo braço.

— Mira, para. Tenho certeza de que tá tudo bem...

Ela soltou o braço.

— Não tá tudo bem! Isso é o que acontece quando... — Parou e engoliu em seco. — Acho que a gente não devia mais sair junto.

Ele a encarou.

— O quê? Agora você também não pode ser minha amiga?

Mira soltou uma risada irônica ao pensar nos últimos minutos inebriantes... os beijos famintos, as mãos dele em seu corpo, a perna dele pressionada entre suas coxas.

— Ah, Will, isso aqui não é exatamente uma amizade.

— Não — disse ele. — É um pouco mais que amizade, se você parar de mentir pra si mesma.

— Sim, porque, é claro, o que importa pra você é transar.

Ele recuou como se ela tivesse lhe dado um tapa. Tinha sido um golpe baixo, e ela sabia. Mas estava em pânico e precisava que ele parasse — parasse de correr atrás dela, parasse de tentá-la — porque fazia um minuto que Mira quase cedera, e essa era a única coisa que ela não podia fazer.

— Claro — disse ele, por fim, jogando as mãos para o alto. — Porque é isso que eu sou, certo, Mira? Você não é nem um pouco diferente daqueles malditos repórteres. Já formou uma ideia de mim antes mesmo de me conhecer.

O comentário foi como um soco na barriga. Mas ele estava certo... ela o havia julgado antes de conhecê-lo de verdade. Mira sabia que tinha errado, mas isso não importava. Se fosse para colocar um ponto-final em tudo aquilo, era melhor que ele acreditasse nisso.

— É melhor assim, Will. Você não quer se envolver comigo. Pode acreditar.

Ela não conseguia fitar os olhos dele naquele momento, então não o fez. Virou o rosto antes que ele visse seus olhos marejados e atravessou o parque correndo em direção à rua mais próxima, onde poderia chamar um táxi, voltar ao trabalho e deixar as fantasias para trás, onde era o lugar delas.

22

Barcelona,
Espanha

Mira atravessava o asfalto preto do paddock, a sola dos sapatos quase derretendo no chão. A Espanha passava por uma onda de calor sem precedentes. O sol açoitava o asfalto, e a brisa, tão quente quanto a rajada de ar quente de um forno, fazia as credenciais dela dançarem no cordão em volta do pescoço. O cabelo grudava na nuca como uma toalha úmida e quente.

Pelo menos ali eles tinham o conforto das instalações móveis personalizadas que levavam para as corridas europeias e, pessoalmente, ela achava que as da Lennox eram as melhores do circuito. A impressionante estrutura azul-metálica de dois andares da empresa possuía uma garagem embaixo, escritórios em cima e um centro de comando da corrida na lateral. Apesar do tamanho, tudo podia ser desmontado como peças de LEGO e transportado para a próxima corrida. O hospitality center deles era ainda maior, com uma sala de jantar envidraçada e um terraço na cobertura.

Mira entrou no centro de comando da corrida o mais silenciosamente possível, exalando quando o ar fresco a atingiu. Embora tivesse ido até ali para encontrá-lo, sentiu o estômago embrulhar de ansiedade quando viu o pai debruçado sobre um monte de dados em um dos monitores. Fazia três semanas desde o desastre em Singapura, mas ela ainda tentava compensar a merda que tinha feito.

Durante o carregamento da garagem em Singapura, um dos enormes carrinhos de equipamentos havia se soltado da carreta e prensado um dos rapazes da equipe de box contra a parede. No final, Ben não se machucou muito, mas teve de ir ao hospital fazer radiografias e levar alguns pontos. Foi um caos, e ninguém sabia como entrar em contato com a esposa dele na Inglaterra. Foi quando notaram a ausência de Miranda. Ela devia estar lá para avisar a esposa de Ben, mas, em disso, estava em um parque beijando Will, alheia a tudo que ocorria em volta, enquanto várias pessoas tentavam localizá-la, inclusive seu pai.

Mira ficou mortificada. Ela vira aquela dúvida nos olhos do pai novamente. Só isso já era bastante ruim, mas o pior era saber que ele tinha razão em duvidar. Ela havia feito merda. De novo.

Passou o resto da viagem em Singapura e todo o período em Xangai saindo da pista apenas para dormir, determinada a retomar seu rumo. O que havia acontecido com Will fora um erro. O acidente com Ben provara isso.

Por fim, ela se forçou a se juntar ao pai.

— Oi, pai.

Ele olhou brevemente para ela, depois de volta para o painel de monitores. Antes desse incidente, parecia que as coisas estavam melhorando, que o relacionamento deles estava voltando a ser como era antes. Mas, desde aquela noite em Singapura, ele só falava de negócios com a filha, e isso a matava aos poucos.

— O que você está vendo aí? — indagou ela.

— Estou tentando resolver o problema do Will com a temperatura da embreagem no início da corrida.

— Aumenta demais quando fica em marcha lenta por muito tempo, certo?

— Exatamente. Preciso que o Harry venha dar uma olhada nos dados de temperatura comigo, mas ele não está respondendo pelo headset.
— Posso ir procurá-lo.
— Posso pedir ao Omar que o mande aqui...
— Não, pode deixar que eu vou — insistiu e saiu correndo, antes que ele protestasse novamente. Se fosse humilde e continuasse a trabalhar com afinco, conseguiria apagar a situação em Singapura.

Quando chegou à garagem, os dois carros estavam cercados por mecânicos, mas Harry não estava presente.
— Omar, você viu o Harry? O Paul precisa dele.
— Tá almoçando — respondeu Omar, sem erguer o olhar.

No paddock, o sol estava a pino e a faixa de asfalto onde ficavam as instalações da equipe estava abarrotada de gente. Mira passava pela sede da equipe Deloux quando *o* avistou. Fazia semanas que ela conseguira ficar fora do caminho dele sempre que ele aparecia, então, embora o tivesse visto várias vezes, o mesmo não acontecia com ele. Até aquele dia.

Ele saía da sede da equipe Deloux e parou no topo de um pequeno conjunto de degraus de metal. Nesse exato momento, todas as pessoas em volta evaporaram de repente: um grupo de rapazes saiu pela esquerda e outro entrou nos escritórios da Hansbach. Então Mira ficou sozinha no meio do asfalto, longe demais de qualquer coisa que a camuflasse.

Os olhos de Will examinaram a multidão, passaram por ela e, em seguida, voltaram rapidamente. Mira sentiu o estômago se contrair e paralisou. Não importava o quão expert tivesse se tornado em evitá-lo, especialmente depois do encontro no saguão do hotel em Barém, ela sabia que aquilo acabaria acontecendo. Havia ensaiado mentalmente e tinha quase certeza de que conseguiria manter a fachada.

Mas os ensaios mentais se mostraram inúteis quando ele estava a cinco metros de distância, olhando fixamente para ela. Se ele se aproximasse, se falasse com ela, Mira não saberia o que fazer. Gotas de suor se acumulavam na testa, embora sua pele estivesse úmida. Seu coração batia tão forte que dava quase para ouvir.

Ele deu um meio sorriso, mas logo desviou o olhar e a ignorou, depois pulou os degraus e desapareceu na multidão.

Embora Will já estivesse fora do campo de visão de Mira, ela ainda permanecia imóvel. Os pulmões se recusavam a se encher de ar e sugavam o sangue de todas as outras partes do corpo, até que mãos e pés começaram a formigar. Ofuscado pela luz do sol, o mar de pessoas em constante movimento aos poucos desapareceu, e Mira não conseguiu enxergar quase nada.

— Mira?

A voz familiar ecoou em meio à sua frenética pulsação.

— Ei, o que foi?

Ela piscou e o rosto dele entrou em foco. Era Will, abaixado para olhá-la. Mira havia conseguido evitá-lo desde Singapura, mas agora ele estava ali, na sua frente, exatamente quando ela não queria.

— Eu... — tentou dizer, mas seus pulmões ainda estavam presos em um vácuo. O pânico se alastrou rapidamente, no encalço de todos os outros sentimentos. Ela inspirou uma rajada de ar curta e ofegante, que a fez apenas se sentir mais zonza. O sol intenso e o calor abafado a pressionavam de todos os lados, como um cobertor sufocante.

— Mira, você vai desmaiar.

Will estava certo. Ela estava pálida, aérea, quase desfalecida.

— Aqui, senta. — Ele a conduziu até um conjunto de escadas dobráveis que levavam a algum escritório portátil. Ela se deixou afundar no metal quente. — Põe a cabeça entre os joelhos — pediu, com a mão na parte de trás da cabeça dela.

Com o rosto na escuridão do colo, Mira sentiu o mundo voltar a entrar em foco. Will afastou seu cabelo gentilmente, e ela suspirou de alívio quando o ar atingiu a nuca. Os batimentos cardíacos se acalmaram, a visão voltou, e ela voltou a sentir as mãos e os pés. Quando a onda de enjoo diminuiu, Mira levantou a cabeça. Will estava agachado à sua frente, parecendo extremamente preocupado.

— Você vai ficar bem enquanto eu busco ajuda?

Antes que ele se levantasse, ela estendeu a mão para segurar seu braço.

— Não precisa.

Ele afastou uma mecha de cabelo do rosto dela, que estava úmido de suor.

— Você tá enjoada.

— Não é enjoo. Foi um ataque de pânico. Me dá um minuto. Vou ficar bem.

— Um ataque de pânico?

— Eu já tive antes.

Várias vezes. Fazia anos. Mira sentiu as bochechas arderem de vergonha e fechou os olhos para afastar a sensação. Meu Deus, um olhar daquele imbecil e ela reagia assim?

— Deixa eu ir chamar seu pai.

— Não! — Ela abriu os olhos de repente e o segurou de novo. A última coisa de que precisava era que o pai fosse arrastado de volta para aquilo. Especialmente naquele momento, quando ela ainda tentava sair do buraco. — Eu tô bem, de verdade. Só preciso de um segundo pra clarear as ideias.

Will mudou o peso do corpo para a ponta dos pés e a encarou, desconfiado.

— Por que você teve uma crise de pânico?

Ela balançou a cabeça.

— Por nada.

— Qual é, Mira. Isso não foi nada. Me fala o que tá acontecendo.

— Foi só um fantasma do passado. Me pegou desprevenida.

Ele estreitou os olhos ao juntar as peças.

— O cara? Ele tá *aqui*?

Will se virou para olhar, mas, por sorte, não havia ninguém à vista. Ele já tinha ido embora havia muito tempo.

— Acho que eu não estava tão preparada pra lidar com isso quanto pensava.

— Quem é ele? — A voz soou firme, com raiva.

Mira forçou um pequeno sorriso e respondeu baixinho:

— Sem chance de eu te contar, Hawley.

Ele soltou um suspiro frustrado.

— Tem certeza de que não quer que eu chame seu pai?

— Certeza. Tenho que encontrar o Harry e...

— Esquece. Você vai voltar pro escritório da Lennox, beber alguma coisa e descansar um pouco no ar condicionado.

— Meu Deus, como você é mandão.

Will pôs as costas da mão na testa dela e examinou seu rosto novamente, como se um ataque de pânico pudesse ter causado uma concussão.

— Agora tô sendo, sim. Sem chance de você voltar para aquela multidão depois de quase ter desmaiado. Vem, eu te acompanho.

Ela afastou a mão dele do rosto com um movimento gentil.

— Por que você tá sendo tão legal comigo?

— Por que eu não seria legal com você?

Quando a encararam, seus olhos eram azuis como o céu quente às suas costas. A camiseta polo azul fina da Lennox estava esticada sobre os ombros e bíceps. Alguns fios escuros do cabelo estavam grudados na testa, e ela cerrou as mãos contra o impulso de afastá-los.

— Porque eu gritei com você na última vez que nos vimos. Sinto muito.

Ele olhou para o asfalto e mordeu o lábio inferior.

— Você estava apenas colocando limites. Nunca se desculpe por isso.

Ela suspirou.

— Will...

De repente, ele levantou a cabeça, e ela olhou diretamente para aqueles olhos cercados por cílios pretos. Mira os encarou, incapaz de desviar o olhar.

— Escuta, Mira — começou ele, passando a ponta dos dedos na lateral da mão dela —, eu gosto de você. Isso não é segredo. E pelo jeito não consigo ficar longe. Eu te quero. Acho que isso também não é segredo. Sei que você tem seus motivos pra ficar longe de mim e vou respeitar isso. Mas você precisa saber que eu me sinto assim.

Ah.

Ela podia gostar dele. Podia gostar muito dele. Mas os últimos quinze minutos a lembraram por que ela não deveria. Ela não *podia*.

— Obrigada.

As palavras pareciam totalmente insuficientes, mas eram tudo que ela tinha a oferecer.

— Eu tô falando sério.

— De onde você tá vindo? — perguntou, desesperada para mudar de assunto, antes que seu coração dissesse algo que seu cérebro não aprovava.

— Tive um evento de imprensa com a Velocity. Tô indo me trocar.

A Velocity era um dos patrocinadores deles, uma enorme empresa de roupas esportivas. Um ano antes, Will havia feito um anúncio para eles — uma foto em preto e branco, em que vestia apenas um short de basquete da marca — que viralizou na internet antes mesmo de o burburinho sobre a nova temporada começar. *Talvez* ela tivesse favoritado a página no navegador.

— Sorte a sua que te vi antes de você cair.

— Sorte a minha. — Sua voz soava fraca e melancólica demais para o gosto dela. — É melhor você ir. Meu pai vai querer que você chegue cedo.

— Não sem você. — Will se levantou e estendeu a mão para ela. — Vamos. Você precisa sair desse sol.

Ela pegou a mão dele, dando seu melhor para ignorar o calor e o desejo de segurá-la firme e nunca mais soltar. Ele a ajudou a se levantar, e Mira o soltou assim que conseguiu se equilibrar.

— Tem certeza de que tá bem?

Ela respirou fundo e ergueu o queixo, determinada a varrer o incômodo fantasma do passado de volta para os cantos escuros da memória, onde era o lugar dele. E manter a tentação de carne e osso do presente a uma distância segura, onde era o lugar *dele*.

— Sim, tô legal.

23

Suzuka,
Japão

𝒲ill sentia como se seu corpo estivesse eletrificado. À medida que seu sucesso crescia, seu nervosismo aumentava. Controlar o carro era extremamente complicado e exigia pequenos ajustes e uma análise constante dos dados, tudo isso enquanto ele processava as estatísticas das corridas e recebia e respondia às instruções de Tae pelo fone de ouvido. Além disso, agora que o pódio estava ao seu alcance, os riscos eram muito mais altos. Uma corrida difícil passara a ter muito mais peso.

Graças aos resultados que ele vinha obtendo, a classificação da equipe Lennox era a mais alta dos últimos anos. A corrida daquele dia era a sexta, ou seja, eles ainda não haviam completado nem um terço da temporada. Se ele ganhasse aquela disputa, poderia finalmente deixar para trás a narrativa do "bad boy problemático em busca de redenção" e obter reconhecimento por seu talento.

Era por isso que, ao se preparar para o Grande Prêmio do Japão, a última coisa que deveria pensar era em Mira, mas, desde que a socorrera no meio daquele surto em Barcelona, não conseguia parar de pensar nela.

A desvantagem de ter o foco exacerbado de um piloto era a incapacidade de deixar as coisas de lado.

Então o cara do passado dela estava participando do circuito. Será que Will o conhecia? Repassou as centenas de pessoas que viajavam para acompanhar o circuito, imaginando quem poderia ser, mas as possibilidades eram infinitas. Se ela quisesse que ele soubesse, teria contado, certo? Era por isso que ele nunca havia bisbilhotado as redes sociais dela para descobrir sozinho. Odiava quando as pessoas achavam que sabiam tudo sobre ele só porque tinham visto umas fotos na internet. Mira merecia ter privacidade. O que significava que ele deveria deixá-la em paz e seguir em frente.

Para começar, ela nem era da conta dele. Mira havia traçado um limite claro entre eles, o que o irritava, mas, para ser sincero, o que ele esperava? Sim, ele se sentia atraído por ela... uma atração que beirava a obsessão, para falar a verdade. Sim, era divertido conversar e sair com ela. Mas o que aconteceria se os dois transassem? Ela era filha do chefe dele, portanto, um sexo casual, embora gostoso, seria bem constrangedor no dia seguinte e em todos os outros. E se ela quisesse mais do que um sexo casual? Will estava realmente pronto para declarar que estava namorando alguém? Que era o namorado de *Mira*? Isso era um pouco assustador, especialmente se não desse certo. A equipe, a temporada de corridas e toda a sua carreira poderiam ser prejudicadas se as coisas dessem errado.

Mas não importava o que ele queria ou não. Desde aquele dia em Barcelona, ela voltara a manter distância. Ele mal a vira no Japão. O que era bom, porque ele deveria se concentrar em outras coisas. Tipo pilotar.

Ao entrar no carro, com uma horda de funcionários da pista se movimentando ao redor, Will resolveu deixar todos os pensamentos distrativos sobre Mira no paddock, onde era o lugar deles. Havia muito trabalho a fazer.

— Certo, Will — disse Tae, no fone de ouvido. — Você é o pole position. Não precisa sair pisando fundo desde o início. Dirija com firmeza e não terá problemas com o circuito.

Will discordava. Talvez não *precisasse* fazer a melhor corrida de sua vida para vencer naquele dia, mas isso não o impediria de tentar. Não deixaria nada na linha de largada, nada no tanque, nada nos pneus.

— Tae, quantas corridas já fizemos juntos?

— É, é. Só assente e concorda pros engenheiros pararem de pegar no meu pé.

— Sim, senhor. Farei exatamente o que o senhor pediu.

Tae soltou uma gargalhada quando Will ligou o motor e foi para a pista.

Ao tomar seu lugar na pole, com os outros carros se reunindo no grid atrás dele, Will se concentrou. O ruído do motor parecia fazer parte de seu sangue, mantendo-o vivo, respiração a respiração. O tempo passou mais devagar quando as cinco luzes se acenderam. Elas dominaram a sua visão enquanto ele ajustava as rotações do motor, mantendo-o estável, preparando-se para a largada.

Quando as luzes se apagaram, ele soltou a embreagem e o barulho do motor atingiu a estratosfera. A força G o prendeu no encosto do banco e ele disparou para o primeiro conjunto de curvas. Sentindo os outros pilotos no encalço, Will dançou com o carro na primeira curva, depois acelerou um pouco antes da saída da segunda. Disparando até a extremidade da pista, ganhou distância de todos que se aproximavam. Ninguém daria a volta nele naquele dia. Ao ver um espaço vazio cada vez maior pelo retrovisor, sorriu para si mesmo enquanto cortava os esses. Um começo perfeito. Seria difícil para os outros pilotos alcançá-lo a partir de agora.

Uma hora depois, o último pit stop se aproximava, e ele estava quase dez segundos à frente dos três carros mais próximos. Estava prestes a conquistar uma vitória fácil.

— Box, box, box — disse Tae no fone de ouvido, chamando-o para um pit stop.

Graças ao treinamento implacável de Harry, o pit stop foi perfeito, e Will voltou à pista cantando os pneus em direção à reta. Tae despejava um fluxo constante de dados, informando-o exatamente sobre como a corrida se desenrolava no restante da pista. Tudo estava indo conforme o planejado.

— Então eu consigo — disse ele, no headset.

— Não tão rápido. O McKnight ainda está no páreo.

— Mas estávamos à frente em termos de estratégia.

— Ele ainda não passou no box. Nesse momento, está em primeiro lugar.

— Mas ele tem que passar no box.

— Achamos que eles estão tentando fazer duas paradas e deixar os pneus por último. Ele fez dois pit stops contra três dos outros pilotos. Eles superaram todo mundo até agora.

Brody McKnight estava nas pistas desde sempre. Fórmula 1 por um tempo, Indy Car, Le Mans, piloto reserva de algumas equipes... Ele já havia passado por tudo isso. Com a idade dele, era um pouco surpreendente que tivesse conseguido uma vaga na Fórmula 1 novamente naquela temporada. Nunca havia enfrentado uma disputa séria pelo campeonato mundial. Só subira ao pódio algumas vezes, e a probabilidade de isso voltar a acontecer era quase nula. Se ele pulasse o último pit stop, teria um dia extraordinariamente bom e um lugar no pódio. Mas, para isso, teria que encerrar a corrida com pneus desgastados, que poderiam estourar a qualquer momento. Era um tiro no escuro, mas não havia outro jeito de Brody subir no maldito pódio.

Beleza, Brody queria dirigir com cautela, poupar os pneus e pular um pit stop? Vamos ver como ele faria isso com Will Hawley em seu encalço. Ele acelerou, deixando que o rugido do motor e o grito dos pneus novinhos o alimentassem de adrenalina. Will fez outra curva e passou pela chicane, então avistou o carro de Brody à sua frente.

— Vou ultrapassá-lo — informou Will a Tae.

— Acaba com ele, Will.

Curiosamente, não foi Tae quem respondeu; foi *Paul*. Por que Paul havia assumido o lugar de seu engenheiro de corrida?

Tudo bem, o fato é que Will não perdeu tempo em seguir as ordens. Desapareceu até se tornar um só com o carro, até não ter mãos, pés e batimentos cardíacos, mas quatro rodas e um motor potente. O mundo se desvaneceu até que restou apenas o carro de Brody à sua frente, um obstáculo a ser ultrapassado e superado.

No entanto, toda vez que Will via uma brecha e acelerava para ultrapassá-lo, Brody mudava a trajetória e o cortava. No início a manobra era sutil, Brody se ajustando para pegar o melhor vértice na curva. Irritante, mas previsível. Mas então ele começou a oscilar nas retas, algo que o faria perder tempo, mas impediria Will de ultrapassá-lo.

— Merda! — gritou ele no microfone. — O desgraçado tá me bloqueando!

— É, ele está. Tente ficar firme nessa curva — disse Paul.

Will fez a curva aberta e, quando um caminho se abriu à sua frente, Brody surgiu para detê-lo.

— Desgraçado do caralho! — Enquanto Will estava preso ali atrás, forçado a dirigir na velocidade de Brody, seus rivais rapidamente ganhavam tempo e eliminavam o espaço que ele havia se esforçado para criar no começo da corrida. — Tenho a velocidade, mas não consigo ultrapassá-lo. Ele não deixa.

— Ele está pedindo para ser penalizado — comentou Paul, com a voz gelada de raiva. — E vou me certificar de que realmente seja se não parar com isso.

A conversa dos dois estava sendo transmitida diretamente para o Race Control para todo mundo ouvir, então Will sabia o que Paul estava fazendo: estava ameaçando fazer uma reclamação formal se Brody continuasse com aquela merda. Mas uma reclamação era apenas uma reclamação, e não ajudava Will naquele momento, quando Brody continuava a se meter em seu caminho, a cada movimento que ele fazia.

— Ele tá violando as regras.

— O Tae está falando com o Race Control agora mesmo — informou Paul, com a voz letal. — Ele está cuidando disso do nosso lado. Seu papel é procurar uma abertura e acabar com esse desgraçado.

Sem dúvida aquela questão ia além do que um simples incidente na corrida. Paul parecia querer vingança. Era pessoal. Bom para Will, porque então era pessoal para os dois. Ele destruiria aquele imbecil.

Quando Brody foi para o lado para se alinhar e pegar a próxima curva, Will se afastou, dando-lhe espaço. Quando Brody estava totalmente posicionado para fazer uma curva aberta, Will cortou para a direita e pisou no acelerador, traçando uma curva fechada e tensa. Era uma manobra arriscada, mas ele ultrapassou Brody e entrou na curva seguinte, dessa vez pelo lado de fora. Tudo que precisava fazer era pegar o vértice e acelerar para sair. Só que, quando virou as rodas para a esquerda, pronto para pisar no acelerador, Brody apareceu e fez uma manobra suicida para ultrapassar Will por dentro.

— O que ele tá fazendo, porra?

Não havia nenhuma chance de Brody ultrapassá-lo naquela curva. Ele fizera aquilo apenas para foder com a vida dele. Quando Will sentiu o carro estremecer, soube que Brody tinha conseguido.

— Contato! — gritou Will. — Ele estourou o meu pneu.

A traseira do carro balançou, e o computador de bordo transmitiu as más notícias. A pressão dos pneus estava caindo rapidamente e, com ela, a velocidade.

— Você está quase nos boxes. Entra! — gritou Paul.

— Merda. Vai ser o quarto pit.

— A asa dianteira do Brody está destruída. Ele também vai ter que parar. Os rapazes estão prontos. Entra.

Outro maldito pit stop. Ele teria que pilotar como nunca dali em diante para compensar isso. E o maldito do Brody McKnight também. Ele também ia precisar parar no box, mas era o terceiro dele pit stop dele contra os quatro de Will. Fora que Brody faria uma parada rápida, com pneus inteiros, embora desgastados. Will rodava devagar por conta do pneu furado. No tempo total da corrida, que era tudo que importava, estava cada vez mais para trás.

Esperou, o pulso acelerado e o coração batendo forte, enquanto a equipe trocava os pneus. Demorou menos de três segundos, mas pareceram três horas. Paul havia deixado sua posição habitual em frente aos monitores e estava no pit lane, atrás da equipe. A expressão era uma máscara de fúria. Ele falou, com a voz crepitando no fone de ouvido de Will.

— Quero que volte para lá e acabe com ele, Will. Sem piedade.

— Não se preocupe, Paul — retrucou ele com os dentes cerrados. — Considere feito.

Will levou o carro ao limite, pronto para se vingar de Brody e de qualquer outra pessoa que se metesse entre eles.

Faltando dez voltas, quatro pilotos haviam ganhado tempo em cima de Will depois daquele pit stop. Mas ele tinha pneus novos, os mais rápidos e macios. Em três voltas, ele havia recuperado o tempo de três carros. Mas Brody também, agora com pneus novos. Will forçou o carro, observando o motor acelerar até a linha vermelha.

À frente, Brody ultrapassou o último carro dos primeiros colocados, recuperando a liderança. Will estava um quarto de volta atrás, o tempo que havia perdido com o pneu furado. Por fim, quase em câmera lenta, ele ultrapassou o último carro que o separava de Brody, recuperando o segundo lugar. Depois de mais uma curva, a traseira do carro de Brody finalmente voltou ao seu campo de visão.

Brody entrou na curva seguinte e Will o perdeu de vista por um momento. Enquanto os pneus cantavam no duplo vértice, no encalço de Brody, Will se entregou ao carro, confiando que o veículo poderia entregar o que ele exigia. Will nunca havia entrado em uma curva com tanta velocidade. O carro estremeceu. Dava para sentir a traseira oscilar, o carro ameaçando sair da pista a qualquer momento. Segurando o volante com força, ele o girou rapidamente, controlando o pedal do acelerador e do freio, e guiou o carro com pura força de vontade e uma profunda confiança nas leis da física. Quando acelerou para sair da curva, Brody estava bem ali, a meros três carros de distância.

Will afundou o pé no acelerador e o motor rugiu em resposta. Dois carros de distância. Um. Paul gritava em seu ouvido. Ele estava na caixa de câmbio de Brody quando saiu da última curva, girando o volante para a direita e alinhando para ultrapassá-lo.

A bandeira quadriculada tremulou em sua visão periférica, e Brody passou por baixo, meio carro à frente.

Minutos depois, quando a equipe dos boxes o ajudou a sair do veículo, Will arrancou a balaclava, furioso, pronto para protestar, mas emudeceu quando ouviu Paul soltar uma torrente de palavras raivosas como nunca havia visto antes. Todos estavam presentes: os mecânicos, Tae, Harry e a equipe de estrategistas. Eles permaneceram em um silêncio profundo, em um semicírculo ao redor de Paul, que explodia de ódio.

— Eu vou rasgar a licença daquele desgraçado — gritou, afastando-se do paddock da Lennox. — Ele acertou o Will de propósito. Você viu, Tae!

— Vi — concordou Tae de forma enfática.

— Quero que ele seja penalizado. Ele vai largar na última fila do maldito grid nas próximas cinco corridas, ah, se vai!

Will teve a desconfortável sensação de que estava no meio de algo muito maior do que uma estratégia de merda numa corrida. A raiva de Paul era antiga, mas ainda estava em chamas. Não se tratava da corrida, nem da maneira como haviam ferrado com Will... tratava-se de Brody.

Harry pôs a mão no ombro de Paul com cuidado. Certamente era a única pessoa que podia fazer isso naquele momento.

— Estamos falando com o Race Control, Paul. Vamos dar um jeito nisso.

— O que foi aquilo? — perguntou Will. — Qual o problema dele comigo?

Harry parecia ter aplacado parte da fúria de Paul. Ele fechou os olhos e respirou fundo para se acalmar. Quando voltou a falar, estava um pouco mais controlado, mais próximo do homem sério que Will conhecera.

— Não é com você, Will. É comigo — respondeu ele. — Vou me certificar de que aquele desgraçado pague por isso, custe o que custar. Ele vai ser penalizado. Não importa o que eu tenha que fazer para que isso aconteça.

Will sabia que seria difícil manter as acusações. Caberia ao Race Control tomar uma decisão e cada um interpretaria a situação à sua maneira. Portanto, já era possível adivinhar no que toda aquela merda daria.

— Mas, se não acontecer nada, nós vamos acabar com ele na próxima.

Harry olhou para Will em busca de confirmação.

— É isso aí. Deixa comigo. Vou acabar com aquele idiota — afirmou Will.

Paul o encarou, com os olhos ainda cheios de raiva.

— É claro que vai, porque você vai ser a porra do campeão mundial desse ano, quer Brody McKnight goste ou não.

Resoluto, deu meia-volta e saiu, levando Harry e a maior parte da equipe de mecânicos junto. À medida que a multidão se dissipava, Will avistou Mira perto dos monitores. Era a primeira vez que a via desde aquele dia em Barcelona. Algo em seu peito acordou, uma estranha sensação de empolgação. De repente, a raiva que quase o sufocava momentos antes arrefeceu e todo o barulho em sua cabeça cessou.

Então ele notou a expressão em seu rosto. As sobrancelhas dela estavam unidas e ela mordia o lábio ao observar o pai se afastar em direção à sede da FIA. Ele entregou o capacete e as luvas para Beata.

— Você pode cuidar disso, por favor?

— Claro que sim. Bom trabalho lá fora.

— Obrigado, B.

As poucas pessoas que restavam no box olhavam para Paul, que se afastava, e cochichavam sobre o que acabara de acontecer. Will era o cara que tinha acabado de sair da pista, mas ninguém prestava atenção nele.

Ele atravessou a sala em direção a Mira.

— Qual é o problema?

Ela o encarou com os olhos cheios de tristeza.

— Eu sinto muito, Will.

— Por quê? Porque aquele imbecil sem talento decidiu me sacanear? Não importa. Eu tô bem.

— Ele podia ter te matado.

Ele bufou.

— O Brody tem que se esforçar muito mais se quiser fazer isso.

— Mas...

— Escuta, aconteça o que acontecer, todo mundo vai saber como o Brody conseguiu aquele lugar no pódio hoje. E provavelmente vai ser a última vitória da carreira de merda dele. O Brody nunca chegou nem perto de ganhar um campeonato mundial e com certeza esse não é o ano dele.

— Não acredito que você tá tão calmo em relação a isso.

Para ser sincero, até ele estava um pouco surpreso. Will bufava de ódio quando saiu da pista, mas ali, ao lado dela, conversando com Mira pela primeira vez em mais de duas semanas, simplesmente não conseguia ficar com raiva. Era uma sensação nova e diferente de tudo que já havia sentido. Nenhuma mulher jamais havia conseguido tirar sua concentração das pistas. E isso era um sinal de que, no que dizia respeito a Mira, ele estava com um sério problema.

— Posso enfrentar o Brody e qualquer pessoa que cruze o meu caminho.

Finalmente conseguiu fazê-la abrir um sorriso.

— Eu sei que você pode — disse ela, baixinho.

Agora que ele a tinha, não queria perdê-la de novo.

— Ei, vamos...

— Preciso falar com o meu pai — interrompeu ela de repente, e se afastou.

Will suspirou e disse:

— Tudo bem. Te vejo em Austin?

Ela assentiu.

— Em Austin.

Mira correu pelo paddock na direção que o pai havia tomado. Will ficou olhando até o brilho do cabelo dela desaparecer em meio à multidão. É, definitivamente ele estava envolvido até o pescoço.

24

Austin,
Texas

A imprensa fez umas fotos legais suas com o chefe da Marchand Timepieces, o que é maravilhoso. — Violet estava de braço dado com Will e o conduzia pela multidão na festa de recepção pós-corrida do Circuito das Américas. — E o seu agente convidou o RP responsável pela sua nova coleção na Velocity. O nome dele é Ryan e ele é um *completo* sem-noção, mas nós dois temos que ser gentis com o cara, então vou trazê-lo aqui quando ele chegar. Se eu beber bastante antes disso, talvez ele não pareça tão desmiolado.

Will parou e forçou Violet a olhar para ele.

— Violet, faz horas que eu tô conversando com um monte de gente. Posso dar um tempo?

— Ah, garotão, você acha que o David Beckham e o Michael Jordan nunca tiveram que ficar conversando com um bando de empresários? Isso faz parte do jogo, e você acabou de subir um nível.

Violet sempre falava com Will como se ele fosse uma criança, embora ele achasse que era mais velho do que ela. Mas isso não vinha ao caso, porque ela estava certa. No intervalo entre Suzuka e Austin, ele havia ido até Nova York para se encontrar com o pessoal da Velocity. A empresa já era a maior patrocinadora de Will, mas agora que ele estava arrasando na temporada, queriam lançar uma linha inteira com o nome dele. Tênis, calças de corrida, tudo. Will estava prestes a se tornar famoso internacionalmente. O circo de relações públicas que vinha no pacote era bastante irritante, mas valeria a pena pelo dinheiro, e não apenas na vida pessoal de Will. A Fórmula 1 era extremamente cara. E fazia parte do trabalho dele compensar um pouco as despesas. O dinheiro da Velocity seria muito bem-vindo.

Mais à frente, percebeu que Mira caminhava na direção deles. O cabelo dela estava preso, mas alguns cachos haviam escapado e caíam pelo rosto até os ombros. Quando ela surgiu entre os convidados, Will sentiu a boca secar ao ver o que ela estava usando. Um vestido preto simples, feito de um tecido fino e macio, mas que abraçava seu corpo e ressaltava cada curva que havia por baixo. Ele suspeitou de que ela estava sem sutiã, o que fez seu corpo estremecer de desejo. *Caralho.* Sua vontade era deslizar aquelas alças finas pelos ombros de Mira e observar o tecido escorregar pelo corpo dela até formar uma poça aos seus pés. Ela se aproximou, e Will se esforçou para controlar a imaginação tão vívida.

— Violet, a Simone tá com aquele jornalista da *NASCAR Nation* no balcão, tagarelando sem parar. Vai lá dar uma mãozinha.

— No dia que a NASCAR publicar uma matéria sobre Fórmula 1, o inferno congela. Ela só vai perder tempo. Além disso, hoje estou encarregada do Will.

— Não preciso de babá, Violet.

— No que diz respeito aos seus compromissos de RP, eu discordo.

Mira lançou um olhar compreensivo para Will. Ele fez de tudo para não desviar o olhar do rosto dela para seus ombros desnudos, nem para a sombra entre os seios no decote do vestido, nem para a sutil marca dos mamilos sob o tecido. Aquele vestido deveria ser proibido.

— Pois é, a gente passou por três cidades e não saiu pra nenhuma aventura. Aposto que você nem comeu sushi no Japão — comentou ele.

— Comi, sim!

— A comida que eu levei pra você na sua mesa não conta — interveio Violet.

— Qual é, gente. Vamos dar o fora daqui. Hora da aventura.

— Sem chance, Will. Você tem que puxar o saco de umas pessoas e eu tô aqui pra tomar conta disso — observou Violet.

Ele suspirou e passou em revista o mar de homens mais velhos com seus ternos antiquados e suas esposas cirurgicamente belas e caras. Do outro lado, avistou um rosto familiar, mas levou um segundo para se lembrar.

— Ei, aquela mulher não é a modelo daqueles anúncios de jeans dos anos 90?

Violet e Mira se viraram para olhar.

— Ah, é a ex-mulher do Paul — disse Violet, ao mesmo tempo que Mira gritou:

— Mãe!

— Ela é sua *mãe*?

— Você não sabia que o Paul foi casado com a Cherie Delain? — perguntou Violet.

Mira ficou na ponta dos pés, acenando para a multidão para chamar a atenção da mãe.

— Não, deixei essa informação passar.

Cherie Delain tinha sido uma celebridade e tanto nos anos 90. Ela havia feito uma série icônica de anúncios de jeans, a qual permanecia um marco na cultura pop, assim como Cherie. Definitivamente, a mulher que se movia em meio à multidão estava mais velha, mas não menos impressionante, e qualquer um seria capaz de reconhecer aqueles cachos loiros-platinados. Mira tinha a metade da altura dela, um rosto mais delicado e o cabelo loiro mais escuro, mas agora que Will sabia que eram mãe e filha, conseguia notar a semelhança.

Cherie Delain abriu os braços e um sorriso enorme quando se aproximou.

— Minha menina! — Abraçou a filha com força.

Mira retribuiu o abraço e se afastou para olhar a mãe.

— Por que você não me falou que viria?

Talvez por conhecer o pai de Mira tão bem, Will nunca tinha pensado em perguntar sobre a mãe nem sobre a vida dela em Los Angeles. A mãe dela era uma *supermodelo*, o que colocou toda aquela coisa de crescer em Los Angeles sob uma nova perspectiva. Não era nenhuma surpresa que o glamour da Fórmula 1 não mexesse com Mira.

— Minha filha querida finalmente está de volta aos Estados Unidos — disse Cherie, ainda sorrindo. — É claro que eu queria te ver. Pedi para o seu pai não falar nada porque queria fazer surpresa.

Mira estava radiante. As duas pareciam muito próximas, o que era algo meio estranho para Will, que não conseguia se imaginar feliz em ver os pais.

— É uma surpresa incrível. Quanto tempo você vai ficar?

— Só hoje. Tenho uma exposição de fornecedores a partir de terça-feira.

— Mas você vai perder a corrida!

Cherie riu e revirou os olhos.

— Essa obsessão é sua e do seu pai, não *minha*. — Lançou um olhar rápido para Will e Violet. — Não quero interromper seu trabalho.

— Não, tudo bem. Essa é a Violet, minha amiga de RP. E esse é Will Hawley, um dos pilotos da Lennox.

Cherie apertou a mão de Violet.

— Sinto como se já te conhecesse, Violet. A Mira me fala muito de você. Fico feliz de finalmente conhecê-la pessoalmente. — Em seguida, se voltou para Will. — Prazer em conhecer você também, Will.

Ah, então Mira tinha contado para a mãe tudo sobre *Violet*, mas nadinha sobre ele? Ela tinha um talento especial para deixá-lo de fora.

Ela se virou para Mira.

— Você pode sair pra jantar?

— Desculpa, mas preciso ficar com o papai.

— Tenho certeza de que ele vai entender — interrompeu Violet. — Vai se divertir com a sua mãe.

— Mas eu tenho que trabalhar...

Cherie a interrompeu.

— Então vamos convidar seu pai e a Natalia também.

Will teve a sensação de que Paul não ousaria dizer "não" para Cherie.

— Tá bom — exclamou Mira, abrindo um sorriso.

— Ótimo! Seus amigos também querem vir? — perguntou Cherie, acenando com a cabeça para Violet e Will.

— Mãe... — murmurou Mira. — O Will tá muito ocupado pra vir jantar com a gente.

— Se jantar significa que posso parar de falar de burocracia, então, por favor, vamos logo.

Violet agarrou o braço dele.

— Mas o cara da Velocity...

— Qual é, Violet — resmungou Will. — Eu já não trabalhei o suficiente por hoje?

— Tudo bem, tudo bem... — Ela bufou. — Eu também não queria falar com aquele babaca.

Cherie uniu a palma das mãos.

— Ótimo, então vamos procurar o seu pai e dar o fora daqui.

25

—Você está linda, querida. Fazia anos que não deixava o cabelo assim.

Cherie passou a mão pelo encosto da cabine e ajeitou um cacho da filha atrás da orelha.

— Mãe — protestou Mira, esquivando-se. Só faltava Cherie lamber o polegar e tirar uma mancha do rosto dela.

— Só estou comentando. Você fica linda assim.

— Dava muito trabalho alisar todo dia.

E o modo como Will olhava para eles sempre que estava por perto era um bônus.

— E esse vestido! É novo, não é?

Mira se contorceu sob o olhar atento da mãe. É claro que ela notaria cada pequena mudança. O vestido *realmente* era novo e não fazia o estilo habitual de Mira. Ela o tinha visto na vitrine de uma boutique elegante em Barcelona e ficara encantada. Era tão macio, tão sexy, tão... tudo o que ela não era. O tecido fluido e sedoso, as alças finas, a pele exposta... Todos esses detalhes a faziam sentir uma confiança que Mira não experimentava havia anos. Não confiante para lidar com planilhas e documentos. Confiante, tipo... gostosa. Ela não se sentia gostosa fazia muito tempo. Não tinha percebido que *queria* se sentir assim. Antes que se desse conta, já o havia comprado.

— Gostei da Violet — comentou Cherie.

— Ela é ótima. Estou superfeliz por ela estar no circuito com a gente. É bom ter uma amiga com quem contar aqui.

— E o... Will? Ele também parece legal.

— É mesmo.

— E gostoso.

Mira fez uma careta.

— Mãe...

Cherie ergueu as mãos.

— É só um comentário. Além disso, ele só tinha olhos para você e para esse vestido. Não conseguia parar de encarar.

O coração de Mira bateu mais forte e ela sentiu as bochechas esquentarem.

— Você tá imaginando coisas, mãe.

Felizmente, como sempre, Cherie não demorou para mudar de assunto.

— Como está indo o trabalho?

— Bem. Eu não tinha ideia de como seria difícil. Mas acho que finalmente tô pegando o jeito.

— E o seu pai? Como está sendo trabalhar com ele?

Ela poderia ter dito um "tranquilo", mas sua mãe leria as entrelinhas. Ela sabia como os últimos sete anos tinham sido difíceis para os dois. Pelo menos Mira achava que finalmente tinha conseguido deixar o desastre de Singapura para trás. Sempre que Paul precisava dela, ela estava presente, tinha todas as respostas, e parecia que os dois estavam restabelecendo a harmonia.

— Tá melhorando. Eu sei que ele não queria que eu voltasse...

— Você não sabe disso...

— Tenho quase certeza. Acho que eu só voltei por que a Natalia insistiu.

Cherie desviou o olhar sutilmente do de Mira, o que a fez suspeitar que talvez tivesse que agradecer tanto à Natalia quanto à mãe pela intercessão.

— Mas tudo bem. Vou provar pro meu pai que pode contar comigo, e acho que ele tá começando a perceber isso.

Cherie pousou a mão no joelho da filha.

— Você sabe que o seu pai te ama, não sabe, querida? Com ou sem esse trabalho.

Ela engoliu em seco, incomodada.

— Mas só isso não basta. Quero que ele também me respeite.

— Tenho certeza de que ele respeita.

— Chegou a hora de ver se respeita mesmo... Olha lá, eles chegaram.

Mesmo às nove da noite, o clima do Texas estava abafado e quente, enquanto eles esperavam do lado de fora do restaurante. Will puxava a gola da camisa, e ao seu lado Violet se abanava com a mão.

— Achei esse lugar na última vez que passamos por Austin — comentou Natalia. — A comida é deliciosa e foge um pouco da rota do pessoal.

— A Natalia conhece todos os restaurantes bons das cidades do circuito de corridas — comentou Paul, sorrindo para ela. — E arranja uma reserva em qualquer um com uma única ligação. Não sei como ela faz isso.

— Só espero que tenha ar-condicionado — resmungou Violet.

Nesse momento, entrou um carro no acostamento circular atrás deles, e Mira saiu com a mãe. Toda vez que Will olhava para Mira naquele vestido, sua mente ia para lugares bastante travessos, onde era melhor não se demorar, principalmente porque ele estava prestes a jantar com os pais dela.

— Cherie! Você está linda. — Natalia e Cherie se abraçaram e se beijaram no rosto. — Como vão os negócios?

Era óbvio que não havia mágoa entre elas, o que não era nenhuma surpresa para Natalia. Ela era uma mulher elegante, e a mãe de Mira também parecia ser.

Mira puxou a manga de Violet.

— Vamos. Minha mãe vai falar sobre trabalho a noite toda se você deixar, e está quente. Vamos esperar lá dentro.

— Por favor, estou desesperada por um arzinho.

Will as seguiu, mas quase bateu em Violet, que havia esbarrado em Mira quando ela parou de repente.

— Mira, que porra é essa? — resmungou Violet.

Mas Mira ainda estava paralisada, olhando para o salão. Will examinou o ambiente para saber o que a havia pegado tão de surpresa e, quando viu o babaca do Brody, xingou em voz alta.

— Que merda, o que esse *babaca* tá fazendo aqui?

Brody estava a uns cinco metros, contando alguma história para um público cativo, com aquele sotaque australiano dominando o ambiente. Estava com o braço em volta de uma mulher jovem e bonita que o encarava com adoração.

— Merda — murmurou Violet. — Ei, Mira...

— O que aquele desgraçado está fazendo aqui? — comentou Cherie furiosa atrás de Will, ao que ele a olhou, confuso.

Sim, Brody era um desgraçado, mas por que Cherie Delain também o odiava? Por que, de repente, parecia que havia muito mais em jogo do que a merda que Brody havia feito no Japão?

Quando Mira se virou para encará-los, a expressão no rosto dela deixou Will paralisado. Ela estava pálida como um fantasma, e seus olhos verdes arregalados de terror.

— Mãe, por favor... Só vamos embora.

— Ele está participando do circuito esse tempo todo? — perguntou Cherie, olhando de Mira para Paul.

— Não tem como evitá-lo, Cherie — respondeu Paul, com os dentes cerrados. — Pode acreditar, eu tentei.

— Mira, querida, você não pode participar do circuito com aquele canalha por perto.

Subitamente, a ficha de Will caiu. Ele se voltou para Brody, que continuava em sua mesa, alheio ao drama que se desenrolava na porta. Era *ele.* Brody. O cara do passado de Mira, a história de amor que não era uma história de amor. Mas...

— Mãe, eu consigo lidar com isso. *Já tô lidando.* Eu tô bem.

A voz de Mira soou alta e contida e, naquele momento, ela parecia tudo, menos bem.

Will juntou as peças: Brody McKnight e *Mira*? Mas fazia anos que ela não participava do circuito. Ela devia ser apenas uma criança naquela época. E Brody... Brody não era... nem um pouco criança.

— Como aquele desgraçado se atreve a ficar ali sentado, todo orgulhoso? — esbravejou Cherie. — Acho que vou até lá dar uma palavrinha com ele.

— Não! Mãe, não. Deixa pra lá. — Mira agarrou o braço da mãe e, naquele momento, parecia que Cherie Delain precisava ser contida, pois seu olhar era assassino.

— Cherie — interveio Paul. — Ele é piloto de outra equipe. Já tivemos um problema com ele nesta temporada. Se tivermos outro, isso pode colocar nossa equipe em risco. Você *sabe* o que isso pode nos custar.

Os olhos de Paul se voltaram para Mira e, se Will ainda tivesse alguma dúvida, a expressão dele a teria confirmado. Paul parecia tão disposto a assassinar Brody quanto Cherie. E, enquanto assimilava o que estava acontecendo, Will também se sentia pronto para matar aquele desgraçado. *Como ele ousa? Como ele ousa, porra?*

— Bem, *eu* não trabalho para a equipe — disse Cherie e, antes que Mira ou Paul a impedissem, ela atravessou o restaurante em direção a Brody.

Paul expirou alto, e Mira gemeu e se virou.

— Com licença — disse Cherie, de pé ao lado da mesa de Brody, como uma valquíria loira e vingativa. — Sr. McKnight, só quero que saiba que um dia seu carma vai chegar e, quando isso acontecer, eu vou comemorar demais. — Todos na mesa a encararam, confusos. Brody abriu a boca para responder, mas Cherie o impediu: — Aproveite seu jantar.

Então marchou de volta e Will se surpreendeu por ter sobrado alguma coisa de Brody. Aquele olhar seria capaz de reduzir um homem a cinzas.

— Perdi o apetite — disse Cherie ao sair.

Mira observou a mãe ir embora, depois olhou para Paul. Natalia sussurrava para o marido com urgência, provavelmente tentando evitar que ele criasse uma cena ainda maior. Então os olhos de Mira se voltaram para os de Will e ele sentiu um aperto no peito. Ela parecia tão abatida, assustada, triste, envergonhada e... meu Deus. Will também precisava ir embora, ou seria ele quem esmagaria Brody com as próprias mãos.

— Com licença — murmurou Paul antes de sair.

Natalia abriu um sorriso curto e apreensivo para Mira e correu atrás do marido.

— É melhor eu ver se a minha mãe está bem — sussurrou Mira. — Sinto muito, pessoal.

— Mira...

Will estendeu a mão, mas ela já saía do restaurante. Ele a observou ir embora, sentindo o peito apertar. Ao lado dele, Violet pigarreou.

— Acho que vou pedir um Uber pra gente.

26

Mira levou a viagem inteira para acalmar a mãe, mas, por fim, depois de prometer encontrá-la para o café da manhã, conseguiu deixar Cherie em frente ao hotel.

Mira não podia culpar Cherie pelo que havia acontecido. Por mais despreocupada e gentil que fosse, a mãe se transformava em uma leoa quando se tratava de seu bebê, e Brody McKnight certamente tinha feito um ótimo trabalho ao machucar sua filha.

Quando Mira finalmente chegou ao hotel onde estava hospedada, acendeu apenas um abajur, deixando o quarto quase escuro. Tinha acabado de tirar os sapatos e soltar o cabelo quando ouviu uma leve batida à porta. Gemeu, frustrada. Devia ser Natalia, querendo saber se ela estava bem. Mira abriu a porta, preparada para tranquilizá-la e dispensá-la educadamente, mas as palavras ficaram entaladas em sua garganta. Era Will. Ele não estava mais com o paletó do terno. Seu cabelo estava lindamente bagunçado, como se tivesse levado meia hora passando os dedos pelos fios, e uma camada de barba por fazer começava a sombrear a mandíbula.

Ela o encarou até que ele ergueu uma garrafa de uísque.

— Achei que talvez precisasse de uma bebida.

Ela não disse nada, apenas tirou a garrafa da mão dele e se virou para pegar dois copos no frigobar. Serviu uns dois dedos em ambos os copos e entregou um deles a Will, que havia entrado e fechado a porta. Deu um longo gole e estremeceu.

— Eca, que negócio horrível.

— *Essa* garrafa de uísque custou trezentas libras.

— Humm. — Estendeu-lhe o copo pela metade. — Acho que vou deixar esse restinho pra você. — Virou-se para a janela com vista para o centro iluminado de Austin.

— Então, o cara de quem você tinha me falado... A história de amor que não era uma história de amor... É o Brody McKnight, certo?

— Acho que ficou bem claro.

— Mas o Brody participa dos circuitos desde sempre. Ele deve ter uns...

— Ele tem trinta e sete anos agora. Tinha trinta quando a gente... quando eu o conheci.

— Quantos anos você disse que tinha?

— Eu não disse. — Ela engoliu em seco, sem tirar os olhos da paisagem noturna de Austin, repleta de luzes lá embaixo. — Mas eu tinha acabado de fazer dezesseis. — Ela o ouviu soltar um suspiro agudo. Mesmo que Mira o mantivesse afastado, doía pensar que ele a julgava da mesma forma que todos os outros. — Olha só, eu sei o que parece. Eu era jovem, estúpida, estava passando por uma fase rebelde... Muita coisa estava rolando.

— Ei, olha pra mim. — A voz dele era suave, e uma vibração reconfortante a percorreu. Quando Mira se virou para encará-lo, Will havia encurtado a distância entre os dois. Ele estendeu a mão e tocou seu rosto, passando a ponta dos dedos pela sua bochecha, então se afastou. — Muita coisa pode ter acontecido, Mira, mas você *não* teve culpa. Você era só uma criança.

— Eu agradeço, Will. Mais do que você pode imaginar. Mas não é tão simples assim.

— Como assim...? — Ele parou e sentou na beirada da cama, então deu um tapinha para ela se acomodar ao seu lado. — Senta aqui. Me conta desde o começo.

As negações de sempre já se insinuavam, mas não havia mais motivo para continuar guardando segredo. Pelo menos, não de Will.

Mira se sentou ao lado dele. Will se inclinou, encostou o ombro no dela e lhe passou o copo de uísque. Dessa vez, quando ela bebeu, não foi tão ruim.

— Meu pai e eu não éramos muito próximos quando eu era pequena. A viagem de Londres a Los Angeles é bem longa, então eu não o via com muita frequência. Mesmo assim, ele era um ídolo pra mim e eu adorava corridas por causa dele. Quando tinha dez anos, implorei pra ele e pra minha mãe me deixarem passar as férias de verão com ele no circuito. Aquele verão foi um sonho que tinha virado realidade. Eu podia passar o dia todo na pista e finalmente sentia que tinha um pai. Depois disso, eu comecei a ficar com ele todos os verões. A gente ficou muito próximo durante esse tempo.

— Hum.

Ela o olhou de relance.

— Que foi?

— É que... quase o tempo todo você parece pisar em ovos perto dele. Eu entendo. Ele é intimidador. Mas achei que seria diferente com você.

— E era. Durante um tempo. Tô chegando nessa parte. O ano em que eu fiz dezesseis anos foi difícil. Minha mãe conheceu um cara e engatou num relacionamento mais sério. Ela é um ícone pra muita gente e isso é complicado. Então ela sempre teve muito cuidado em relação a namoros. Esse cara foi o primeiro que a conquistou de verdade. Naquele Natal, eles ficaram noivos. Eu o odiava.

— Por quê?

Ela deu de ombros.

— Energia ruim? Mas no final eu estava certa. Minha mãe terminou com ele seis meses depois. Mas o problema não é esse. O problema é que, como ela era muito cuidadosa quando se tratava de deixar homens entrarem na nossa vida, sempre tinha sido só eu e ela. E, de repente, tinha um cara lá o tempo todo... Eu simplesmente... Eu queria minha mãe de volta, mas não conseguia. Então eu adorei deixar tudo aquilo pra trás e viajar com o meu pai no verão, mas, na minha primeira noite lá, ele me apresentou pra *Natalia*. Pode parecer bobeira, mas eu me senti *traída*. Primeiro pela minha mãe e depois pelo meu pai, que só tinha começado a ser meu pai de verdade fazia alguns anos. Foi como se eu o tivesse perdido de novo.

— Mas você ama a Natalia. Eu vi como você é com ela.

— Agora eu amo. Mas no começo? Eu só queria que ela fosse embora. Mas enfim, de qualquer forma, eu fiquei lá, rondando as pistas de corrida de vários países, irritada com tudo e tentando me distrair.

— E aí você encontrou o Brody.

— Na verdade, ele me encontrou. Eu tinha saído escondido com uma menina da logística pra dançar numa boate em Barcelona. Não era minha intenção arranjar problema. Eu só queria dançar.

Por um segundo, ela se lembrou daquela noite em Melbourne, quando dançou com Will. Tinha sido a primeira vez que ela saíra para dançar desde Barcelona. Engraçado, também tinha terminado em um beijo. Mas logo percebeu que aquele momento mágico com Will na pista de dança em Melbourne estava a anos-luz de distância do que havia acontecido com Brody. Porque não se tratava da dança e do beijo; se tratava do cara.

Ela respirou fundo e continuou:

— Enfim, ele foi falar comigo, me pagou uma bebida e disse que tinha me visto na corrida. Conversou comigo como se eu fosse adulta. Ficou me elogiando, falou que eu era linda... sexy. Eu gostei de não ser tratada como uma criança.

— Até agora, nada do que você me disse parece ser culpa sua.

— Eu tô chegando lá. Talvez eu até me sentisse adulta, mas ainda tive o bom senso de manter isso em segredo. Meu pai ficaria furioso. Além da diferença de idade, o Brody pilotava pra uma equipe rival.

— Porra.

Ela se encolheu.

— Eu sei. Foi uma merda.

— Ei, não, não foi isso que eu quis dizer. Eu estava falando de você, que foi colocada nessa posição por um cara que sabia como as coisas funcionavam.

— Eu também sabia. Eu menti pra todo mundo, tudo por ele. E mentir não foi nem de longe o pior. — Mira engoliu em seco e se preparou para contar o próximo detalhe sórdido. — Ele estava noivo. — Mira meio que esperava que nesse momento Will se voltasse contra ela. Só Deus sabia o quanto ela já havia se martirizado por conta disso. Mas ele segurava a mão dela com firmeza e não fez nenhuma menção de se afastar. Então ela continuou: — Em minha defesa, ele me disse que estava tentando terminar, mas que ela era muito instável. Era a Lulu Heatherington. Você conhece?

— A atriz? Conheço, já ouvi falar.

— Ele disse que queria terminar, mas ela era um drama ambulante, e ele estava com medo de que ela se matasse. Eu acreditei na história toda. Na verdade, senti pena dela. Pensei que ele era um cara *legal*, que estava tentando fazer a coisa certa, mesmo que não a amasse mais. Eu fui muito burra.

— Você não foi burra. Ele que era um puta de um mentiroso, porra!

A raiva em sua voz a surpreendeu, e ela se virou para encará-lo.

— Mas ele estava noivo. E eu simplesmente ignorei isso.

Will fechou os olhos e soltou um suspiro frustrado.

— Mira, isso não tem nada a ver com você.

— Mas...

— Não, ele que era o adulto comprometido, e você era uma criança. E, além disso, ele *mentiu* pra você. Nada disso foi culpa sua.

Mira tinha tanto medo de que ele soubesse a verdade, medo de que pensasse o pior dela. Devia ter previsto isso.

— E aí, o que aconteceu? Seu pai pegou vocês juntos?

— Isso foi fácil. Um paparazzo fotografou a gente se beijando num bar. O Brody não é grande coisa na Fórmula 1, mas é superconhecido na Austrália. Na manhã seguinte, estava em todos os sites. Você já entrou num lugar sabendo que todo mundo ali falava da sua vida?

Will arqueou a sobrancelha.

— É, na verdade... — disse ele.

Mira soltou uma gargalhada trêmula. Só Will para fazê-la rir em um momento como aquele. Ela empurrou seu ombro.

— É *óbvio*, né? Mas não desse jeito. Como se... todo mundo soubesse alguma coisa horrível sobre você e você não tivesse a menor ideia do que é.

Ela nunca se esqueceria da sensação. Era como o pior pesadelo que já tivera, só que não era possível acordar. Para onde quer que olhasse ao atravessar o paddock naquela manhã, as pessoas a encaravam, apontavam e cochichavam... sobre *ela*. Até que ouviu baixinho o nome dele, "Brody", e no mesmo instante *soube*.

Bastou fazer uma pesquisa no navegador do celular para todo o castelo de mentiras desabar sobre sua cabeça. A foto era ruim, mas eles também haviam descoberto quem ela era: a filha adolescente do diretor da equipe Lennox, Paul Wentworth. Ela lutou contra a náusea ao ler os comentários:

Fãzinha de corridas desesperada.

Vadia de pista.

Novinha destruidora de lares.

Aquilo havia sido a primeira prova da verdadeira maldade que se escondia no coração das pessoas.

Que vadia.

Piranha burra.

Espero que ela morra.

— Mira, o que foi? — A voz de Will a fez voltar ao presente.

Ela lera apenas uma parte dos posts, mas foi o suficiente para que ficasse para sempre em sua memória. Mesmo naquele momento, sete anos depois, ainda sentia o pânico e a vergonha gelarem sua pele, como se tudo tivesse acontecido no dia anterior.

— Eu corri pro hotel do Brody. Ele já sabia, claro. O cara do marketing tinha ligado logo de manhã e, àquela altura, já estava cuidando de tudo fazia horas.

— E o babaca não pensou em te avisar?

— Eu não era mais a prioridade dele, como estava prestes a descobrir. Falei que era horrível que as coisas tivessem vindo à tona daquele jeito, mas talvez fosse melhor assim. Que quando as pessoas vissem como estávamos apaixonados, parariam de dizer coisas horríveis sobre mim.

Will expirou e apertou firme sua mão.

— Estou com medo de perguntar o que ele disse.

Desanimada, Mira bufou e balançou a cabeça.

— Ele deu um sorrisinho paternalista e disse que as mulheres sempre exageravam as coisas. Depois falou que eu precisava seguir em frente, porque ele ia se casar com a Lulu e seria muito *constrangedor* se eu fizesse um escândalo por causa do nosso casinho.

— Então você mandou ele se foder, não mandou?

Ela suspirou, com um risinho.

—Teria sido bom. Você não tem ideia de quantas horas passei imaginando o discurso em grande estilo do "vai se foder" que eu devia ter dado. Eu gostava de treinar no chuveiro e no carro quando estava presa no trânsito.

— É, essas coisas nunca acontecem como a gente quer, né?

— Especialmente quando o homem que você amava de paixão arranca o coração do seu peito e o corta em pedacinhos. Quando o Brody se cansou da minha histeria, me deu um punhado de euros e falou pra eu ir comprar uma roupa bonita. Depois falou pra eu parar de passar vergonha. E aí me expulsou.

— Meu Deus.

Will virou o resto do uísque de um gole só.

— Foi quando eu tive o meu primeiro ataque de pânico, em um banheiro no saguão do hotel dele. A gente estava em Budapeste e eu andei pela cidade a noite toda, chorando. Queria andar até não conseguir pensar nem lembrar o que tinha acabado de acontecer. É óbvio que não funciona assim, então no final tive que voltar pro hotel. Eu só não contava que a imprensa iria estar me esperando.

— Que merda. Mira...

Afagou seu cabelo.

— Tá tudo bem. — Ela se apressou em dizer, apertando mais a mão dele. — Foi quando a Natalia apareceu. Ela me levou pro meu quarto, e ficamos a sós. Pensei que ela começaria a gritar comigo.

— Mas acho que ela não fez isso, né?

— Não. Ela olhou pra mim e abriu os braços. Só isso. Eu chorei pelo que pareceu uma eternidade e ela só me abraçou. A Natalia é demais. E ela ficou do meu lado enquanto eu contava tudo pro meu pai. A mídia toda noticiou. Meu Deus, a imprensa... as coisas que disseram de mim...

— Ninguém falou nada da porra do Brody seduzindo uma criança?

— O Brody é esperto. Ou pelo menos o pessoal de RP dele é. Inventaram uma história que eu estava perseguindo o Brody, tentando seduzi-lo.

— Você acha que foi *ele* que vazou tudo pra mídia?

— Não posso provar isso, mas, depois que a foto foi publicada, tenho certeza de que ele se pronunciou primeiro justamente pra parecer que ele era a vítima, sem se importar com como eu iria ser vista.

— Aquele desgraçado. Eu sabia que ele era um imbecil, mas não tinha ideia... Agora eu entendo por que o Paul ficou tão furioso depois que o Brody fez aquela merda no Japão.

Mira ergueu o olhar para ele.

— Desculpa por acabar te envolvendo em tudo isso.

Will sorriu e estendeu a mão para ajeitar uma mecha de cabelo atrás da orelha dela.

— Não se preocupe comigo. Eu posso lidar com o Brody. Mas imagino que o Paul e o Brody tenham se desentendido, não é?

— O papai foi atrás dele no dia seguinte. Ficou aos gritos no paddock. Foi pra cima dele. Ameaçou acabar com a carreira dele e matá-lo com as próprias mãos...

— Me parece a coisa certa a fazer — murmurou Will, com raiva. — Bom pro Paul. Se eu estivesse aqui, teria segurado aquele merda pro seu pai acabar com ele. Quer dizer, Mira... você era uma criança. O Brody não poderia ter sido preso?

— Pode acreditar, minha mãe moveu montanhas pra conseguir a cabeça dele. Mas todos os nossos... *encontros*... tinham acontecido em um milhão de países diferentes. E isso não era proibido na maioria dos lugares. O Brody merecia, mas o papai era o diretor de uma equipe, ameaçando o piloto de uma equipe rival. Jurando que iria matá-lo. A equipe do Brody apresentou uma queixa à FIA. Eles não se importaram com o que tinha acontecido entre mim e o Brody, já que não era algo tecnicamente ilegal. Só se preocuparam com o que aconteceu depois, entre o papai e o Brody. No final, eles penalizaram o meu pai e a Lennox pela briga. Meu pai foi suspenso das corridas por um ano. O *diretor da equipe*. Suspenso do automobilismo.

— Eu sabia que o Paul tinha ficado fora por um tempo, mas não sabia por quê.

— Depois disso, meu pai levou mais um ano pra convencer a diretoria da Lennox a colocar ele de novo no comando da equipe. No começo, eles não deixaram. E durante esse tempo muitos dos funcionários que o meu pai tinha passado anos recrutando foram pra outras equipes. A Lennox ganhou o campeonato de construtores um ano antes de todo o escândalo. Quando o papai voltou, a equipe estava em décimo segundo lugar no grid. Tudo por minha causa.

— Não — retrucou Will, com os olhos ardendo de fúria. — Por causa da porra do Brody McKnight. Ele é o vilão dessa história.

— Mas eu sou a mentirosa que arrastou todo mundo que eu amo pra essa confusão. Eu quase acabei com a equipe.

— Nada disso. Era o Brody que deveria ter arcado com as consequências. A situação pode até não ter sido considerada ilegal, mas isso não a torna aceitável. Ele era o adulto da história. As pessoas não o criticaram por isso?

— O Brody pode ser um ser humano horrível e um piloto medíocre, mas é brilhante quando se trata de construir a própria narrativa, isso eu tenho que admitir. Um mês depois, ele se casou com a Lulu. A mídia divulgou um milhão de fotos maravilhosas do casamento de conto de fadas no lago de Como. Ele era um astro bonitão das corridas. Ela era uma atriz lindíssima. Eu era apenas uma jovenzinha de Los Angeles, desesperada por atenção. Ele falou pra todo mundo que eu tinha dado em cima dos pilotos durante a temporada inteira e que ele teve um "momento de fraqueza". A Lulu me chamou de "garotinha infeliz e neurótica" e falou que esperava que os meus pais me controlassem melhor no futuro.

— Que vadia.

— Ei, provavelmente ela acreditou nas mentiras dele. Os dois se divorciaram, então acho que ela se deu conta de quem ele realmente era.

Ela esfregou a mão na nuca, emocionalmente esgotada.

Will recuou até a cabeceira da cama, em seguida deu um tapinha no colchão.

— Senta aqui.

Ela subiu na cama e se aconchegou ao lado dele, o ombro dos dois se tocando. Como se pudesse sentir o quanto ela estava cansada, Will a abraçou e Mira se deixou acomodar em seu peito quente e forte. O cheiro dele era bom e a sensação de estar aconchegada a ele era ainda melhor.

— O que você fez depois disso? — sussurrou Will, em um tom suave, que ressoava através de seu peito.

— Eu não pude continuar no circuito. Eu queria, mas...

Subitamente Mira sentiu a garganta apertar, tomada pela emoção. Cada palavra da última conversa com o pai antes de ir para Los Angeles ainda estava gravada em sua mente. Ele estava tão irritado e decepcionado com ela. E a suspensão ainda nem havia sido aplicada. Mira não conseguia imaginar o que ele teria dito se ela estivesse lá para ouvir. No entanto, ela não estava. Quando ele foi expulso do esporte que vivia e respirava, Mira já tinha voltado para Los Angeles e não retornaria por sete longos anos.

— Todo mundo concordou que seria melhor eu voltar pra Los Angeles. As pessoas falavam coisas horríveis sobre mim, e os meus ataques de pânico eram cada vez mais frequentes. Então minha mãe veio e me levou pra casa. O ano seguinte foi difícil. Eu simplesmente desmoronei. Queria não ter deixado ele vencer.

Ela odiava admitir como tinha sido fraca, como tinha se quebrado como vidro sob pressão.

Will beijou seu cabelo. Ela agarrou a camisa dele, deixando-se envolver pelo abraço firme e seguro. Após alguns instantes, ele afastou a cabeça dela e a olhou nos olhos.

— Mira, ele não venceu. Você está aqui de novo, não está?

— Acho que sim. As coisas melhoraram. Eu terminei o ensino médio, entrei na faculdade e dei o meu melhor pra seguir em frente. Mas nunca mais voltei pra cá. — Piscou para reprimir o ardor das lágrimas. — Acho que essa foi a parte mais difícil.

— Estou surpreso por você querer voltar depois disso.

— Eu implorei pra voltar. Eu amo demais as corridas pra deixar que ele continue tirando isso de mim. E o meu pai... Eu estraguei tudo. Tinha que voltar e tentar consertar.

— Por que você acha que estragou tudo com o seu pai?

— Como assim, Will? Ele perdeu um ano na equipe por minha causa.

— Não é possível que ele te culpe por....

— É, sim. Ele disse que me trazer pra cá tinha sido um erro.

— Tenho certeza de que não foi isso que ele quis dizer.

— Foi, sim. É por isso que eu tive que me esforçar tanto pra convencê-lo a me dar essa chance.

— Ah, entendi.

Mira levantou a cabeça para olhá-lo.

— Entendeu o quê?

— É por isso que você se esforça tanto. Acha que precisa provar alguma coisa.

— Eu *preciso* provar. Nunca mais vou cometer o mesmo erro.

— Acho que também é por isso que você me odiou tanto quando nos conhecemos. Achou que eu era igual a ele.

Ela riu e cutucou as costelas de Will com o ombro.

— Eu não te *odiei*, mas definitivamente você me acendeu um sinal de alerta.

Ele a abraçou com mais força.

— Eu nunca faria uma merda dessas com ninguém, Mira.

Ela deitou a cabeça em seu peito novamente.

— Eu sei, Will. Você é...

Perfeito. Era isso que Mira queria dizer. Mas parecia demais, especialmente naquele momento, depois de passar uma hora desabafando com ele, quase aos prantos.

Com a face encostada em seu peito, sussurrou:

—Você é um cara legal.

Sentiu os olhos arderem e marejarem. Segurou as lágrimas, suspirando de contentamento enquanto o peito dele subia e descia sob sua face. Ele transmitia carinho, segurança e...

27

Will virou a cabeça e sua bochecha roçou em algo quente e macio. Abriu os olhos e viu que eram os cabelos de Mira. Estava em seu quarto de hotel, estava escuro, a cabeça dela em seu peito, seu corpo delicado e a respiração lenta e estável de Mira ao seu lado enquanto ela dormia, a perna dela sobre a sua.

Raramente ele dormia — *de verdade* — com alguém. Muito menos abraçado. Quando ia para a cama com uma garota, costumava dar um jeito de dispensá-la assim que a parte divertida terminava. Não que ele fizesse muito isso ultimamente. Na verdade, já fazia uma eternidade. *Desde...*

Mira suspirou. Desde que *aquilo* tinha começado. Fosse lá o que fosse.

Ele se curvou um pouco e tirou o celular do bolso para olhar a hora, depois o colocou na mesa de cabeceira. Duas e meia. A sensação era... agradável. Ele queria fechar os olhos e voltar a dormir, pressionado contra o seu corpo quente. Mas será que ela se assustaria quando acordasse de manhã e descobrisse que os dois haviam dormido juntos?

Nesse exato momento, ela se mexeu. Contraiu a mão, agarrando a cintura de Will, que de repente despertou um pouco mais, imaginando-a fazendo isso de propósito, quando estivesse acordada. Então ela levantou a cabeça e o olhou através de um emaranhado de cachos loiros.

Estava sonolenta, adorável e gostosa pra cacete.

— Oi — murmurou ele.

— Oi — sussurrou Mira de volta.

Ele imaginava que ela fosse sair da cama como um raio, disparando um monte de desculpas, e depois o expulsasse do quarto. Não foi o que aconteceu. Mira apenas o encarou de volta, com uma expressão que ele não conseguia decifrar muito bem.

Levantou a mão e afastou o cabelo do rosto dela, traçando o formato de sua bochecha.

— Quer que eu vá embora?

Os enormes olhos verdes de Mira se fixaram nos dele por mais um longo momento enquanto ela pensava. Algo neles havia mudado. Toda aquela dor de antes havia desaparecido durante o sono, substituída por algo que... parecia fome. Ela balançou a cabeça devagar.

— Não, não quero que você vá embora.

Então se ergueu sobre o cotovelo, se aproximou e o beijou.

Will congelou por um instante, dominado pela boca amolecida de sono na sua e pela pressão dos seus seios sob a fina camada do vestido contra seu peito. Então os lábios dela se moveram, uma carícia doce e sensual, e todo o corpo de Will despertou, dolorosamente alerta. A mão, antes suspensa de forma incerta no ar, fez seu caminho até o cabelo dela, e ele a beijou de volta.

No entanto, pouco antes de pegar no sono, ela havia dito que ele era um cara legal. E um cara legal não devia se aproveitar de uma mulher emocionalmente vulnerável.

— Mira — sussurrou ele contra sua boca. — Tem certeza?

Ela levantou a cabeça para olhá-lo nos olhos.

— Estou cansada de negar pra mim mesma algo que eu quero tanto — disse ela, então pressionou novamente os lábios nos dele.

Dessa vez, quando o beijou, ele não a impediu nem se conteve. Segurou o rosto dela e retribuiu o beijo, entregando-se ao calor daqueles lábios. Quando Mira inclinou a cabeça para recuperar o fôlego, ele rolou, empurrando-a de costas contra o colchão e continuou a beijá-la, depositando um beijo em cada covinha e ao longo de seu queixo e pescoço, aproveitando cada suspiro e o modo como os dedos dela se enroscavam em seu cabelo. Nossa, ele a desejava daquele jeito havia tanto tempo. Will sentiu a pulsação se acelerar pela necessidade, mas não queria apressar as coisas. Não agora, quando finalmente a tinha.

Os dedos dele encontraram a alça fina e sedosa do vestido e brincaram, puxando-a contra o ombro de Mira e então soltando-a, enquanto passava a língua no seu pescoço.

Mira gemeu, um som suave de prazer, então baixou o ombro para a alça do vestido escorregar. Um gesto sutil, mas seu pau pulsou em resposta à visão do ombro desnudo e à promessa de mais.

Ele se apoiou em um cotovelo e tocou a outra alça. Olhou-a por um segundo para verificar se ela queria mesmo continuar. Mira piscou e mordiscou o lábio inferior, assentindo. Lentamente, ele deslizou a outra alça e observou o vestido preto e sedoso escorregar, prendendo-se brevemente nos mamilos endurecidos, então descendo mais, até não restar nada além de uma amontoado de tecido ao redor da cintura.

Ele estava certo. Ela estava sem sutiã. Puta merda.

Ele deixou escapar um gemido, algo entre uma expiração e um grunhido, ao olhar para os seios dela, claros, perfeitos, com bicos rosados.

— Mira...

Sorrindo, ela pegou a mão dele e a levou até um dos seios. O peso suave era perfeito em sua palma. Ele o envolveu, depois passou os dedos pelo mamilo. Ela soltou outro gemido suave de prazer e arqueou a cabeça para trás, os olhos fechados. Ele estava tão duro que sentiu que poderia morrer.

Abaixando a cabeça, substituiu os dedos pela boca. Por intermináveis minutos e apesar da enorme excitação, permaneceu ali. O silêncio do quarto de hotel era quebrado apenas pelo farfalhar das roupas e dos ocasionais suspiros de prazer que Mira soltava. Will não se deteve, nem quando ela começou a se contorcer sob seu corpo.

— Will. — O nome saiu em uma expiração ofegante. — Por favor — murmurou, agarrando-se aos ombros dele.

— Com todo o prazer — ele sussurrou de volta.

Baixou a mão esquerda e a apoiou no joelho dela. Devagar, acariciou com o polegar a pele macia da parte interna. As pernas dela se abriram, e os músculos das coxas relaxaram. Levando a palma da mão para o topo da coxa, ergueu seu vestido enquanto fazia o caminho de volta para beijá-la novamente.

Mira o beijou com um frenesi cheio de desejo, as mãos agarrando seu cabelo, descendo pelos ombros e segurando qualquer lugar que alcançassem.

Quando ele tocou a calcinha, ela estremeceu. Will acariciou o tecido com suavidade, ouvindo a respiração cada vez mais desesperada de Mira. As coxas se abriram, permitindo que ele afastasse o tecido e a tocasse, o calor úmido e escorregadio. Nesse momento, foi a vez de Will gemer. Desejou penetrá-la profundamente, mas queria que aquela sensação durasse para sempre, por tanto tempo quanto fosse possível, a noite toda.

Ele a explorou, passando o dedo na sua entrada, entrando e saindo, até finalmente tocar a parte mais sensível. As mãos dela agarraram os seus bíceps, enquanto Will a acariciava em um ritmo estável. Suspirou contra a sua boca enquanto ele continuava. Fechou as coxas em torno da sua mão, mas Will não parou. Ela se afastou do beijo e jogou a cabeça para trás, então arqueou, tensa, pronta para voar. Suas coxas estremeceram ao redor da mão dele e ela ofegou, cada pequeno suspiro terminando em um gemido, enquanto ele a levava ao limite. Por fim, Will a fez gozar até que Mira amolecesse sob seu corpo novamente.

— Você fica linda quando faz isso — sussurrou Will no ouvido de Mira, ao que ela passou os dedos frouxos por seu cabelo grosso e sedoso. O corpo dela ainda reverberava com pequenos tremores de prazer, e ele ainda a beijava, os lábios descendo pelo pescoço, ombros e de volta ao rosto.

— Eu quero te comer, Mira — murmurou Will, contra a pele dela.
— Posso?
As palavras foram como fogo num braseiro, e o corpo dela se incendiou. Ela o desejava demais.
— Pode.
Mira segurou a nuca de Will e se levantou para beijá-lo, voraz. Ele a deitou de volta na cama e subiu nela. Mira gemeu enquanto o beijava, finalmente sentindo o peso de Will prendendo-a ao colchão.

O beijo era profundo e faminto, a língua deslizando ao longo da dela, os dentes mordiscando seus lábios. Will deslocou o peso do corpo e deslizou o joelho para o meio das pernas de Mira até que a coxa estivesse pressionada contra a boceta dela. Mira ainda estava tão sensível que achou que poderia gozar de novo só de ficar contra ele daquele jeito, mas não era isso que queria dessa vez. Finalmente havia desistido da guerra que vinha travando consigo mesma. Iria se permitir tê-lo aquela noite, cada mísero centímetro daquele homem.

Tentou desabotoar a camisa de Will, mas não conseguiu. Ele afastou as mãos dela e abriu ele mesmo os botões. Ela já tinha visto o peito dele antes. Já tinha visto a maior parte do seu corpo em algum momento. Mas nunca daquele jeito, em um quarto pouco iluminado, emaranhados um no outro em cima da cama, enquanto ele a devorava com os olhos, imaginando tudo que estava prestes a fazer com ela. Mira estremeceu com a deliciosa expectativa.

Quando Will terminou de abrir a camisa, a tirou e a jogou no chão. Ela observou a luz dourada brincando nas ondulações dos músculos enquanto ele se movia e ficou, literalmente, com água na boca. Queria explorar cada depressão e cada saliência daquele corpo primeiro com as mãos, então com a boca.

Ele se deitou, em um convite silencioso para ela o tocar. Mira pousou a mão em seu peito, espalhando os dedos sobre a pele quente. Um sorriso curvou os lábios dele enquanto ela movia as mãos e, quando Mira roçou os mamilos, os músculos do abdome de Will se tensionaram. Então ela se curvou e o lambeu.

Ele sibilou e segurou sua nuca.

— Mira...

Ela se libertou e se sentou, pegando o vestido amarrotado e tirando-o pela cabeça. Ele a observou, com uma mão segurando a colcha e a outra traçando o ombro dela até a curva do seio e o quadril. O dedo enganchou no fio da calcinha.

— Isso aqui também — sussurrou ele.

Ela sorriu. Deslizou o fio dental pelas pernas e o jogou no chão. Em seguida, passou a perna por cima dele e o montou. A paisagem de músculos do abdome se contraiu quando Will se sentou para abraçá-la.

Agora que finalmente ela se permitira aproveitá-lo, pretendia ir até o fim, acariciando seus ombros e descendo até os bíceps.

— Meu Deus, como você é lindo — sussurrou.

Will segurou o rosto de Mira e o baixou um pouco para olhá-la nos olhos sob a penumbra.

— Você também.

Os dedos dele deslizaram de volta para o cabelo dela, trazendo o rosto de Mira para o dele. Will a beijou, lenta e profundamente, e por tanto tempo que ela se contorceu em seus braços, desesperada para se aproximar e sentir sua pele nua. Inclinou-se até os seios roçarem o peito dele, amando o toque contra os mamilos duros e enrijecidos. Sentiu seu pau pressionado contra sua boceta. Will gemeu e envolveu o quadril de Mira para trazê-la para mais perto.

Os quadris dela pareciam se erguer por conta própria, ondulando contra ele, que gemeu novamente, erguendo os quadris também. Ela arquejou quando um choque de prazer atravessou seu corpo. Will a fazia derreter tão fácil e nem tinha tirado toda a roupa ainda.

Mira recuou para afrouxar a fivela do cinto e abrir o zíper da calça de Will. Ele apoiou o peso em uma das mãos, observando os movimentos dela.

— Toca em mim — sussurrou ele.

Sem tirar os olhos do rosto dele, Mira enfiou a mão dentro do cós da calça, a palma deslizando dentro da cueca boxer. Os lábios dele estavam entreabertos, brilhantes e úmidos dos beijos, os cílios projetando sombras nas maçãs do rosto. Ela o segurou e moveu a mão. Will franziu as sobrancelhas e abriu a boca em um arquejo.

— Mira...

Toda vez que ele dizia o nome dela em meio a um gemido de prazer, os mamilos dela se enrijeciam.

— Deita — ordenou ela, soltando-o e empurrando seus ombros com gentileza.

Will obedeceu e ela puxou sua calça, mas ele estendeu a mão e agarrou seu pulso.

— Espera.

Mira passou a mão pelo pau prestes a se soltar.

— Sério? Esperar?

Ele abriu um sorriso dolorido e acariciou seu braço até o ombro.

— É rapidinho.

Então ele a soltou, tirou a carteira do bolso de trás e pegou um preservativo.

Ela sentiu uma tensão agradável, cheia de expectativa. Ia acontecer. Agora que os dois tinham chegado àquele ponto, ela estava desesperada por isso, desesperada para sentir o pau duro deslizando para dentro dela, finalmente descobrindo como era a sensação.

— Que profissional — murmurou ela.

— A gente tem que estar sempre preparado.

Mira se afastou.

— Coloca logo.

Ele se moveu com a eficiência invejável de um atleta. Tirou os sapatos, depois a calça e a cueca boxer. Quando finalmente viu o pau dele, Mira teve de conter um gemido. Havia imaginado — tinha que admitir para si mesma que havia imaginado bastante —, mas a realidade era infinitamente melhor. A visão de Will deslizando a mão pelo comprimento do pênis ao pôr a camisinha se repetiria na cabeça dela por um bom tempo. Cada momento daquela noite ficaria gravado em sua memória pelo resto da vida.

Quando ele terminou, Mira fez menção de se deitar, mas ele a impediu, puxando-a de volta para o colo novamente.

— Não. Assim. Você por cima. Faz o que quiser.

Ela o olhou, nu e finalmente dela, e se sentiu extasiada.

— Me beija de novo — sussurrou ela.

Will se levantou, segurou o rosto dela e a beijou demorada e profundamente. Ela se perdeu no beijo, tão dominada pelo gosto e pela sensação que não teve forças para fazer mais nada. Tudo que conseguia pensar era em tê-lo mais e mais. Sua mão deslizou pelas cristas do abdome até chegar ao pau, então o envolveu e o posicionou entre as pernas. Will gemeu em sua boca. Devagar, ela deslizou sobre ele. Will se afastou de sua boca e arquejou.

— Meu Deus. Puta merda. Mira.

Ele estava tão duro e era tão grande. Mira sentiu o corpo se abrir para recebê-lo, com uma perfeição que a fez curvar os dedos dos pés, arrepiando toda a coluna. Segurou os ombros de Will e baixou os quadris.

Ele agarrou os quadris dela e fez uma única investida, penetrando-a totalmente, forçando-a a suspirar.

— Tudo bem?

— Tudo. — Ela suspirou, inclinando-se, até suas testas se encostarem. — Tudo.

Mira se sentiu preenchida e consumida por ele. Era bom. Era muito bom. Por um momento, os dois ficaram parados, ofegantes.

— O que você quiser, Mira — sussurrou ele, roçando os lábios nos dela. — Como você quiser.

Ele pulsou dentro dela e ela gemeu, esfregando-se contra ele.

— Meu Deus, isso — murmurou ele.

Ele abraçou seus quadris, ajudando-a se mover. Mira deixou a cabeça cair para a frente, sobre o ombro de Will, os mamilos sensíveis tocando o peito nu a cada investida. Ela abraçou seus ombros, deliciando-se com a sensação daquele corpo rígido contra o seu. Agarrou o cabelo dele com força quando a pressão se aprofundou, prestes a atingir o centro de prazer. Estava tão perto, mas faltava alguma coisa.

— Preciso que você me toque — murmurou ela no ombro de Will.

Ele se deitou e segurou as coxas dela, ajudando-a a se mover. Mira ofegou quando ele acelerou. Will era tão forte, os músculos abdominais se contraindo e os quadris se elevando a cada estocada.

— Mais — disse ela, com um gemido.

Ele levou a mão ao seio dela, apertando e rolando o mamilo entre os dedos. Tão bom, mas ainda não exatamente onde ela precisava. Mira conduziu sua mão para baixo. A partir daí, os dedos dele não falharam em encontrar o ponto certo e o prazer se espalhou, intensificando-se a cada segundo.

— Ai, meu Deus... Will. — O nome saiu em um suspiro.

— Você tá perto, né?

Ela apenas gemeu em resposta, concentrada demais no momento para falar. Então foi tomada por uma enorme onda de prazer, que explodiu sobre ela como vidro se estilhaçando, e uma cascata de sensações intensas a perpassaram. Mira agarrou os bíceps de Will enquanto cavalgava, o prazer inundando todos os seus membros.

Passado o gozo, ela levantou a cabeça e sorriu. Will tocou sua bochecha e acariciou seu lábio inferior com o polegar. A expressão no rosto dele e a ternura em seus olhos a preencheram com um tipo diferente de sentimento. Seu coração doía, tão completo que ela não conseguia falar.

Mira se inclinou para beijá-lo, sentindo-o ainda duro como uma rocha dentro dela.

— Agora é a minha vez de te dar prazer — sussurrou ela contra sua boca.

— Você já me deu muito prazer, Mira.

Ela flexionou os quadris e ele gemeu.

— Então dessa vez vai ser melhor.

— Nossa, Mira — disse ele, com um suspiro.

Ele a abraçou e a virou de costas. A pressão do corpo dele, a sensação de estar presa ali por ele naquela cama, era perfeita. Mira correu as mãos pelos seus braços, as cristas dos músculos se flexionando enquanto ele se mantinha em cima, depois segurou seus ombros. O corpo dele era inacreditavelmente rígido e forte.

Quando finalmente ele moveu os quadris, ela gemeu.

— Isso, assim — sussurrou ela.

Ele ficava lindo daquele jeito, tão desesperado e desfeito em busca do prazer. Ela queria gravar cada detalhe na mente para nunca mais esquecer. A luz dourada na pele dele, o brilho da testa suada, a mancha escura das sobrancelhas, os músculos tensos e então relaxados à medida que a penetrava. Will apertou os olhos e cerrou os dentes, um lampejo de branco na luz fraca. Então ficou rígido e parou, deixando escapar um gemido alto e estrangulado. Cada músculo de seu corpo se contraiu com força enquanto ele gozava, ofegante.

Colapsando ao lado dela, enterrou o rosto em seu cabelo. Acariciou o rosto de Mira com o polegar. Ela retribuiu com um agrado em sua nuca, e ele gemeu em aprovação.

— Por favor, diz que não vai me expulsar e me fazer voltar pro meu quarto — murmurou ele ao lado dela, com a cabeça apoiada no travesseiro.

Mira riu e sentiu o corpo se chocar deliciosamente contra o dele. Nunca seria o suficiente. Por mais exausta que estivesse, queria fazer tudo de novo.

— Eu não vou te expulsar. — Afagou seu pescoço e seus ombros e o puxou mais para perto. — Quero que você fique — disse, dessa vez mais calma.

Ela o queria daquele jeito, pelo tempo que pudesse.

Will levantou a cabeça e a olhou.

— Eu quero ficar. — Então se inclinou e a beijou, agora suave e lentamente. — Só me dá dez minutos e a gente faz de novo. Se você quiser.

Ela o abraçou com força.

— Ah, é claro que eu quero.

28

O despertador do celular de Mira tocou às seis e meia, como sempre. Ela acordou grogue, tateando a mesa de cabeceira, todos os seus músculos protestando. Depois de silenciá-lo, recostou a cabeça no travesseiro. Os braços estavam fracos e a parte interna das coxas doía. O corpo nu de Will, rígido e incrivelmente quente, estava pressionado contra as suas costas, um braço em sua cintura e o rosto encostado em seu ombro.

Piscando para tentar abrir os olhos totalmente, ela observou a luz brilhar por uma fresta nas cortinas, relembrando a noite anterior. Primeiro, aquela longa e dolorosa viagem pela estrada da memória, mas depois...

Eles haviam cruzado uma linha importante aquela noite, algo que Mira se esforçara muito para evitar, mas não havia mais volta. Por mais que não tivesse sido uma decisão muito sábia, ela não conseguia se arrepender de nada.

Talvez a noite anterior não tivesse sido nada de extraordinário para ele, mas Mira não podia dizer o mesmo. *Nunca* tinha sido tão bom. Nem de perto. Cada momento havia sido terno, glorioso e novo, e ela estava absolutamente determinada a aproveitar isso.

— Por que já está acordada a uma hora dessas? — balbuciou ele, às suas costas.

O hálito era quente contra seu ombro e a mão percorria a lateral do seu corpo. Meu Deus, como ele fazia aquilo? Com apenas algumas palavras e um toque, e ela já se contorcia de desejo.

Fez o possível para manter a voz firme para ele não saber como a deixava desesperada.

— Eu sempre levanto às seis e meia.

— Mas hoje não tem corrida.

— Eu sempre levanto cedo. Sou mais produtiva de manhã.

— Eu aposto que é — murmurou ele, então deu um beijo sonolento na parte de trás do seu ombro, fazendo-a enterrar o rosto no travesseiro para esconder o sorriso.

— Bom, acho que não preciso levantar agora, *agora*.

— Não, não precisa.

Ele abraçou sua cintura e a puxou contra si até que seu pau, já duro, pressionasse sua lombar.

— É, não preciso — disse ela com um suspiro, relaxando em seus braços.

Meu Deus, não tinha nenhuma chance de Mira se levantar naquele momento. Com a mão livre, ele afastou o cabelo de sua nuca, deixando uma trilha de beijos. Mira se arqueou, pressionando a bunda contra ele.

Will segurou seu seio e Mira suspirou. Quando pinçou o mamilo duro e o torceu, o suspiro se transformou em gemido.

— Acho que você não precisa ir pra lugar nenhum hoje — disse ele, deslocando o peso para o membro enrijecido escorregar entre suas coxas.

Ela já estava encharcada.

— Mas vamos ter que levantar em algum momento.

— Amanhã a gente pensa nisso.

Mas o amanhã chegaria e eles teriam que decidir o que aconteceria quando saíssem daquela cama. Uma onda de insegurança fez a garganta dela se apertar. Se ele quisesse simplesmente sair do quarto de hotel e agir como se nada tivesse mudado depois daquela noite, iria doer.

— Hum... você precisa...? Quer dizer, você quer... Precisa ir pra algum lugar?

Will fez uma pausa. Então segurou o ombro dela e a girou nos braços até que Mira estivesse de costas no colchão, olhando para o rosto dele. O cabelo de Will estava adoravelmente desarrumado, os olhos, semicerrados, e o rosto, marcado por um vinco do lençol. Ela nunca tinha visto nada tão sexy.

— Esse é o seu jeito de me perguntar se estou prestes a ir embora e fingir que não aconteceu nada?

Talvez fosse exatamente isso que os dois devessem fazer, mas Mira sentiu um buraco no estômago diante da ideia. Certo ou errado, *não era* o que ela queria.

— Hum...

— Porque eu não vou fazer isso — afirmou ele, com uma expressão cautelosa. — A menos que você queira...

A onda de alívio a teria feito cair de joelhos se ela estivesse de pé.

— Não. Quer dizer, sim. Quer dizer... — Ela soltou um suspiro exasperado. — Não quero esquecer o que aconteceu, a menos que você queira.

Um sorriso lento e devastador iluminou o rosto dele, e Mira soube que estava com um problema muito, muito grande.

— Eu não quero.

— Então a gente...

Ele abaixou a cabeça para beijar seu pescoço e encaixou o joelho entre suas pernas.

— A gente é o que quiser ser.

Sua mão voltou para o seio dela. Ela estava prestes a perder completamente a cabeça e esquecer que o resto do mundo existia. Só que o resto do mundo *existia* e era complicado.

Ela havia passado a noite toda relatando o fim desastroso do seu último relacionamento importante e agora estava ali, na cama, com o único cara que podia trazer de volta toda aquela história sórdida.

— Não quero que você me entenda mal...

Ele ergueu a cabeça para encará-la.

— Essa frase quase nunca acaba bem.

— Não, é que você viu o que aconteceu no restaurante ontem à noite. Com os meus pais. E o Brody.
— E?
— E agora isso? Nós dois?

Will pareceu entender aonde Mira queria chegar e ficou mais sério.

— Você quer manter isso em segredo.
— Falando assim, parece horrível.

Algo perpassou o rosto dele e o músculo perto da mandíbula se contraiu.

— Mas é isso, né?
— Will, não é você.

Ele exalou e fez menção de rolar para longe. Ela agarrou seus braços para impedi-lo.

— Escuta. Você sabe tudo que aconteceu quando eu me envolvi com um piloto. E você não é um piloto qualquer. É da equipe do meu pai...
— Entendi. Eu sou só mais um babaca em quem não dá pra confiar.
— Eu não *disse* isso. Eu confio em você. Confio mesmo. Mas você não estava aqui, então não sabe como foi pra mim. O que as pessoas falaram de mim. Eu simplesmente não consigo...

Ele hesitou.

— É verdade. Desculpa. Eu não pensei desse ponto de vista. Entendo por que você fica preocupada com o que as pessoas diriam.
— *Preocupada* não é nem de longe a palavra.

Só de pensar na situação, ela pressentia um ataque de pânico.

Ele assentiu devagar.

— Entendi. Vou guardar segredo.

Era isso que Mira queria ouvir, mas não gostou da maneira como ele disse, como se o tivesse ofendido de alguma forma.

— Eu juro, vai ser melhor pra você também. A última coisa de que você precisa a essa altura do campeonato é esse tipo de fofoca.
— Eu sei lidar com fofoca, Mira. Já lidei antes.
— Eu sei que você sabe. Mas a única coisa que as pessoas deviam falar agora é sobre o seu desempenho. Qualquer outro assunto seria uma distração.

Will franziu as sobrancelhas e a olhou por mais um instante, então concordou.

— Você tem razão. Desculpa por ter sido babaca.

— Você não foi. Desculpa toda essa merda.

Ele ainda estava apoiado em um dos cotovelos, inclinado sobre Mira, olhando para o seu corpo, pensativo. Então estendeu a mão e arrastou lentamente a ponta de um dedo por sua coxa. Quando chegou ao quadril, cada centímetro dela estava em chamas.

— Nesse momento, acho que vale bastante a pena.

— Vale?

Ela já estava praticamente ofegante.

— Passar um dia inteiro na cama com você? É, vale a pena.

A provocação foi um alívio. Ela estava com tanto medo de tê-lo assustado antes mesmo de tudo começar, como se Will fosse levantar e sair do quarto, e tudo que haviam compartilhado fosse ser reduzido a cinzas. Mas ele ainda estava ali. E ainda a queria, mesmo com todas aquelas merdas. Mira se sentia tão mais leve que poderia chorar.

— Passar um dia inteiro na cama com você parece o paraíso, mas hoje não vai dar. Vou encontrar minha mãe pra tomar café. Eu te convidaria, mas...

— É, não seria *nada* suspeito, irmos tomar o café da manhã juntos, você feliz da vida...

Ela cobriu a boca dele com a mão.

— É melhor parar por aí.

Ele deu uma risadinha e beijou a palma de Mira.

— Tô brincando. Eu conheci sua mãe na noite passada e ela é assustadora. Não quero que cuspa fogo em mim.

— Garoto esperto.

Ele deslizou o joelho até pressionar a coxa contra sua boceta. Mira prendeu a respiração.

— Mas tenho certeza de que você não vai encontrar sua mãe a essa hora da manhã.

Ele se moveu e Mira fechou os olhos.

— Ela tem o próprio negócio — murmurou Mira, tentando desesperadamente pensar direito. Mas era muito difícil quando ele sugava seus seios daquele jeito. — Ela também acorda cedo e eu preciso de um banho.

Will deslizou a mão até o meio das pernas dela.

— Um banho? Vou adorar. Daqui a um minuto.

— Um minuto?

— Ou muitos minutos. Quando a gente terminar.

— Tudo bem. Acho que posso atrasar um pouco.

— É, pode sim.

29

Budapeste,
Hungria

— Se eu não comer alguma coisa agora, vou desmaiar — resmungou Violet, quando ela e Mira entraram apressadas no centro de hospitalidade.

Havia sido uma manhã exaustiva para as duas, mas finalmente elas tinham conseguido cinco minutos para almoçar antes da corrida da tarde.

Mira deu uma olhada no que sobrara do almoço e suspirou, decepcionada.

— Pelo jeito, só tem curry de legumes e já tá criando casquinha.

Violet pegou um prato e se serviu de uma colher de curry congelado.

— Eu só preciso comer. E aí, o que você vai fazer nas férias?

Mira despejou uma concha de curry morno no prato.

— Voltar pra Essex com o meu pai, eu acho.

A pausa no meio da temporada estava chegando, aconteceria depois da corrida em Silverstone. As regras da FIA determinavam que ninguém poderia trabalhar, portanto, eram férias forçadas.

— Você devia ir pra Tailândia comigo — comentou Violet, ao se acomodarem à mesa.

— Por que você vai pra Tailândia?

Violet abriu um sorrisinho.

— Aluguei um bangalô na praia. As bebidas são baratas pra cacete e tem um monte de caras gostosos que vão me ensinar windsurfe. É *por isso* que eu vou pra Tailândia. Sério, você devia ir comigo.

— Não sei...

— Vamos, Mira! Você precisa de férias, mais do que qualquer outra pessoa que eu conheço. — Violet fez uma pausa e olhou para ela. — E você precisa transar!

— Hum.

Violet ergueu as sobrancelhas.

— A menos que já esteja transando por aí e não me contou nada...

Nem Mira acreditou na própria risada, mas Violet apenas deu de ombros.

— Você que sabe.

A patética verdade era que ela estava hesitando porque não sabia o que Will iria fazer nas férias. Será que eles se encontrariam? Será que ele iria querer vê-la? Talvez já tivesse feito planos e não tinha comentado nada com ela. Talvez fosse ver outra pessoa. Will não tinha dito uma palavra sequer sobre vê-la nas férias. Eles não haviam exatamente se declarado exclusivos, aliás não haviam se declarado nada além de um segredo.

Ela só precisava de um tempo para esclarecer as coisas. Mas nas poucas semanas em que estavam se encontrando, ela achava que não tinha chegado a nenhuma conclusão. As noites que haviam passado juntos tinham sido incríveis, e ela não abriria mão disso por nada no mundo. Mas era só isso que eles eram? Transas casuais? Estavam mesmo "namorando" sem "namorar" ou só não estavam saindo juntos em público?

Argh, quando ela tinha começado a se importar tanto? Irritada consigo mesma, voltou a comer o curry frio.

— Mira, você tem um minuto? — Seu pai surgiu atrás dela, pousando a mão em seu ombro.

É claro que essa era a outra parte do problema. Ela não conseguia imaginar a cara do pai se algum dia lhe contasse.

Mira levantou-se rapidamente.

— Claro, pai, do que você precisa?
— É uma tarefa um pouco desagradável, pra ser sincero.
— Minha especialidade.
— Tem uma mulher que trabalha para a Rally Fuel que, ao que parece, é uma velha amiga do Will. — Tossiu e levantou a sobrancelha, o que explicava exatamente de que tipo de velha amiga se tratava. Mira sentiu uma pontada de pânico, mas não deixou transparecer nada no semblante. — Um dos membros da equipe do pit a ouviu dizer que estava indo no motorhome dele para cumprimentá-lo. Prefiro que ele não... tenha esse tipo de *distração* logo antes da corrida, se é que me entende.

— Você quer que eu interrompa os dois... por acidente? — Sua voz soou notavelmente firme, considerando o buraco no estômago.

— Exatamente. Você consegue inventar uma desculpa?
— Vou pensar em alguma coisa.
— Obrigado, Mira.
— Sem problemas.

A pista fervilhava por ser dia de corrida, mas Mira ignorou tudo ao se dirigir ao motorhome de Will. Motorhomes idiotas. Era um privilégio cobiçado da Lennox — os pilotos viajavam em motorhomes pessoais para todas as corridas na Europa. Mas, no momento, Mira só conseguia pensar que Will tinha um lugar privado na pista, onde ninguém podia ver o que ele fazia.

O que ela estava prestes a interromper? Talvez só fosse *mesmo* uma amiga que tinha passado para dizer um "oi". Mas Mira suspeitava que o Will do passado não tinha esse tipo de velhas amigas.

Parou na base da escada e observou a porta, atenta a qualquer som, batida suspeita ou gemido. Não ouviu nenhum barulho, mas isso não significava nada. Tinha um sofá lá dentro.

Furiosa, resolveu agir e interromper toda aquela paranoia. Era o *Will*. Ele nunca a trataria daquele jeito, certo?

Subiu os degraus baixos e bateu rapidamente à porta.

— Pode entrar — disse ele lá de dentro, sem hesitar.

Mira respirou fundo, abriu a porta e entrou. Will estava recostado casualmente no balcão. A garota — mulher — estava sentada em uma das poltronas, tomando uma cerveja. Ambos riam de alguma coisa.

— Mira — disse Will, abrindo um sorriso de parar o coração. — Essa é a Roza. Eu a conheci na minha primeira temporada. A gente tá colocando a conversa em dia.

Mira lançou um olhar rápido e avaliador para Roza. Ela era alta, linda e cheia de curvas, tinha cabelos longos e escuros e olhos azuis. Sorriu para Mira de um jeito sincero e acolhedor e levantou a mão em um aceno.

— Oi.

— Roza, essa é a Miranda. Ela é a assistente do diretor.

— Desculpa interromper — disse Mira, sentindo-se uma tola, porque estava claro que ela não havia interrompido nada. Então se sentiu duplamente tola, porque, na pressa de ir até ali e acabar com o suposto encontro de Will, não tinha pensado em uma boa desculpa. — O Paul precisa te ver. Hum... reunião urgente da equipe.

Ela se encolheu por dentro. Reunião urgente da equipe? Isso era o melhor que ela conseguia inventar?

Will contraiu os lábios ao reprimir o sorriso.

— Ah, reunião urgente da equipe. Parece importante.

— É, sim. Desculpa.

— Não, tudo bem. — Roza se levantou, exibindo as longas pernas. A voz suave tinha um leve sotaque húngaro. — Preciso ir embora. Só passei pra dar um "oi" e desejar boa sorte na corrida.

Will sorriu para ela.

— Foi um prazer te ver de novo, Roza. E parabéns.

— Obrigada!

Ela abriu um enorme sorriso e jogou o cabelo para trás. Foi então que Mira notou um anel de diamante muito grande e brilhante em sua mão. Roza se inclinou para dar um beijo no rosto dele, depois sorriu novamente para Mira e se dirigiu para a porta.

— Sziasztok! — exclamou para os dois, então se foi.

No silêncio que se seguiu, Mira manteve os olhos na porta, envergonhada demais para encarar Will.

— Reunião urgente da equipe, é? — disse ele, por fim.

— Ah, cala a boca.

Ele caiu na gargalhada, quase se dobrando de tanto rir.

— Sério? Reunião urgente da equipe?

— Eu sei... — disse ela, ruborizando. — Meu pai me mandou vir aqui e interromper seu encontro, e eu fiquei tão distraída com o fato de ter uma mulher linda dentro do seu motorhome que esqueci de inventar uma desculpa decente pra bater na porta.

Will ficou sério.

— Eu não faria isso com você.

Ela sentiu uma onda de alívio. Claro que ele não faria.

— Eu não sabia... Quer dizer, a gente nunca conversou sobre isso...

Ele pegou a mão dela, acariciando o nó dos dedos com o polegar.

— Eu não faria — repetiu ele.

Mira abriu um sorrisinho.

— Eu sei.

Ele se mexeu, desconfortável, e passou a mão na nuca.

— Ok, pra pôr *tudo* em pratos limpos, Roza e eu tivemos um caso passageiro. Faz muito tempo. Mas ela veio me contar que está noiva do Andres Basilio. Ele é um velho amigo meu da escola de pilotos.

— É, eu notei o anel.

— Mas, nossa, o que deu na cabeça do Paul pra mandar você aqui pra me interromper?

Mira deu um sorrisinho.

— Ele ficou com medo da sua convidada *te distrair* antes da corrida.

Ela fez aspas no ar ao pronunciar a palavra *distrair*.

O sorriso de Will voltou, largo e predatório. Os olhos azul-escuros brilharam. Ele se afastou do balcão e avançou sobre ela.

— Mas então ele não devia ter mandado *você* pra cá. Porque, agora, eu estou *definitivamente* distraído.

Will pressionou Mira contra a porta. Pôs as mãos na cintura dela e inclinou a cabeça para o lado para beijar a lateral do seu pescoço.

Para ser sincero, Will nem tinha pensado que tipo de impressão passaria quando recebeu Roza em seu motorhome, até Mira aparecer na sua porta, toda nervosa. A ideia de que ela pudesse estar com ciúmes mexia com ele. Só Deus sabia como ele se sentia enciumado toda vez que a via rindo com Omar, conversando com Ian ou brincando com Dom. Ela não notava como todos a olhavam, mas ele, sim. Mira era livre para conversar com quem quisesse, mas Will só queria que todos soubessem que ela estava com ele quando o fazia.

— Humm, eu adoro esse tipo de distração.

Deslizou as mãos por baixo da camiseta dela e segurou seus seios. Ficou duro na hora e se pressionou contra o seu quadril, buscando um pouco de fricção e alívio.

— Eu também — sussurrou ela.

Ele mordiscou seu queixo, depois o lambeu.

— Meu pai vai ficar superbravo se descobrir que eu fui a distração antes da corrida.

— Então não conta pra ele — disse Will, no vão entre seus seios.

Subitamente ficou desesperado para penetrá-la.

Mira passou os dedos pelo seu cabelo, daquele jeito que ele adorava. Ele fechou a boca sobre um mamilo, mordiscando-o através do sutiã, e ela suspirou, a cabeça pendendo para trás, batendo suavemente na porta.

— É sério, Will. — Puxou gentilmente seu cabelo. — Não dá tempo. Você tem que correr.

Ele gemeu e encostou a cabeça no peito dela.

— Eu sei. Odeio isso, mas sei.

Por mais que quisesse arrancar a roupa de Mira, deitá-la no chão e fodê-la com força, teria que esperar. A qualquer momento, alguém apareceria para chamá-lo para a pista.

Ela passou os dedos pelo cabelo dele de novo.

— Mas, bom...
Ele se endireitou para encará-la.
— O que foi?
Ela o fitou por um momento, mordendo o lábio e pensando em alguma coisa. Fosse o que fosse, ele estava disposto a concordar, desde que tivesse a ver com sexo.

De repente, Mira o agarrou e o girou até pressioná-lo contra a porta.
— Você precisa ficar quieto. Vai ser rápido.
— O quê...?
Ela se ajoelhou.
Ah.
Ah. Ela ia... Seu pau endureceu ainda mais e Will suou só de imaginar a cena.
— Mira...

Não conseguiu se lembrar do que ia dizer quando ela começou a abrir a braguilha do macacão de corrida. Era apertado e ainda tinha a merda da cueca Nomex. Nunca que ela conseguiria se livrar de tudo aquilo. Will se curvou e afastou os dedos dela. Adentrou as camadas de tecido, pegou o pênis inchado e o colocou para fora.

Ela afastou a mão dele e o segurou.

Ele a observou: cachos loiros, ombros nus, lábios entreabertos e a cabeça do seu pau bem ali, na frente dela. Puta merda.
— Não acredito que você vai...
— *Shhh* — interrompeu ela. — Lembra, tem que ser rápido e sem fazer barulho.

Então ela o enfiou na boca. No mesmo instante, ele soltou um gemido gutural. Mira se afastou e olhou para ele.
— Tá bom, tá bom. Sem fazer barulho. Por favor, não para — disse ele, sem fôlego. *Por favor, não para nunca.*
— E rápido.
Ele soltou uma risada ofegante.
— Isso não vai ser problema.

Will já estava bem perto de gozar. Não levaria nem um minuto.

Quando ela o colocou de novo na boca, Will sibilou e pressionou os punhos contra a porta, rangendo os dentes para conter o gemido. Sua boca era macia, úmida e quente, e ele estava duro pra cacete, pulsando contra a língua dela a cada movimento.

— Que delícia — sussurrou ele, então segurou a cabeça dela e enroscou os dedos nos cachos. — Posso...?

Ela gemeu em concordância, o som vibrando através dele e aumentando o prazer. Will queria agarrar o cabelo dela com força, mas se conteve, guiando-a gentilmente para cima e para baixo, esforçando-se muito para não fazer nenhum barulho. Mas a pressão aumentou até ele não conseguir mais se conter. Seus quadris começaram a se mover no mesmo ritmo dos movimentos dela, e seus dedos apertaram os cabelos por conta própria.

— Tô quase lá... — avisou ele, ofegante.

Então Mira guiou seu pau até o fundo e o chupou com força. Foi tudo que precisou para Will explodir num orgasmo, o prazer percorrendo seu corpo, que tremia, exausto.

Ele inclinou a cabeça para trás e puxou o ar, vagamente ciente de que Mira o vestia novamente, fechando o macacão de corrida.

— Merda — murmurou quando finalmente ela se levantou.

Ela segurou sua nuca, ficou na ponta dos pés e sussurrou em seu ouvido:

— Agora vai lá, vence a corrida e me devolve o favor hoje à noite.

A mente dele imediatamente começou a trabalhar, imaginando todas as obscenidades que faria quando finalmente a tivesse na cama. Will pegou Mira pela cintura e a ergueu.

— Hoje à noite vou te virar do *avesso* — prometeu.

30

Silverstone,
Inglaterra

—*W*ill, precisamos revisar o seu itinerário pro recesso — disse Violet, caminhando ao lado dele.

O paddock da Lennox estava lotado e devia ser, principalmente, por causa dele. Repórteres, fãs abastados e patrocinadores... O interesse na Lennox havia subido a um nível altíssimo desde que Will começara a acumular vitórias. Embora fosse gratificante, não era a atenção que ele queria no momento.

Violet continuou falando.

— Sei que você tem muito tempo reservado pra Velocity, mas tem outros patrocinadores também, então seria legal saber quais são seus planos.

Ele parou e a encarou.

— Que planos?

Violet deu de ombros.

— Só tô perguntando. Se você... já fez planos com alguém.

Will fez uma careta e voltou a olhar para o celular.

Planos? Naquele momento, ele ficaria feliz só de conseguir que Mira respondesse à sua mensagem. Os dois se viam muitas vezes durante o dia, mas sempre como colegas de trabalho, nunca como... fossem lá o que fossem. Naquele ritmo, ele teria que entrar escondido no quarto de hotel dela depois da meia-noite. De novo.

— Sem planos — disse ele, em tom ríspido.

— Então posso agendar com os outros patrocinadores?

Will bufou, irritado.

— Claro. Pode.

— Ok, ótimo. Agora, sobre seus pais. Vamos pegar o lounge VIP ou você quer levá-los pro seu motorhome?

— Meus pais?

— Eles vão vir hoje. — Violet olhou para o celular. — Na verdade, chegam em dez minutos.

Will parou de andar, inclinou a cabeça para trás e gemeu.

— É hoje?

— Você disse...

— Eu sei o que disse. Só esqueci.

— É dia de corrida. Em Silverstone.

— Eu *sei*.

Como ele tinha se esquecido disso? O circuito de Fórmula 1 estava em solo britânico, em Silverstone, que era tipo a casa da Lennox. A irmã dele tinha falado que arrastara os pais até lá. A informação só tinha sumido da cabeça dele. Will simplesmente não se lembrava. Talvez de propósito.

— Ah, olha só, a Mira vem vindo. Com certeza ela vai acabar com esse seu mau humor — provocou Violet.

Will arregalou os olhos e a avistou abrindo caminho por entre a multidão, com o habitual bloco de anotações nas mãos e as credenciais balançando entre os seios. Algumas noites antes, quando ele arrancara as roupas dela, tinha tirado as credenciais e enrolado o cordão no pulso enquanto...

— Oi — cumprimentou ela quando os alcançou.

Foi preciso um esforço hercúleo para manter uma expressão neutra. Tudo que ele queria fazer era sorrir e fazê-la sorrir também, ou talvez encostá-la no motorhome mais próximo e beijá-la até morrer. Mas a voz de Violet soava muito animada e cantarolada para ser inocente. Sem dúvida ela notara que algo havia mudado entre eles, apesar de os dois se esforçarem muito para não revelar nada.

— E aí? — disse ele, desviando o olhar para um ponto acima do seu ombro direito.

— O cara da Rally Fuel queria falar com a Simone, mas ela tá superocupada na cabine de imprensa. Você tem um minuto pra ele, Violet?

— Claro. Se você der um jeito nos pais do Will por mim.

Mira olhou para ele, surpresa.

— Seus pais vêm hoje?

Ele deu de ombros.

— Eu tinha esquecido.

— Certo, então vou levar o cara da Rally pro centro de hospitalidade. Mira, essas são as entradas da família do Will pra sala VIP. Vou mandar um fotógrafo no motorhome dele mais tarde pra tirar umas fotos de todo mundo.

— Nada de fotógrafos — disse Will rapidamente. — Minha mãe... ela não gosta de participar dessas coisas de corrida.

— Por que não? — perguntou Mira.

— Minha mãe não liga de aparecer na imprensa nos eventos beneficentes que organiza, mas automobilismo não é a praia dela.

O tom de Mira se tornou afiado.

— Nem quando o filho dela está perto de ganhar o campeonato mundial? E assinar o contrato de patrocínio mais lucrativo da história do esporte?

Era fofo como estava ofendida por ele. E nesse momento ele queria tocá-la de novo, mas não com Violet ali e fotógrafos por toda parte. Provavelmente, eles nem deviam conversar tanto.

— Nem assim.

O olhar de Mira se suavizou.

— Sinto muito, Will.

Violet olhou de um para o outro, interessada. Will pigarreou e desviou o olhar.

Violet soltou um suspiro desanimado. Sem chance de passarem a perna naquela mulher.

— Tá bom, então boa corrida hoje, Will.

— Obrigado, Vi.

Mira e ele ficaram lado a lado em silêncio, observando-a ir embora.

— Oi — murmurou ele, finalmente, abrindo o menor sorriso que conseguiu.

— Oi.

Ela manteve a expressão neutra, mas seus lábios de moviam, as covinhas aparecendo e desaparecendo. Will queria estender a mão e traçar uma delas, ou pegar a mão dela, ou tocar seu cabelo, mas tudo isso estava fora dos limites. Havia olhos por toda parte e sempre parecia que cada movimento que ele fazia era registrado por alguém com uma câmera. A imprensa sempre a postos era *mais um* motivo pelo qual eles precisavam esconder o relacionamento. Todos ficariam em polvorosa se Mira se envolvesse com outro piloto depois do que tinha acontecido com Brody. E ainda por cima com Will... O eterno rei dos baladeiros? A imprensa nunca deixaria passar.

— Quer dizer que seus pais estão vindo?

— Minha família inteira, na verdade. Toda a diretoria do Banco Hawley & Sons.

Mira o encarou.

— Você tem irmãos?

Sério que ele nunca havia mencionado Jem e Ed para Mira? Talvez se eles passassem algum tempo juntos fora da cama, o assunto poderia ter surgido.

— Uma irmã e um irmão. Jemima e Edward.

— E os dois trabalham no banco?

— Todos menos eu. Entendeu agora? Essa viagem foi ideia da minha irmã. A Jem tem tentado resolver as coisas entre mim e os meus pais. Mas acho que não tem jeito.

Nesse momento, uma voz familiar cortou o barulho da multidão.

— Ali está ele! Will!

Ele examinou a multidão e viu a irmã de pé, na ponta dos pés, agitando o braço para chamar sua atenção. A mãe, ao lado, sussurrava algo para ela com bastante firmeza, talvez mais como uma advertência de que não era conveniente fazer um escândalo. Como sempre, Jem a ignorava categoricamente.

Philomena Hawley, com um terninho cor-de-rosa e um colar de pérolas, parecia bem deslocada na pista de corrida. O pai não ficava para trás. Apenas Edward Geoffrey Arthur Hawley III apareceria em uma corrida de Fórmula 1 com um terno de flanela cinza da Savile Row. Pelo menos Ed havia deixado o terno e a gravata em casa naquele dia. E Jem nem sequer parecia pertencer ao grupo, em seu vestido floral chamativo.

Will acenou para a irmã.

— Você tá prestes a conhecer todos eles — murmurou para Mira. — Boa sorte.

Quando a família se aproximou, ele se inclinou para beijar o rosto macio e cheio de pó da mãe, tomando cuidado para não tocá-la mais do que isso.

— Mãe, pai.

— Oi, Will — disse Jem, dando um abraço no irmão e um beijo barulhento em seu rosto.

Will a abraçou forte.

— Você tá linda, Jem.

— William, você está ótimo — disse o pai.

As palavras eram bastante amigáveis, ao contrário do tom e do olhar de desaprovação para o traje de corrida azul de Will, coberto de marcas de patrocinadores. Edward estendeu a mão para um cumprimento superficial, que parecia tão natural para ele quanto respirar. Os apertos de mão do pai eram tão controlados que pareciam cronometrados, sempre com a mesma pegada, exatamente dois segundos de duração.

Ed deu a volta na mãe para apertar a mão de Will.

— Você está indo muito bem nessa temporada. Parabéns.
— Clarissa e as meninas não puderam vir?

A esposa de Ed, Clarissa, era bastante irritadiça e mal-humorada. Perder uma visita dela não era a pior coisa do mundo, mas ele sentia muita falta das duas sobrinhas, Sarah e Molly. Ele adorava aquelas duas, com os dedos todo lambuzados e tudo o mais.

— A Moll está gripada e a Clarissa ficou com medo de que fosse contagioso, mas ela mandou um abraço.

— Quem é a sua amiga? — perguntou Jem, interessada, com os olhos fixos em Mira.

Jem seria pior que um cachorro com um osso se percebesse que ele estava envolvido com Mira. Então tinha que agir naturalmente.

— Ah, hum, essa é a Miranda, assistente do diretor da equipe.

Quando a família pareceu não entender, ele elaborou um pouco mais.

— O diretor é como se fosse o CEO da Lennox Motorsport.

Seus pais assentiram em um vago entendimento. Will era piloto profissional desde a adolescência. Era de esperar que, em algum momento, eles tivessem se dado ao trabalho de aprender alguma coisa sobre o assunto.

— Bom, só vim aqui entregar seus ingressos VIP — disse Mira, com um sorriso. — Antes da corrida começar, alguém vai passar no motorhome do Will para acompanhá-los até o camarote.

— Obrigada, querida — disse a mãe dele num tom superficial, usando o termo que empregava quando não sabia o nome de alguém e não queria aprender. Assim que ele pronunciara a palavra — assistente —, sua mãe apagara Mira da mente, relegando-a à categoria de garçons e faxineiros. Conhecendo a família, aquele era o pior momento que ele já havia testemunhado.

Pela expressão de Mira, Will percebeu que ela havia ficado chateada com o tratamento e sentiu uma pontada de frustração. Queria apresentá-la adequadamente, mas, se o fizesse, estaria expondo o relacionamento deles de forma bastante pública, e era *ela* que não queria isso.

— Foi um prazer conhecer vocês. Aproveitem a corrida — completou Mira.

Ela estava sendo a profissional enérgica que era com todos no paddock, e ele não gostou disso. Mas era tarde demais, porque Mira já havia se virado e desaparecido no meio da multidão.

Até aquele momento, ele não tinha se importado em manter o que tinham em segredo. Havia muita coisa em jogo para ambos. Se fracassassem miseravelmente, era melhor que isso acontecesse fora do olhar do público. Mas Will não se sentia mais confortável em esconder nada. Se Jem soubesse que os dois estavam namorando, iria surtar. Ela *cairia* de amores por Mira e Mira cairia de amores por Jem. Ed passaria um dia inteiro contando todos os detalhes para Clarissa. Se eles tornassem o relacionamento público, ambos poderiam parar de mentir para Violet. Paul Wentworth não mandaria a filha em missões empata-foda fadadas ao fracasso.

Será que tudo isso queria dizer que ele estava pronto para ter alguma coisa a mais com Mira, fosse lá o que isso significasse? Não sabia, mas uma coisa era certa: não descobriria a resposta em um monte de encontros noturnos em hotéis, por mais divertidos que fossem. Precisava de mais tempo com ela. *Queria* mais tempo. Só isso já dizia muito. Ele nunca havia desejado mais com outra pessoa.

— Will? — chamou Jem baixinho. — Tudo bem?

Ele sorriu para a irmã.

— Tudo. Por aqui, pessoal.

Enquanto caminhavam pelo caos quieto do paddock, Will percebeu que a mãe estava com aquela sua cara típica e ficou na defensiva.

— Ela está de mau humor desde que saímos de Londres — murmurou Jem, andando ao lado dele. — Pronta pra brigar, na minha opinião. Então não provoca.

— Por que você acha que *eu* faria isso, Jem?

— Porque estou reconhecendo essa sua cara... Cuidado, mano.

— Eu vou ficar bem. Ela é que precisa tomar cuidado. Ela e o papai.

Will os conduziu pelos degraus e entrou no motorhome, onde os pais olharam em volta, confusos.

— Querem beber alguma coisa? — perguntou, quase desesperadamente. — Ed? Jem?

— Uma cerveja seria incrível — respondeu Ed.

— Você tem algo com gás? — perguntou Jem, olhando para trás ao abrir a geladeira

— Champanhe tem gás suficiente pra você?

— Nossa, champanhe seria *perfeito*!

Ele pegou uma garrafa de Moët, presente de um patrocinador.

— Jemima, ainda não é nem a hora do almoço — advertiu a mãe.

— É por isso que estou bebendo *champanhe*, mãe. Muito mais apropriado para um brunch do que uísque, não acha?

Will soltou uma risada abafada e o pai olhou para ele de cara feia.

— Mãe, pai, querem alguma coisa?

— Não, obrigada — respondeu a mãe, ríspida, pelos dois.

— Isso aqui é muito chique, Will — comentou Jem, passando os dedos numa mesa de madeira lustrosa. — Um grande avanço em relação ao ano passado.

Jem e Ed tinham ido vê-lo em algumas corridas da Fórmula E, mas os pais não. Não depois da briga de três anos antes.

— Esse é um privilégio que a Lennox dá, e só nas corridas europeias. Mas não estou reclamando. É bom ter um pouco de privacidade na pista.

— Você *mora* aqui, então? — perguntou a mãe, com um ar desaprovador.

— É óbvio que não, mãe. Meu hotel fica em Buckingham. Também tenho meu apartamento em Londres, mas não estou passando muito tempo lá nessa temporada. Fico mais em hotéis nas cidades do percurso.

A mãe balançou a cabeça.

— Ainda vivendo com uma mala nas costas, igual a um refugiado, na sua idade.

— Mãe... — alertou Jem, com um suspiro, mas Will a interrompeu.

— Não estou vivendo com uma mala nas costas, mãe. Estou *viajando* a trabalho, e meu trabalho é pilotar.

— Mamãe — interveio Ed —, o Will é um dos melhores pilotos do mundo. Você já deu uma olhada nos jornais?

— Isso é *esporte*. Não é trabalho de verdade — comentou o pai.

Mal conseguindo se controlar, Will explodiu como brasa seca.

— Esse *esporte* é uma indústria multibilionária. — Apontou para um monte de material promocional que a Velocity havia acabado de enviar. — Estou prestes a assinar um dos maiores contratos de patrocínio da história da Fórmula 1. Pensei que até *você* saberia reconhecer a quantidade de dinheiro envolvido nisso, pai.

Infelizmente, o infame anúncio da Velocity, com a foto em preto e branco dele sem camisa, estava no topo da pilha. Não o mostrava em sua persona mais profissional, mas Will já havia passado do ponto de se importar. Mira estava certa — aquele contrato de patrocínio era uma conquista, e o mérito era *dele*. Não havia nada de que se envergonhar.

A mãe deu uma olhada no anúncio e fechou os olhos.

— Meu Deus, é aquela foto horrível. Não acredito que você se orgulha disso.

— Nove gerações de Hawley cuidaram das finanças de algumas das melhores famílias da Inglaterra — disse o pai, com aquela voz estúpida da Câmara dos Lordes. — Desde a época do rei Jorge III. Mas esse legado não foi suficiente para você. Jogou tudo fora por isso. Seu nome em todos os jornais de fofoca, tirando a camisa como uma prostituta da *Page Six* e usando o nome prestigiado da nossa família para vender *tênis*.

— Esses anúncios vão financiar uma temporada inteira de pesquisa e desenvolvimento e ajudar a pagar o salário de quatrocentos funcionários. Então, sim, tenho *orgulho* disso. E, quando não estiver vendendo tênis para a Velocity, vou estar no volante do carro com a tecnologia mais avançada do planeta, pilotando-o melhor do que qualquer pessoa no mundo. Não é a porra do Banco Hawley & Sons das primeiras famílias britânicas que existiram na face da terra, mas não vou me desculpar por isso. Nem para você nem para ninguém.

— Ei...

Jem estendeu a mão para tocar o braço do irmão, que a afastou.

— Desculpa, Jem. Sei que sua intenção era boa, mas esse encontro estava fadado ao fracasso. Olha só, eu tenho uma corrida agora — disse ele, indo em direção à porta. — Sei que não significa nada para vocês dois, mas é importante para mim e para todas as pessoas que trabalham duro, então não tenho tempo para a porra do julgamento de vocês.

— Will... — Jem tentou novamente, mas ele já havia saído.

31

A recepção após o Circuito de Silverstone estava lotada. Era a casa da Lennox e Will havia vencido, portanto, a noite era de comemoração. Paul e Natalia caminhavam pela sala, cumprimentando os patrocinadores, recebendo os parabéns pela conquista do dia e brindando com a equipe. Paul não precisava de Mira, então ela se retirou para a sacada superior com vista para o térreo, onde poderia ficar em paz.

Ter conhecido a família de Will naquele dia a deixou irritada. Ele estava fazendo exatamente o que ela pedira — guardando segredo sobre o que havia entre os dois. Mira sabia que não tinha por que se magoar com o fato de o encontro ter sido tão breve e impessoal. Mas aconteceu.

Foi só quando estava diante deles, sendo tratada com descaso, que percebeu que queria mais. Bem, talvez não dos pais de Will, porque aqueles dois eram uns arrogantes, mas a irmã e o irmão pareciam legais. Ela queria ter sido apresentada como a... o quê?

O recesso da metade da temporada começava no dia seguinte. Ela ficava dizendo para si mesma que tocaria no assunto com Will, mas dava para trás todas as noites, com medo do que iria ouvir. Agora Will estava prestes a embarcar para Nova York e ela, para Essex, onde ficaria rondando pelos cantos, obcecada e pensando no que Will estaria fazendo sozinho. Como Mira chegara a esse ponto?

Dava para vê-lo no andar de baixo com a família. Os pais estavam emburrados. Deviam ter tido Will tarde, porque eram mais velhos do que ela imaginara. Mas as diferenças geracionais não explicavam as atitudes de merda.

Como esperado, Will parecia péssimo. Ela apertou a grade, desejando estar lá embaixo para provocá-lo um pouco e fazê-lo voltar a ficar de bom humor. Mas, mesmo que pudesse, talvez ele não quisesse isso. Afinal, dava para ver todas as mulheres do salão olhando para ele, interessadas, prontas para abordá-lo na primeira oportunidade. Talvez ele estivesse bem com o que os dois eram naquele momento: transas casuais secretas de fim de noite. Mas Mira achava que *ela* não se sentia mais tão confortável com a situação.

— Te achei.

Mira se virou e viu Violet se aproximando.

— Ah, oi.

— Você tá perdendo todos os brindes lá embaixo.

Violet segurava duas taças de champanhe e passou uma para ela.

— Obrigada — disse Mira, tomando um gole.

— Então, por que tá aqui sozinha? Parece que tá planejando matar alguém. — Violet se juntou a ela no guarda-corpo e olhou para os pais de Will lá embaixo. — Por outro lado, se o plano fosse assassinar aqueles dois, ninguém te culparia. Que metidos. Como é que uns babacas tão insuportáveis conseguiram ter um filho como Will Hawley?

— O clássico caso do caçula rebelde.

— Mas a irmã dele é legal pra cacete.

— Eu não cheguei a falar com ela direito.

Violet se virou para olhá-la.

— Sabe, se vocês estão dormindo juntos, o mínimo que ele poderia fazer é apresentar você pra família.

A exposição de seu segredo provocou uma familiar onda de pânico, mas Mira manteve os olhos na festa que acontecia lá embaixo.

— Do que você tá falando?

Violet revirou os olhos.

— Ah, por favor, não vai tentar negar, né?

Ela mordeu o lábio, pensativa. Depois de sete anos, ali estava ela, de novo guardando segredos e mentindo sobre um cara. Mira *odiou* perceber isso. Estava desesperada para conversar com alguém, especialmente depois daquele dia.

— Como você descobriu?

— Além do fato de vocês dois quererem trepar um com o outro desde que se conheceram?

— Eu não...

— Sim, você queria. Eu tava lá e vi. Agora estão se esforçando tanto pra não olhar um pro outro que acho que o pescoço de vocês vai quebrar. Até dói assistir.

— É tão óbvio assim?

Violet deu de ombros.

— Só pra mim, que tenho um interesse especial na vida sexual das outras pessoas. Mas então, foi em Melbourne, certo?

— Em Melbourne o quê?

— Que vocês começaram a trepar.

— Pode falar mais baixo? — Lançou um olhar temeroso por cima do ombro, mas a varanda estava vazia, exceto pelas duas. — Não. Bem, a gente se beijou em Melbourne, mas foi um erro. E depois teve Cingapura. Também foi um erro. Mas aconteceu oficialmente em Austin.

— Mas isso faz só um mês!

— Foi há pouco tempo mesmo.

— Então por que todo esse segredo? Se ele estiver fazendo você se esconder como se fosse o segredinho sujo dele, juro que o mato e o escondo onde ninguém vai encontrar o corpo.

— Não, sou *eu* que tô pedindo pra *ele* guardar segredo.

A revelação soou terrível, porque era terrível. Tudo aquilo era terrível. Por que ela tinha começado algo que sabia que era errado? E para quê? Só para ficar se martirizando, perguntando-se em que pé estava?

Por que estava correndo aquele risco enorme, colocando tudo em perigo, por uma coisa que podia ser só um caso qualquer? Ele realmente valia a pena?

— Por quê?

Mira lançou um olhar enfático para Violet.

— Você sabe por quê.

— Que se dane essa história. Você gosta dele?

— Sim, gosto — admitiu Mira baixinho, observando-o lá embaixo, inclinando a cabeça para ouvir algo que a irmã dizia.

Os dois dividiam o mesmo ambiente, mas era como se Will estivesse em outro planeta, e ela sentia *falta* dele.

Violet se inclinou e baixou a voz.

— Vou te contar um segredinho. Acho que ele também gosta de você.

— Você acha?

Ela odiou o tom urgente de esperança na voz.

— Acho. Ele fica tentando disfarçar, o que é bem patético, mas dá um jeito de enfiar o seu nome em quase toda conversa: "Você perguntou isso pra Mira?", "Você acha que a gente devia falar com a Mira antes de marcar?", "Você viu a Mira? Preciso perguntar uma coisa pra ela". Sinceramente, dá até enjoo de ver o quanto ele tá a fim de você. Não acredito que ninguém percebeu ainda.

— Não fala assim — resmungou Mira.

— Você sabe que não pode manter isso em segredo pra sempre, certo? As pessoas vão descobrir uma hora ou outra.

— É, eu sei.

Violet virou o último gole de champanhe.

— Preciso de mais uma bebida porque tô me oferecendo pra ser seu álibi hoje. Vou me enfiar no meio da família do Will. Você vem comigo e dá uma desculpa pra conversar com ele. Vou entreter o insuportável do pai conservador dele, então espero que reconheça o enorme sacrifício que tô fazendo por você.

— Violet, você é demais, mas não precisa. Acho que vou voltar pro autódromo.

— O quê, *agora*?

— É. Tô com medo que alguns dos meus arquivos tenham ido parar na carga que tá indo pra Monza e preciso que eles voltem pra Lennox.

— Mas acho que os Hawley Babacas vão embora daqui a pouco. O Will pode te procurar.

— Tudo bem. — Olhou para Will lá embaixo. — Só preciso de um tempo sozinha pra pensar.

32

Will estava na entrada do salão de recepção, rangendo os dentes, enquanto a mãe reclamava com o pai sobre alguma coisa.

— Não sei pra que eles vieram — murmurou ele para Jem.

— Porque o plano era participar da recepção depois da corrida, e a mamãe não mudar o script, mesmo se for tudo uma merda e todo mundo acabar se odiando. — Virou o resto do champanhe em um gole. Havia lidado com as críticas da mãe bebendo o equivalente ao próprio peso em champanhe. Meu Deus, como ele a invejava.

Para ser sincero, nem o pai nem a mãe haviam dito nada particularmente ofensivo na festa de recepção. Havia muitas pessoas lá, algumas consideradas até importantes, portanto, não seria bom fazer uma cena como a do motorhome.

A situação com Mira ainda o consumia por dentro. Ele queria que ela estivesse ao seu lado naquele dia. Lidar com as merdas dos pais teria sido muito mais fácil. Esse era o objetivo dos relacionamentos, certo? Ele achava que os dois estavam tentando ter um, mas tivera que passar por tudo aquilo sozinho, então que porra ele sabia? Talvez estivesse errado.

— Mamãe, o manobrista acabou de trazer o carro, então por que não damos o fora daqui? — indagou Ed.

— Tenha modos, Edward — murmurou ela, e Ed revirou os olhos.

— Will, boa sorte em Monza! — disse o irmão, olhando para trás, enquanto empurrava a mãe em direção à porta.

— Valeu, cara.

— William. — O pai se voltou para ele brevemente, depois desviou o olhar de novo. — Foi bom ver você.

Então também se foi.

— Finalmente acabou — comentou ele, com um suspiro.

Jem apertou seu braço.

— Sinto muito. Eu devia saber que os dois estragariam tudo.

— Eu já esperava.

Jem abriu a boca para dizer algo, mas parou, o que era totalmente fora do comum. Geralmente ela dizia o que pensava sem hesitar. Era o que ele mais gostava na irmã.

— Que foi? — perguntou ele.

— Eu sei que eles foram péssimos, mas não estão numa boa situação agora, se é que isso faz alguma diferença. Especialmente o papai.

— Como assim? O que tá acontecendo?

Ela balançou a cabeça.

— Nada com que você precise se preocupar.

— Jem, não faz isso. Não sou mais seu irmão caçula. Fala logo.

— Você sempre vai ser meu irmão caçula. É só que... — Suspirou, bagunçando a franja escura. — A empresa está numa situação um pouco complicada no momento — admitiu por fim. — E o papai, sendo o papai, prefere culpar todo mundo, menos ele mesmo. Você é o único que não está por perto, então acho que ele chegou à conclusão de que tudo seria diferente se você estivesse.

— O banco tá com problemas? Que tipo de problemas?

Ela gesticulou no ar.

— O mundo bancário se modernizou. O Hawley & Sons... não. Só isso.

Will revirou os olhos.

— Faz sentido. O papai não se renderia à modernidade nem se a vida dele dependesse disso.

— Pois é. Então ele vai ter que se render à tradição até ter recursos pra saldar as dívidas, se não tomar cuidado.

— A situação é tão ruim assim?

— Eu tento argumentar que precisamos diversificar. Talvez aceitar alguns clientes cujas famílias não vieram pra cá em 1066, mas ele não me ouve.

Entendido. Dos três, Jem era a única que tinha aptidão para os negócios, mas, por ser mulher, ela era a última pessoa que o pai ouviria.

— Bem, diversificação nunca foi o forte do papai.

Jem soltou uma gargalhada.

Will pegou a mão da irmã e a apertou.

— Você vai ficar bem?

Ed se aproximou novamente.

— Jem, a mamãe está pronta para ir, e você sabe como fica irritada quando você a faz esperar.

Jem revirou os olhos.

— E eu fico irritada quando ela se comporta como uma babaca. — Ela se voltou para Will. — Não se preocupe com a gente. Vamos ficar bem. Só não se arrisca demais nas pistas.

Jem ficaria bem. Ela sempre dava a volta por cima. Mas a vida de Ed era a Hawley & Sons. E Clarissa e as meninas também contavam com ele. Mas Jem lhe abriu um sorriso, provavelmente arrependida de ter tocado no assunto, então Will deixou para lá. Pelo menos naquele momento.

— Se é pra eu não me arriscar, então definitivamente tô no trabalho errado.

— Você entendeu. Agora dá o fora e vai encontrar ela.

Ele arregalou os olhos.

— Hã? Encontrar quem?

Jem deu de ombros, fingindo uma inocência exagerada.

— Não sei, mas você não parou de olhar para o lado hoje à noite. É claro que estava procurando alguém. E como normalmente você não se dá ao trabalho de ir atrás das mulheres e fica só esperando elas irem até você, acho que deve ser alguém especial.

Will enfiou as mãos nos bolsos e olhou para o chão.

— Será? Não sei. É complicado.

— Bem, qualquer garota que faça você se sentir um pouco inseguro já tem o meu voto. — Ela se aproximou para beliscar sua bochecha e Will afastou sua mão. — Você e esse seu rostinho bonito tiveram tudo muito fácil. Se esforçar um pouquinho vai te fazer bem.

— Jem! — chamou Ed, desesperado, atrás da irmã. — Quanto mais ela espera, pior ela fica!

— Tô indo! Se cuida, Will.

Os dois se abraçaram forte.

— Você também.

Ele os observou partir, ainda pensando no que Jem havia dito. No passado, nunca tinha precisado se esforçar muito para conseguir alguém. Mas estava atrás de Mira desde o primeiro dia em que a vira, o que significava que ela — o que eles tinham — era diferente. Se ele quisesse algo a mais com ela — e ele queria —, teria que se esforçar e ser corajoso.

Pegou o celular e enviou uma mensagem para Violet.

Você sabe cadê a Mira? Preciso perguntar uma coisa pra ela.

Ela respondeu na hora.

Sua *namorada* voltou pro autódromo. Da próxima vez, manda uma mensagem direto pra ela.

Bom, pelo jeito, Violet tinha descoberto. E agora tinha chegado o momento de ele e Mira também juntarem as peças.

33

Normalmente, a equipe já estaria com quase tudo pronto e transportado tantas horas depois de uma corrida, mas, como estavam entrando no recesso da metade da temporada e a fábrica da Lennox ficava a apenas duas horas de carro, o pai de Mira havia dado uma noite de folga para todos. Não havia ninguém na garagem da Lennox para perguntar por que Mira havia aparecido lá à meia-noite.

Ela não havia mentido para Violet, não exatamente. Embora as equipes não tivessem permissão para trabalhar naquele recesso, ela sabia que perderia a cabeça se não tivesse acesso à papelada mais importante. Pegou os arquivos, depois foi para a garagem para se certificar de que tudo que seria enviado para Monza estava devidamente etiquetado. Mas nesse momento, em vez de trabalhar, estava ali, entre os dois carros, com a prancheta na mão e olhando para o nada.

Ela precisava conversar com Will, mas estava apavorada. E se dissesse que queria um relacionamento de verdade e ele... não quisesse? Seria doloroso. Na verdade, seria devastador, porque, por mais que ela tentasse controlar seus sentimentos, tinha que admitir, pelo menos para si mesma, que estava perdidamente apaixonada por ele. E se Will também não estivesse...

— Oi.

Ela soltou um gritinho e se virou.

Will estava do lado de dentro da porta lateral da garagem, com as mãos nos bolsos.

Ela colocou a mão sobre o coração disparado.

— O que você tá fazendo aqui? Quase me matou de susto.

— Eu poderia perguntar a mesma coisa. O que você tá fazendo aqui sozinha, a essa hora?

— Só estou conferindo algumas coisas. — Fez um gesto para a lista ignorada.

Ele a olhou daquele jeito que fazia quando sabia que ela estava mentindo.

— Sério?

Ela baixou os olhos para a lista de tarefas, mexendo no canto desgastado do papel.

— Eu queria checar algumas coisas...

— Mira.

Ela olhou para ele.

— Oi?

— Senti sua falta hoje.

Ela o encarou, surpresa.

— Sentiu?

Ele tirou as mãos dos bolsos e as esfregou uma na outra, e ela percebeu que ele estava nervoso. *Will* estava nervoso.

— Senti. Meus pais foram uns babacas. Quer dizer, não é nenhuma surpresa. Mas talvez não tivesse sido tão ruim se você estivesse lá comigo. Eles ainda seriam babacas porque...

— Will.

— Oi?

— Também senti sua falta.

Ele soltou o ar e sorriu. Depois passou a mão no cabelo e atravessou a garagem para ficar diante dela. Ainda estava com o terno cor de carvão sob medida e a camisa preta que usara na recepção. Quando estava com ela, ou estava vestido para uma corrida ou totalmente nu, na cama. Vê-lo lindo naquela roupa a excitava.

— Escuta — começou ele —, sinto muito pelo que aconteceu com a minha família hoje. A gente não tinha conversado direito e...

— Você tá certo. A gente não conversou sobre isso. Tudo bem.

Se os sentimentos de Mira haviam sido feridos, a culpa não era de Will.

— Não foi tudo bem, Mira. Foi horrível pra cacete.

— Você só tava fazendo o que eu pedi.

Will assentiu lentamente, olhando para o chão.

— É, mas acho que não quero mais fazer isso.

O coração dela parou de bater. Ele não queria mais fazer *o quê*, exatamente? Esconder o relacionamento? Continuar com ela? Will havia falado que sentia sua falta, mas talvez não no sentido de...

— Você vai gostar da Jem e do Ed. Quando puder conhecer os dois direito — continuou ele.

Ela o encarou, tentando parar a espiral de pânico em que estava caindo.

— Você quer que eu os conheça?

— Eu quis hoje. E ainda quero. Escuta, Mira... — Ele se aproximou ainda mais, estendendo a mão para pegar a ponta dos dedos dela. — Estamos de folga nas próximas duas semanas, certo? Eu estava pensando... E se a gente passasse um tempo juntos fora de um quarto de hotel? Eu tô indo pra Nova York e fiquei pensando... Quer dizer, se você... quer vir comigo?

O alívio a inundou, uma onda tão intensa que ela se sentiu quase sem forças, mas, por mais que quisesse abraçá-lo, cobri-lo de beijos e dizer que "sim", ainda precisava agir com cuidado. Eles estavam no meio de um campo minado, e as coisas poderiam explodir a qualquer momento se ela fizesse alguma besteira.

— Viajar juntos não é exatamente manter a discrição — observou ela.

— Mas vamos estar nos Estados Unidos. Lá, ninguém sabe quem eu sou.

— Os americanos também assistem corridas, sabia?

Ele pegou a outra mão de Mira e apertou as duas. Ela tremia de nervoso, agarrada a ele como uma âncora.

— Olha, eu não sei como vai ser. Não posso prometer nada. Mas quero você lá comigo. Você vem?

Ela ainda estava apavorada. Apavorada com tudo que havia dado errado no passado e com tudo que poderia dar errado no futuro. Mas podia ver nos olhos de Will que ele também estava com medo. Os dois estavam pisando em um território novo. E, no fim das contas, ela o queria. E isso era mais forte que seu medo.

— Eu vou — respondeu ela por fim. — Eu vou, sim.

Will abriu um sorriso tão grande que todas as precauções de Mira quase foram pelos ares.

Ele a puxou para um abraço apertado.

— Obrigado.

— Por que está me agradecendo? Foi você que me convidou — murmurou ela, junto ao pescoço de Will.

Ele a abraçou ainda mais forte.

— Porque vou ter você só pra mim durante duas semanas.

— Você sempre tem a mim só pra você.

Ele poderia tê-la, de corpo e alma, pelo tempo que quisesse, contanto que Mira também o tivesse. Desde que pudesse abraçá-lo daquele jeito.

— Sempre? — Àquela altura, ela já conhecia a mudança na voz dele para saber que ele estava pensando em sexo. — Tipo agora?

Ela se inclinou para olhar o rosto dele.

— Tá de brincadeira? A gente tá na garagem.

— Não tem ninguém aqui.

— Pode chegar alguém.

— É de madrugada. Não vai aparecer ninguém. Então, se você quiser...

Ele deslizou a mão nas costas dela até a bunda e apertou. Mira usava o vestido preto que havia comprado em Barcelona, e o tecido sedoso mal separava o calor da palma da mão de Will e sua pele. Apesar do ambiente nada romântico e do ar frio da noite, ela sentiu o corpo esquentar. Era tão desavergonhadamente fácil quando se tratava dele.

— Não vou deitar nesse chão. Tá sujo e frio.

Ela podia desejá-lo, mas não tanto naquelas condições.

Os olhos azul-escuros de Will se iluminaram, maliciosos.

— Eu não tava pensando no chão.

Ah, ela conhecia aquele olhar. Quando o via, sabia que Will estava prestes a fazer algo ultrajante e incrível com o corpo dela.

— Então, onde...?

Ele apontou na direção do carro, bem atrás dela.

— Tá maluco? Esse carro custa milhões de libras!

Ela o empurrou, mas ele não a soltou.

— A gente toma cuidado.

— Além do mais, nem caberíamos lá dentro. Nem você cabe direito.

Ele revirou os olhos.

— Não tô falando *dentro*.

— Então o que você tá sugerindo?

Sem desviar o olhar, ele levou as mãos às alças do vestido.

— Vamos começar por aqui.

Ela sentiu as alças finas deslizarem pelos ombros e lambeu os lábios, apreensiva. Mira o deixaria mesmo fazer aquilo na garagem?

— Meu Deus, eu amo você nesse vestido — murmurou ele, percorrendo-a com os olhos. — E sem ele também.

Tirou as alças e ela sentiu o tecido deslizar pelo peito, enroscando nos mamilos, já duros e eriçados, latejando de desejo.

— Eu não vou...

— Não totalmente.

Ele se inclinou e capturou seus lábios em um beijo. A boca de Will era quente e viciante, e Mira se esqueceu de tudo.

— Só até aqui — disse baixinho contra sua boca, empurrando o tecido até a cintura.

Os braços dela se prendiam ao lado do corpo pelas alças. Will a abraçou e baixou a boca até o seio.

— Will... — Ela ofegou quando ele levou a boca ao mamilo.

Ela se balançava nos braços dele, mais excitada a cada segundo, gemendo toda vez que ele a chupava. Quando Will ergueu a cabeça para beijá-la novamente, Mira estava tão louca de desejo que o deixaria fazer qualquer coisa que quisesse, mesmo que toda a equipe dos boxes estivesse ali, assistindo.

Soltou os braços das alças e enfiou os dedos em seu cabelo enquanto o beijava.

— Eu sempre quis tentar uma coisa... — disse ele, entre um e outro beijo, começando a empurrá-la para trás, devagar. — Experimentar isso...

— O quê? — sussurrou ela, sedenta, já toda molhada. Ele poderia deitá-la numa mesa que ela gozaria em segundos.

Will a beijou de novo.

— Pode chamar de fantasia. Desde que comecei a pilotar.

De repente, as panturrilhas dela tocaram a ponta dianteira do capô do carro, na frente de onde ele se sentava para dirigir.

— Eu já falei — disse ela, entre os beijos. — A gente não vai caber.

— Só confia em mim.

Agarrou os quadris dela e a empurrou para trás até Mira se sentar. Seminua, apoiou as mãos na carroceria de fibra de carbono. Como assim, ela era caríssima, e se fosse danificada?

— O que você...

Engoliu o resto da pergunta quando ele começou a tirar o blazer. Sentiu a boca secar quando ele jogou a roupa de lado e se ajoelhou. *Ah*.

— Eu sempre quis fazer isso.

Ele colocou as mãos nos joelhos dela e os afastou, depois se curvou entre as pernas. As mãos deslizaram pelas suas coxas, empurrando o vestido para cima, então agarraram a parte de trás das coxas, afastando-as ainda mais enquanto a beijava. Ela estava dando para ele, quase nua no meio da garagem, e não se importava nem um pouco.

— Deita — ordenou ele.

Mira obedeceu, inclinando-se para trás, sobre a frente do carro. Will a olhou, em êxtase. Pegou as laterais da calcinha fio-dental com a ponta dos dedos.

— Posso tirar?

Ela lambeu os lábios e assentiu.

Will deslizou a calcinha e a tirou, depois se inclinou e encostou a boca em Mira. Assim que a língua a tocou, ela arqueou, ofegante. Com uma mão, segurou o cabelo dele, apoiando a palma da outra na superfície fria e lustrosa do carro, tentando desesperadamente se equilibrar enquanto ele lambia seu clitóris. Ouviu o próprio gemido ecoar pelas paredes de aço da garagem, mas a razão havia se tornado um conceito inexistente. Tudo que queria era Wil e sua boca naquele momento.

Estava quase gozando quando ele enfiou dois dedos dentro dela.

— Will — disse ela, ofegante.

— Bem aqui, no meu carro — sussurrou ele contra sua pele.

Bastou o movimento para ela arquear, arfando e tremendo, o corpo consumido por um prazer puro e doloroso.

34

Nova York,
Nova York

— Não acredito que acabamos de fazer isso.
— O quê?

Por um momento, Mira perdeu a linha de raciocínio, observando como Will lambia com cuidado o rastro de sorvete derretido da lateral da casquinha antes que chegasse à mão. Talvez se ela derramasse o sorvete nela e ele...

— O quê? — repetiu ele.

Deu mais uma lambida no sorvete, e Mira não soube dizer se estava feliz por ele ter pedido uma casquinha, porque vê-lo lambendo-a por dez minutos a estava deixando muito excitada e os dois estavam muito longe do quarto de hotel. Aqueles lábios, aquela língua...

— Ah. Jantar. Acabamos de sair pra jantar. Juntos. Em público.

Ele deu de ombros.

— A gente pode fazer isso o tempo todo, se você quiser. E não só em restaurantezinhos desconhecidos do Brooklyn, onde ninguém vai me reconhecer.

Mira remexeu no próprio sorvete com a colher.

— Will...

— Só estou dizendo que temos mais duas noites. Deixa eu te levar pra um lugar legal amanhã. E daí se alguém vir a gente?

— Will.

— Tô falando sério, Mira. Essa semana inteira, todos os almoços e recepções que eu tive com os patrocinadores... Eu odiei você não estar comigo.

— Eu sei.

Aquela viagem não tinha sido exatamente a fuga romântica dos sonhos. Os dias de Will eram cheios de reuniões com patrocinadores, às quais ela não podia ir, então Mira passava a maior parte do tempo perambulando pela cidade sozinha. Toda vez que ele tinha que sair, pedia que ela fosse junto. E todas as vezes, ela dizia "não".

Mira estava muito feliz com Will. Cada minuto que tinham passado juntos em Nova York tinha sido maravilhoso. No entanto, sempre que imaginava que as pessoas haviam descoberto o relacionamento dos dois, era tomada por um terror do qual não conseguia se livrar.

Jogaram fora a embalagem do sorvete.

— É só falar, Mira, e amanhã vai ser Jean-Georges. Ou Per Se. Ou seja lá qual for o da moda. A gente vai se arrumar e fazer isso do jeito certo.

— Você sabe que eu não preciso de coisas assim pra me divertir com você, né? Hoje à noite... no jardim dos fundos daquele restaurante no Brooklyn, foi perfeito.

— Foi. — Abriu um pequeno sorriso. — Mas a noite ainda não acabou. Vamos atravessar a ponte.

Eles já haviam corrido um grande risco ao sair para jantar naquele dia. Se fossem espertos, pegariam um táxi e iriam para o hotel naquele exato momento. Mas, pelo jeito, era muito difícil para ela ser sensata ao lado de Will. Era uma noite de verão linda e quente, e ele estava bem ali na sua frente, absolutamente irresistível de jeans e camiseta, e ela queria aproveitá-lo ao máximo.

— Vamos.

A calçada estava lotada, e Will, com um boné cobrindo o lindo cabelo escuro, passava despercebido. O sol estava baixo no horizonte, incendiando o porto de Nova York de variadas cores. Os dois pararam no meio da ponte e ficaram em um cantinho perto do corrimão para admirar o mar.

— É tão bonito — comentou ela, com um suspiro.

Quando olhou para Will, ele a encarava, e seu olhar fez o coração de Mira disparar. Ele estendeu a mão para ajeitar um cacho atrás da orelha dela, mas os dedos pairaram na lateral do seu rosto. A expressão dele mudou, e Will umedeceu os lábios. Mira sentiu um aperto no peito, como se algo importante estivesse prestes a acontecer, como se ele estivesse prestes a dizer as palavras que lutavam para sair dela a semana inteira.

— Mira...

— Meu Deus, é o Will Hawley! Não acredito!

Ela levou um susto e se virou. Ali estava um rapaz que aparentava ter uns dezesseis anos, britânico. Mira se xingou silenciosamente. Um restaurante anônimo no Brooklyn era uma coisa, mas a Brooklyn Bridge era outra e estava repleta de turistas que, muito provavelmente, acompanhavam as corridas. Que estupidez terem ido ali.

Instintivamente, Will baixou a parte da frente do boné.

— Eu, hum...

O rapaz ergueu o celular.

— Posso tirar uma foto? Meus colegas não vão acreditar que eu te vi aqui!

Mira agarrou o braço de Will, em pânico.

— Não!

Na hora, Will entrou na frente e pegou o celular do garoto.

— Aqui, vamos tirar uma selfie.

— Sério?

Will virou o garoto para o outro lado, inclinando o celular para o rosto dos dois e para longe de Mira, que finalmente soltou o ar, dando as costas e mantendo a cabeça baixa. Will trocou algumas palavras com o fã e em seguida o dispensou. Então se virou e se juntou à Mira, apoiando os cotovelos no corrimão.

— Desculpa por isso.

— Não, *eu* é que peço desculpas.

— Pelo que está se desculpando?

— Você não precisaria fazer isso; se esconder, mentir, inventar desculpas. Quer dizer, meu pai acha que eu estou na Tailândia com a Violet! — Engoliu o nó na garganta. — Você não precisaria fazer nada disso se estivesse aqui com outra pessoa.

Will ficou quieto. Em seguida se aproximou até encostar o ombro no dela. Devagar, buscou sua mão e entrelaçou os dedos.

— Você sabe que eu não quero estar aqui com mais ninguém, Mira. Só com você. Mas eu quero você inteira. Todas as horas do dia também. Tô cansado de fingir que você não existe sendo que... — Exalou com força, olhando para a água. — Sendo que eu penso em você o tempo todo.

Isso era exatamente o que Mira queria ouvir, mas o modo como ele disse — derrotado e furioso — a fez se sentir *péssima*.

— Você sabe que é complicado pra mim.

— Eu entendo. Você passou por coisas que nem consigo imaginar. Mas...

— Eu sei. Me esconder não vai fazer tudo ficar bem num passe de mágica.

— E se você começasse pelo seu pai?

Ela soltou uma gargalhada ao imaginar Will falando com o pai antes de um encontro, como em um programa de TV antigo dos anos 50. Começar pelo pai seria a parte *mais difícil*.

— Você tá pronto pra enfrentar o meu pai? Sério?

— Estou, Mira, sério. — Fez uma pausa e a encarou. — A menos que você não esteja. Se você acha que não...

— Não! — Ela segurou seus antebraços. — Não é só o meu pai, Will. É todo mundo. Muita coisa horrível vai vir à tona assim que ligarem o meu nome ao seu. Você tá pronto pra isso?

Ele bufou.

— As coisas horríveis que circulam na imprensa são minha especialidade, lembra?

Ela apertou sua mão.

— Mas você não merecia lidar com isso. Não é justo com você.

— Ei. — Ele segurou o rosto dela, sem se importar se alguém visse. — Não foi justo com você ter tido que lidar com isso, especialmente quando você tinha dezesseis anos. Eu sou adulto. Dou conta. Quero fazer isso por você.

Como ela poderia continuar negando quando ele a olhava daquele jeito? Quando dizia o quanto ela significava para ele? Mira também não queria mais se esconder. Queria dizer ao mundo que estava apaixonada por Will, porque era a mais pura verdade. Ela estava *perdidamente* apaixonada. Pelo sentimento que os unia, valia a pena enfrentar qualquer coisa. Não havia mais tempo para ter medo.

—Tudo bem, quando a gente voltar, vou contar pro meu pai.

Ele sorriu, pegou o celular e o estendeu.

— Espera. Fala de novo pra eu gravar e ter uma prova mais tarde.

— Posso tirar uma foto de vocês dois, se quiserem.

Eles se viraram para olhar para a mulher mais velha sorridente que passava.

Will encarou Mira com um olhar questionador.

Mira respirou fundo.

— Seria ótimo. Obrigada.

Will entregou o celular para a mulher e colocou o braço em volta dos ombros dela. Depois que a estranha foi embora, ele lhe mostrou a foto. Mira observou o rosto dos dois pressionado um contra o outro, os largos sorrisos, o braço dele em seu ombro, com o pôr do sol sobre o porto e o horizonte de Manhattan ao fundo. Eles pareciam tão felizes, apenas um cara e uma garota se divertindo. Apenas um cara e uma garota se apaixonando.

35

Monza,
Itália

— *M*ira, que jantar é esse que você marcou pra mim no domingo à noite?

O pai olhava confuso para o calendário do celular.

Mira congelou e se virou para encará-lo.

— Hum, na verdade, o jantar é comigo.

Ele franziu as sobrancelhas.

— Com você?

— Eu preciso conversar uma coisa com você.

Will. Ela ia contar tudo sobre Will.

Havia voltado de Nova York completamente apaixonada por Will e estava pronta para contar tudo ao pai. Mas, com o caos de organizar a equipe e viajar para a Itália depois do recesso, simplesmente não houvera um bom momento. Não era justo distrair seu pai e Will com um monte de dramas pessoais logo antes de uma corrida.

Mas no domingo à noite a corrida teria terminado, e ela contaria tudo. Havia pensado em levar Will para o jantar, mas isso provavelmente seria um exagero, além de precipitado. Ela mesma contaria ao pai sobre os dois e daria a ele um tempo para se acostumar à ideia antes de ver Will novamente. Depois que processasse tudo, ela tinha certeza de que ele aceitaria. Afinal de contas, Will estava prestes a ganhar o campeonato mundial e seu pai o *amava*.

— Você fica comigo o dia todo, Mira. Sobre o que precisa conversar?

— Não quero conversar antes da corrida. Não quero te distrair.

— Você está me deixando preocupado.

Ela se inclinou e deu um beijo no rosto dele.

— Não tem nada pra se preocupar, eu prometo. São boas notícias. Mas isso pode esperar até depois da corrida, está bem?

Ele sorriu e balançou a cabeça.

— Como quiser. Na verdade, tenho que ir até a baia da pista...

Ela riu.

— Viu? Vai lá. Eu te encontro no pit lane.

Quando o pai saiu, ela deu uma olhada no celular. Se corresse, conseguiria chegar a tempo no motorhome de Will e lhe desejar boa sorte antes que ele se preparasse para a classificação.

Mas, quando chegou, ele não estava lá. Agora, ela só o veria depois que ele tivesse passado pela classificação e terminado a reunião estratégica com Tae, Harry e seu pai. Ela enviou uma mensagem de "boa sorte" ao descer os degraus do motorhome, então não viu quem a esperava até quase esbarrar nele.

— Achei mesmo que era você.

Brody. Com o traje de corrida verde e os braços cruzados casualmente, estava encostado na lateral do motorhome e sorria para ela de uma forma que a fez sentir uma pontada de pavor. Sempre usava aquele sorriso de menino com uma eficácia implacável. Os anos tinham sido gentis com ele, e provavelmente sempre seriam. As linhas sutis de riso ao redor dos olhos conferiam ao rosto uma espécie de simpatia agradável que provavelmente lhe fora muito útil. O cabelo louro-avermelhado estava um pouco comprido, o que dava uma pinta de surfista que caía bem nele. Isso o fazia parecer mais jovem do que era, e Brody nunca tinha parecido — nem agido — de acordo com a própria idade.

Ela tinha se esforçado tanto para evitar isso... *ele*. Mas ali estava Brody, olhando para ela de uma forma que fazia todos os sinais de alerta na cabeça de Mira dispararem. Por que, por que, *por que* ele a procurara naquele momento? Por que ela não podia simplesmente deletá-lo, como um contato no celular, para que nunca mais precisasse vê-lo nem ouvir falar dele? Mas não havia como bloquear uma pessoa de verdade e, depois de sete anos, Brody McKnight, em carne e osso, estava diante dela, exigindo sua atenção.

— Eu te vi passando por aqui. Como você anda, linda?

O sotaque australiano preguiçoso e familiar disparou uma onda de repulsa pelo corpo de Mira. E aquele "linda" vindo do nada? Ela poderia apostar que ele não se lembrava nem do seu *nome* direito, o que, depois de *tudo*, era tão insultante que ela sentiu vontade de gritar.

Como havia deixado esse imbecil destruir a vida dela daquele jeito? Ele não era *ninguém*. Apenas um monte de merda arrogante e sem nenhum talento. Estava tão nervosa que começou a tremer, mas se recusava a permitir que ele notasse sua dor. Não havia nenhuma chance de lhe dar a satisfação de obter dela uma reação emocional.

— Brody.

Nada em sua linguagem corporal ou em seu tom de voz dava a entender qualquer tipo de convite. Mas quando foi que Brody havia se importado com o que ela queria? Ele sempre teve o que desejava, quando desejava.

— É bom te ver na pista de novo, boneca. Você tá linda.

— O que você quer?

Ele teve a audácia de parecer surpreso com o tom frio na voz de Mira, como se não tivesse ideia de por que ela estava com raiva. Ergueu as sobrancelhas douradas e soltou uma risadinha.

— Só queria colocar a conversa em dia, linda. Pra saber o que você anda fazendo.

Mira ficou vermelha de raiva, o ódio fervendo como um vulcão no peito, prestes a incendiá-la.

— É *Miranda*! E não sou sua "linda", nem sua "boneca", nem nada sua! Acho que você sabe muito bem o que ando fazendo, Brody... Tô reconstruindo tudo que você destruiu.

Brody fez uma pausa, uma pequena hesitação no jogo de sedução. Seus olhos verdes brilhantes, que ela pensava que eram as janelas claras de sua alma generosa, a percorreram e a avaliaram. A expressão de príncipe encantado vacilou por um instante, mas então ele se recuperou e abriu um enorme sorriso, como jamais fizera. Como ela tinha caído na ladainha dele?

— Você ainda tá brava com aquilo? — perguntou em tom de provocação, como se tudo o que tivesse feito fosse roubar uma vaga de estacionamento, e não a seduzido quando era adolescente, manipulando uma paixão e depois a descartando como se fosse um saco de lixo, quando a diversão acabou.

Mira sentiu as mãos tremerem com o esforço que fazia para não lhe dar um tapa na cara.

— Brava? — Ela suspirou e o olhou de cima a baixo, julgando-o. — Eu teria que me importar muito com você pra ficar brava, e não me importo. Se estou com raiva de alguém, é de mim, por deixar você ocupar tanto espaço na minha cabeça. Você não merece isso. Nunca mereceu. Você não passa de um mentiroso patético, e acho que sabe disso.

Ele endireitou a postura, e todos os traços do sorriso encantador desapareceram. Brody parecia furioso, o que era bom, porque era exatamente assim que ela se sentia e, pela primeira vez, ele ficaria sabendo.

— É por isso que você sempre precisa de uma nova garota, mais jovem. As mais jovens são mais fáceis de enganar, certo? Elas não conseguem enxergar o que você realmente é: um ser humano vazio por dentro, egoísta e carente.

Ele cerrou a mandíbula e a encarou, e Mira se obrigou a sustentar o contato visual.

— Você parece bem chateada, meu bem.

Se ficasse mais um segundo, provavelmente começaria a chorar, e jamais ela o deixaria presenciar isso.

— Eu não sou a porra do seu "bem" — retrucou ela, ríspida, em seguida se virou para ir embora.

— Ei.

Ele estendeu a mão e agarrou a parte superior do seu braço com força suficiente para forçá-la a encará-lo de novo.

— É melhor você tirar as mãos dela, McKnight, antes que eu arranque a porra do seu braço.

Brody soltou Mira lentamente — vê-lo agarrando o braço dela transformou Will em uma usina nuclear prestes a explodir de ódio. Brody se virou para examiná-lo. Quando Will apareceu e o viu conversando com Mira, percebeu que ela estava chateada e ficou furioso. Mas não ia intervir. Ia deixar que ela mesma cuidasse daquele desgraçado, até que ele a tocou.

— Algum problema, Hawley?

— O problema é que você tá forçando a barra com uma mulher que claramente não quer nada com você.

— Nós dois somos velhos amigos, então que tal você dar o fora, amigão?

O sotaque australiano forte e arrastado de Brody era tão irritante quanto o sorriso presunçoso de merda.

— Ou que tal você tirar essa sua bunda do nosso paddock... *amigão*?

O sorriso presunçoso de Brody se fechou e a raiva aflorou em seus olhos.

— Deixe as ultrapassagens pra pista, Hawley. Fora da pista, o jogo é aberto.

Ao ouvir isso, o frágil controle de Will desmoronou e ele agarrou a frente do macacão de corrida de Brody.

— Ela não é a porra de um *jogo*, imbecil!

Brody empurrou o braço de Will e este o soltou, respirando com dificuldade, os dentes rangendo de ódio. Sentiu Mira tocar seu ombro.

— Will, não. Deixa pra lá.

Os olhos de Brody se voltaram para Mira, para o motorhome atrás dela e então de volta para Will.

— Ah, agora entendi. Entrei no território de outro. Não te culpo, cara. Eu mesmo já provei. Valeu a pena.

Era impossível saber se o rugido no ouvido de Will era seu sangue que fervia ou seu grito de ódio. Will simplesmente socou o queixo de Brody, a pancada soando alto. Sentiu uma pontada de dor irradiar pela mão e subir pelo braço, mas não se importou. Partiu para cima de Brody, o agarrou pelo macacão de novo e o puxou. Brody tentou devolver o golpe. Will se esquivou, mas não foi rápido o suficiente, e o punho de Brody passou de raspão e atingiu seu rosto, fazendo sua cabeça recuar. Brody não teve tempo de desferir outro soco, porque Will avançou e enfiou o ombro no peito de Brody, empurrando-o de volta contra a lateral do motorhome.

Mira berrou. Os gritos irromperam ao redor enquanto surgiam pessoas de todos os lados no paddock. Will foi contido e puxado para longe de Brody. Dois mecânicos da Deloux apareceram e se colocaram entre ele e aquele desgraçado, segurando Brody quando ele tentou golpear Will novamente. Will tentou se desvencilhar das pessoas que o refreavam, desesperado para socar o rosto daquele maldito, só para acabar de vez com aquele seu sorriso presunçoso.

— Will, Will, para! Aqui não — gritou Omar em seu ouvido, de frente para Tae.

— Solta ele! — exclamou Mira, pousando uma mão em seu peito e se colocando em seu campo de visão.

Assim que os dois se olharam, a raiva diminuiu. Will ainda tremia com a adrenalina represada, mas começava a pensar melhor. O que não foi legal.

Havia um grupo de mecânicos da Deloux ao redor de Brody, e vários outros caras da Lennox haviam aparecido, assim como Violet.

— Ai, meu Deus — murmurou ela. — Tá todo mundo gravando com a porra do celular.

— Tirem seu garoto daqui! — gritou Omar para os mecânicos da Deloux, ainda com um braço apoiado nos ombros de Will para segurá-lo.

— Quem você pensa que é pra me chamar de "garoto", garoto? — berrou Brody.

Então foi a vez de Will segurar Omar, que avançou na direção de Brody. Mas os caras da Deloux arrastaram Brody para fora do paddock, antes que Omar o alcançasse.

— Para — disse Will para Omar. — Eu já fiz merda por nós dois. Não piora as coisas.

— Foi o Brody que começou — declarou Mira.

— É, mas foi o Will quem deu o primeiro soco — retrucou Violet, furiosa, então olhou para Will. — Desculpa, mas é verdade.

— Você precisa ir pra pista — disse Tae, pegando-o pelo ombro e obrigando-o a se afastar. — Você já tá quase no topo.

Porra. A qualificação. Ele tinha que ir para a pista, pilotar. *Agora.* Suas mãos ainda estavam tremendo.

Tae arrastou Will, que parou e se virou, à procura de Mira. Todos no paddock se viraram para observá-lo enquanto ele ia até ela. Ah, que se foda. De qualquer forma, estava tudo perdido mesmo, e ele não ia embora sem ver se ela estava bem.

Will a pegou pelos ombros, curvando-se ligeiramente para olhá-la nos olhos.

— Você tá bem?

Ela estava pálida, mas assentiu com firmeza.

— Eu tô bem. Sinto muito. Ele só...

— Para. O único que precisa se desculpar aqui é a porra do Brody McKnight.

Mira ergueu a mão e tocou sua face esquerda, onde o soco de Brody o atingira.

— Você tá machucado.

— Eu tô bem. Tem certeza de que você tá bem?

— Eu cuido dela — disse Violet, postando-se ao lado de Mira. — E você vai lá e pilota. Depois a gente conversa.

Depois. Haveria consequências. Ele não sabia quais seriam, mas tinha certeza de que viriam. Mas não dava tempo de pensar nisso agora. Ele tinha que entrar no carro e pilotar.

— Te vejo logo mais? — perguntou para Mira, afastando alguns cachos do seu rosto e colocando-os atrás da orelha.

Ela assentiu.

— Vai logo. Boa sorte.

Will caminhou entre Omar e Tae, de volta à baia de corrida. Estendeu as mãos ao lado do corpo, tentando dissipar a carga de adrenalina.

— Aquele desgraçado — murmurou Omar.

— Provavelmente já tá apresentando uma queixa na FIA — disse Will, enquanto assimilava a gravidade da situação.

Uma briga. Uma briga *física*. Ele tinha dado um *soco* em Brody McKnight.

— Esquece — ordenou Tae. — O lugar certo pra acabar com aquele babaca é na pista. E fim de papo.

Will assentiu, mas era mais fácil falar do que fazer. Deu tudo de si para entrar no piloto automático enquanto a equipe treinada da Lennox o preparava e o acomodava no carro.

Minutos depois, ouviu a voz de Tae no fone.

— Beleza, você precisa esquecer aquilo agora, Will. Liga o motor quando quiser.

De alguma forma, ele conseguiu fazer isso e sair para a pista. Executou as manobras habituais para aquecer os pneus e verificar os sistemas, embora sua cabeça estivesse a um milhão de quilômetros dali. Ainda podia ouvir a voz de Violet: *Tá todo mundo gravando com a porra do celular.* Àquela altura, já estava nas redes. Sentiu um buraco no estômago, a mesma sensação de pavor que costumava ter três anos antes, quando acordava de ressaca e verificava o celular para ver se as notícias da noite anterior eram muito ruins. E nada daquilo tinha sido tão ruim quanto o que estava prestes a acontecer.

Mas então se lembrou da expressão de Mira e da mão de Brody no braço dela, e a raiva voltou, poderosa. Por um momento, a única coisa da qual se arrependeu foi de não ter socado Brody na porra do asfalto.

— O Denis tá se aproximando. Presta atenção na movimentação dele. Atrás não tem ninguém. — A voz de Tae o fez voltar ao presente. E o presente era muito importante.

Até então, ele estava fazendo a primeira volta praticamente por instinto. Desviando, diminuindo a velocidade, acelerando aos poucos e aquecendo os pneus até os engenheiros ficarem satisfeitos com as especificações. Mas as largadas de qualificação eram escalonadas, e outros pilotos já estavam na pista a toda velocidade ou na metade de uma volta de arrefecimento. Agora, era só esbarrar em algum outro carro para somar mais uma penalidade a que estava por vir.

Ele se conteve na manobra, permitindo que René Denis o ultrapassasse. Assim que os engenheiros autorizassem, seria Will, e ele não poderia se dar ao luxo de entregar menos do que cem por cento do seu potencial. Ao entrar na última curva, já conseguia sentir. A aderência dos pneus estava perfeita. Nem precisou da confirmação de Tae de que havia atingido o ponto ideal definido pelos engenheiros.

— Tudo ok pra sua volta de apresentação — disse Tae, e Will pisou no acelerador suavemente.

O carro avançou para a saída da curva 11, dando início à volta de apresentação.

Na reta, levou o veículo ao limite, aproximando-se dos trezentos quilômetros por hora, e se sentiu um pouco mais relaxado, na sua zona de conforto. Não havia tráfego na primeira curva, então Will pisou fundo nos freios e reduziu as marchas, navegando pela chicane lenta e truncada. Pisou no acelerador suavemente na saída e, depois, partiu para a próxima curva com tudo.

Era uma curva fácil, e ele saiu perfeitamente, tentando maximizar o tempo pisando no acelerador enquanto olhava para o tráfego, já nas voltas de arrefecimento. Havia se tornado um macete entre alguns pilotos esperar até o último segundo para sair da frente ou estreitar casualmente as entradas e saídas nas primeiras voltas. Não a ponto de receberem uma penalidade, mas de roubarem um ou dois décimos de um concorrente, o que, às vezes, era decisivo.

Em um piscar de olhos, Will voava pela reta, ladeada de árvores, e chegava à chicane de alta velocidade. Tae gritava estatísticas no fone, o que apenas confirmava o que, no fundo, Will já sabia. Apesar do péssimo início de classificação daquele dia, ele estava batendo o martelo, fazendo um tempo que mais uma vez garantiria a pole position na próxima corrida.

Havia um carro lento à frente e à direita, no meio da volta de desaceleração, mas ele o ultrapassaria com facilidade um segundo antes de arrancar para a última curva. Ao se aproximar, registrou o flash da pintura verde do carro de Brody. Claro.

Mas então Will percebeu que a distância entre os dois não estava diminuindo no ritmo que ele esperava. Será que aquele desgraçado estava mesmo *acelerando* na volta de arrefecimento só para atrapalhá-lo? Tudo bem, ele queria seguir por esse caminho? Will o surpreenderia e o arrastaria até a curva em um slipstream para recuperar mais alguns décimos de segundo.

Quando a placa de duzentos metros entrou em seu campo de visão, Will saiu de trás dele, mas então, a milésimos de segundo da ultrapassagem, Brody girou as rodas levemente para a direita. A oscilação foi tão sutil que era impossível dizer se realmente havia acontecido ou não. Mas Will a sentiu na boca do estômago, como se Brody tivesse acabado de desferir outro soco na cara dele. Seu corpo registrou o movimento de Brody antes que o cérebro, e Will foi para a borda externa da pista para evitar uma colisão. Filho da puta. Mas tudo bem, ele iria ultrapassá-lo. Ainda conseguiria. Considerando sua posição bastante desfavorável, guiou o carro para o ponto onde poderia fazer uma boa curva, mantendo a velocidade de trezentos quilômetros por hora.

E então sentiu.

Tink.

O som do pneu traseiro batendo na parte da frente do carro de Brody, porque o filho da puta *ainda estava acelerando*.

Aconteceu muito rápido. Um estremecimento. O guincho de borracha no asfalto. Um monte de luzes piscando no painel de controle. Só teve tempo de registrar o pneu estourado e então girou, de encontro à parede. O som era ensurdecedor: pneus guinchando, Tae gritando no Race Radio e, em seguida, a colisão, o impacto que atravessou seu corpo quando ele bateu no carro e o metal e a fibra de vidro amassaram à sua volta. Sua cabeça se chocou com força contra o dispositivo HANS quando o carro girou novamente, bateu contra a parede outra vez e finalmente parou. Depois disso, tudo silenciou.

36

—*P*or que tá demorando tanto? Mira agarrou as laterais da cadeira para não explodir de desespero.

Violet e ela estavam sentadas lado a lado em cadeiras duras de plástico, na sala de espera do centro médico. Will ainda estava sendo examinado.

Talvez ela nunca mais se recuperasse do horror daquele momento, quando viu o carro de Will bater no muro da pista, as faíscas, os detritos voando, a fumaça e o fogo e, depois, o terrível silêncio. Parecia que havia se passado uma hora, mas foram apenas alguns segundos até vê-lo se movendo dentro do cockpit. Ainda vivo. E, naquele momento, essa era a única coisa que importava.

Will tinha saído do carro sozinho, o que era um bom sinal, mas o acelerômetro do ouvido tinha disparado, o que significava que ele havia sofrido um grande impacto e precisava de um exame médico obrigatório.

Agora ele estava lá, junto com o pai dela, e não havia nenhuma chance de aquilo terminar bem.

— Tenho certeza de que ele tá bem. Você sabe que eles precisam fazer os exames, se o acelerômetro disparar — lembrou Violet.

— É, eu sei — murmurou ela, entorpecida.

No momento do choque inicial, ela havia esquecido tudo que acontecera com Brody e que impressão a situação passaria para o pai. Para todo mundo. Agora tudo voltava à tona e um outro tipo de pânico ameaçava dominá-la. Mas Mira não tinha tempo para isso, não até saber que Will estava bem.

— Tenho certeza de que eles estão sendo bastante cuidadosos — repetiu Violet. — Naturalmente estão fazendo raios X, tomografias e tudo o mais. Você sabe que essas coisas demoram uma eternidade.

— É, eu sei.

Ficaram sentadas em silêncio por mais alguns minutos, Violet mexendo no iPad e Mira encarando um arranhão na parede do outro lado e tentando não chorar.

— Merda — murmurou Violet.

— Que foi?

— Merda, merda, merda.

— Violet, o que aconteceu?

Sem dizer uma palavra, Violet entregou o iPad para Mira. A matéria era de um site britânico de fofocas. Os britânicos eram sempre os piores. Bem no topo, havia uma foto um pouco desfocada em que Brody estava imobilizado contra a lateral do motorhome e Will o segurava pelo macacão de corrida.

Abaixo, a manchete em letras garrafais dizia: "O campeão bad boy da Fórmula 1 derruba rivais dentro e fora da pista!".

No exato instante em que ela ficara cara a cara com Brody, parte de Mira soube que seu esconderijo fora descoberto. O passado de sete anos estava prestes a mostrar seus dentes. E agora Will também estava envolvido em uma confusão que quase o matara. Ela ficou enjoada, fria e trêmula de medo. Não queria ler a matéria, mas seus olhos se moviam pelo texto contra sua vontade, e cada palavra a atingia como um soco.

A sensação desta temporada de Fórmula 1, Will Hawley, parece tão agressivo fora da pista quanto dentro dela. Pouco antes da corrida de classificação, Hawley deu um soco no colega Brody McKnight quando viu uma amiga conversando com o adver-

sário no paddock. Os membros da equipe de ambos os pilotos separaram a briga, mas não antes de Hawley liberar sua fúria e desferir vários golpes em McKnight.

A mulher em questão, Miranda Wentworth, não é apenas filha do diretor da Lennox Motorsport, Paul Wentworth; na verdade, ela tem um passado com Brody McKnight. Há vários anos, envolveu McKnight em um caso horrível, poucas semanas antes do casamento do piloto com a atriz Lulu Heatherington.

Wentworth voltou para os Estados Unidos depois que o escândalo estourou, mas parece que, ao retornar ao esporte, não perdeu tempo para arranjar outro piloto. Ou talvez dois?

Mira lutou contra uma onda de náusea e empurrou o iPad para Violet, mas a matéria condenatória ainda brilhava na tela. Não havia como escapar. Pelo jeito, ela nunca tinha conseguido.

Violet se levantou e começou a andar de um lado para o outro na pequena sala de espera.

— Eles vão pirar com essa notícia. Sustenta a narrativa de bad boy do Will, e você sabe como eles adoram divulgar isso.

— É mentira, Violet! Eu falei pro Brody me deixar em paz e ele não me deixou. Ele estava me assediando e o Will simplesmente...

— Deu o primeiro soco — disse Violet, baixinho.

— Ele provocou.

— Isso não tem a menor importância em histórias como essa. Ela cai como uma luva pra mídia: dois astros do automobilismo brigando na pista, e por uma mulher.

— Eu *não* estava flertando com o Brody. Meu Deus, ele me dá nojo.

Violet parou de andar e voltou a se sentar ao lado dela.

— Mira, você sabe que estou do seu lado. Mas você se envolveu com ele uma vez.

Mira engoliu em seco e baixou os olhos.

— É, me envolvi.

— É só com isso que esses sanguessugas vão se importar. Eles vão se divertir muito com isso. Com *você*. Sempre tentam pintar a mulher como a vilã nesse tipo de história. Não é justo, sinto muito por isso. Mas provavelmente vai ficar ainda pior.

Era difícil imaginar como as coisas podiam piorar. Os últimos sete anos da vida de Mira — o excelente desempenho na UCLA, a completa falta de vida pessoal, todo o trabalho árduo naquela temporada com a Lennox — agora haviam sido apagados e eram irrelevantes, porque ela tinha sido burra o bastante para dormir com Brody McKnight e no momento era audaciosa o bastante para se envolver com Will Hawley. Nada disso era sua culpa, mas, mesmo assim, ela não conseguia deixar de se sentir paralisada de vergonha.

O celular de Violet tocou, tirando-a do choque. Violet olhou quem era e sua expressão se tornou impossivelmente mais sombria.

— É o Ryan, da Velocity. Mal sinal.

Mira sentiu um buraco no estômago. O fabuloso contrato de Will com a Velocity, a nova marca que eles iam lançar... A situação havia piorado demais. Ele poderia perder o patrocínio. Tinha sofrido um acidente potencialmente fatal, um acidente que ainda poderia acabar com toda a temporada dele. O pai de Mira poderia ter que responder à FIA por outro escândalo e, mais uma vez, ela era o principal motivo.

Enquanto Violet se afastava para atender a ligação da Velocity, Mira fechou os olhos e se curvou, pressionando a testa contra os joelhos. Toda aquela situação era horrível demais. Devia haver algo que pudesse fazer para consertar tudo e evitar que piorasse.

Levantou a cabeça e encarou o nada. É claro que havia. Havia, sim, *uma* coisa que ela podia fazer. Só de pensar, sentia o coração rasgar, mas, na verdade, não tinha escolha, tinha? Talvez nunca houvesse tido.

Will tentava, sem sucesso, convencer a equipe médica italiana de que estava bem, mas ninguém parecia lhe dar ouvidos. Não sabia dizer se era por causa do comprometimento deles com seu bem-estar ou do seu péssimo italiano.

O médico e a enfermeira ainda o examinavam, investigando seus olhos com a luz de uma lanterna e fazendo anotações em seu prontuário, quando a cortina da sala de exames se abriu, revelando Paul, Tae e Mitchell, o médico da equipe. A expressão de Paul era indecifrável, algo entre o pânico e a raiva.

— Oi, Paul. — Will olhou por cima do ombro de Paul, mas não viu nenhum sinal de Mira.

Os olhos de Paul percorreram Will, depois se voltaram para o médico.

— Como ele está? — perguntou, em um italiano perfeito.

Will não entendeu as palavras, mas viu que Paul gesticulou em sua direção.

— Tudo certo? — Tae lhe perguntou, enquanto o médico, Paul e Mitchell conversavam em italiano.

Ele era o único que tinha sido péssimo em línguas na escola?

— Estou bem. Eles só estão se certificando disso — respondeu para Tae. — A Mira tá lá fora?

Tae lançou um olhar apreensivo para Paul.

— Tá.

— Pode ir lá chamar ela? Preciso falar que...

— Como está a cabeça? — Paul lhe perguntou.

— Ótima. Estou tentando convencê-los disso. O tal do sensor apitou, mas estou bem.

Mira devia estar muito assustada. Ele tinha que vê-la.

— Eles disseram que você não sofreu nenhuma concussão. O que é uma boa notícia — observou Mitchell.

— Eu *sei* que não sofri nenhuma concussão. É sério, eu estou bem. Você pode fazer eles assinarem a minha alta e...

— E a mão? — Os olhos de Mitchell se fixaram na mão direita de Will, escondida sob uma bolsa de gelo. — O médico disse que está machucada.

Will lutou contra a vontade de esconder a mão atrás das costas. Tinha conseguido bater em uma parede a trezentos quilômetros por hora e sair ileso, mas, aparentemente, dar um soco na cara de Brody causara algum dano. Ele estava bem quando entrou no carro, mas ainda estava acelerado por conta da adrenalina. Então houve o choque da batida. Era difícil sentir qualquer coisa em meio àquilo. Mas quanto mais tempo ficava sentado, pior ficava.

— Não é nada. — Will estendeu a mão, e Mitchell e Paul se inclinaram, examinando os nós vermelhos dos dedos. — Só um pouco dolorida. Amanhã já vai estar boa.

Mitchell franziu a testa de forma proibitiva.

— Esse inchaço não é um bom sinal.

— Está tudo bem.

Para provar, flexionou o polegar para Mitchell, mas teve que parar quando sentiu um súbito lampejo de dor subir pelo braço. Sibilou, entre os dentes. Paul e Mitchell o encararam.

— Não tão bem — murmurou Paul.

Mitchell passou os dedos ao longo do polegar, examinando a inflamação.

— Dói?

— Um pouco — admitiu Will.

— Um pouco?

Quando Mitchell girou o polegar, Will se retraiu novamente.

— Bastante.

— Humm. — Mitchell ainda estava de cara feia. — Você sofreu uma entorse.

— Não. Tenho certeza de que só está um pouco inchado. É só me dar uma injeção pra diminuir a inflamação e uns remédios pra dor que vou ficar bem.

Mitchell flexionou o polegar novamente, e o rosto de Will se contorceu. Além de doer demais, a amplitude do movimento havia diminuído. Na verdade, havia desaparecido.

— Droga. Mitchell, você tem que dar um jeito nisso.

Mitchell se endireitou, passando a mão na barba curta grisalha.

— É um dano nos tecidos moles, Will. Não posso fazer nada.

Paul soltou um suspiro cansado e fechou os olhos.

— Que merda. Então é isso.
— Como assim? — perguntou Will para Mitchell, que o encarou.
— Você sabe o que isso significa.

É, ele sabia. Era preciso acionar botões um milhão de vezes para pilotar um carro de Fórmula 1. Quase todos os controles ficavam no volante, e todos exigiam os polegares. Uma torção no polegar. Uma lesão boba. Mas era uma das piores que um piloto poderia sofrer. Ele tinha saído ileso do acidente, mas aquilo — a porra de *um dedo* — o deixaria de fora da corrida.

— Então ele não pode dirigir? — perguntou Paul, como se já soubesse a resposta.

Só de ouvir as palavras, Will se sentiu enjoado.

Mitchell balançou a cabeça.

— Certamente não em Monza.

— E em Spielberg? É daqui a uma semana — pressionou Paul.

Mitchell suspirou.

— Gelo e calor para reduzir o inchaço, anti-inflamatórios... Vamos ficar de olho e ver o que acontece. É tudo que podemos fazer.

— Paul — implorou Will. — Por favor. O Mitchell pode me dar uma injeção de cortisona. Vou ficar no gelo a noite toda. Tenho certeza de que vai melhorar até amanhã.

Paul balançou a cabeça, com os braços cruzados, frio e ameaçador como uma geleira.

— Não posso correr esse risco, Will. Você sabe que não. Você não vai correr em Monza.

Um dia, em Harrow, quando tinha catorze anos, ele estava jogando uma partida de futebol com alguns amigos. Deu um passo em falso em um buraco na grama e torceu o tornozelo. Teve que ficar de muletas por seis semanas. Mitchell estava certo — não tinha como prever essas coisas. Na melhor das hipóteses, ele estaria de volta ao volante na Áustria. Na pior? Sua temporada estava encerrada, assim como sua briga pelo título mundial.

37

Assim que o pai saiu da sala de exames com Mitchell e Tae, Mira já estava de pé.

— Como ele está?

Os olhos de aço de Paul encontraram o olhar preocupado da filha. Mira lutou contra o impulso de se retrair ou se esconder. Estava prestes a ter uma conversa aterradora com o pai, mas não até que tivesse certeza de que Will estava bem.

— Sem concussões — respondeu Paul, por fim. — Mas ele torceu o polegar. Não vai correr neste fim de semana.

— Merda — disse Violet.

Mira gemeu e se abraçou. O poço de notícias terríveis em que haviam caído parecia não ter fundo. A corrida de Will daquela semana — talvez toda a sua temporada — estava em risco. Ele havia se esforçado tanto, conquistado tanta coisa, e tudo isso poderia ir por água abaixo, só por causa dela.

— Ele vai voltar a dirigir em Spielberg? — perguntou Violet.

Paul balançou a cabeça.

— Não sei.

Mira fechou os olhos e engoliu em seco, lutando contra a náusea ao se forçar dizer as palavras:

— Quando ele vai ter alta?

— Já estão terminando. Vamos levá-lo para casa. Vocês, meninas, voltem para o hotel.

Ela balançou a cabeça.

—Não, preciso falar com o Will. Eu espero.

Silêncio. Ela não conseguia olhar para o pai para saber como ele reagiria.

— Violet — disse ele, em voz baixa —, vou deixar meu carro e meu motorista para o Will. Você pode providenciar carros para nós? Eu já vou sair.

Violet olhou de Mira para Paul, assentiu e saiu da sala acompanhada de Mitchell e Tae.

— Mira — murmurou Paul.

Os olhos dela começaram a marejar, o peso emocional do dia se juntando ao alívio de saber que Will estava bem e à necessidade de vê-lo pessoalmente. Sua garganta se apertou, e ela não conseguiu falar.

— Mira, você sabe por que o Will bateu no Brody McKnight hoje? — perguntou ele.

Ela engoliu em seco, sem conseguir encarar o pai. Manteve o rosto virado para o outro lado, os olhos no chão, e assentiu. Ele soltou um suspiro pesado e ela se desfez, as lágrimas já escorrendo pelo rosto.

— O jantar de domingo era sobre isso?

Ela assentiu novamente.

— Suponho que eu deva ficar grato por você ter planejado me contar desta vez.

A amargura na voz dele era inconfundível.

— Pai, eu...

— Miranda, como você pôde? — A raiva e a decepção do pai quase a partiram ao meio. — Depois de tudo que passamos...

— Eu sei, pai. Eu sei. Tudo isso é péssimo. Eu sinto muito.

— Você devia ir com a Violet. Eu cuido disso.

Mira se antecipou. Dessa vez, *ela* queria resolver seus próprios problemas.

— Não, eu fiz isso e vou consertar. Por favor, pai.
— Você já fez o suficiente, Miranda.
A frase a atingiu como um soco no estômago, mas ela respirou fundo.
— Eu tenho que tentar. Só me deixa tentar.
— Bem, com certeza não dá para piorar.
Com outro suspiro pesado, ele se virou e saiu, deixando-a sozinha na sala de espera, com sua devastação.
Depois do que pareceram horas, ouviu passos no corredor. Pela cadência, percebeu que era Will. Respirando fundo, levantou a cabeça para olhá-lo.
Ele parou na porta, parecendo exausto. Uma marca vermelha atravessava o alto da bochecha e a mão direita estava enfaixada e imobilizada.
— Graças a Deus — disse Will, exalando. — Você tá bem?
O fato de o bem-estar *dela* ser a primeira coisa em que Will tinha pensado fez os olhos de Mira se encherem de lágrimas.
— Sou eu que devia te perguntar isso. — A voz dela soou rouca e emotiva. — Você sofreu um acidente.
Ele deu de ombros.
— Eu tô bem.
— Você podia ter *morrido*, Will.
— Mira, eu tô bem. Nenhuma concussão na cabeça. Tá tudo bem.
— Você vai ficar de fora da corrida. Não tá tudo bem.
— É só *uma* das corridas.
— Uma corrida que pode acabar custando o campeonato pra você e o título de melhor construtora pra Lennox... Meu Deus. — Ela parou, com as mãos trêmulas, então respirou fundo novamente. — Sinto muito, Will. Sinto muito *de verdade*. Isso é tudo que consigo dizer, mas é claro que não basta. Pra ninguém.
—Ei. — Em um segundo, ele estava ao lado dela, segurando sua mão. — A culpa não é sua. Você sabe disso.
Mira não aguentava ver o carinho dele diante de tanta destruição. Ela se virou e atravessou a sala, buscando se distanciar um pouco para dizer o que viria a seguir.

— Will, olha o que aconteceu com você por minha causa. Na semana passada, ninguém naquela pista podia tirar o título de campeão mundial de você. Agora você tá fora de uma corrida, talvez de duas. Tudo que você conquistou nessa temporada está prestes a ser destruído, por minha causa.

— Mira...

Ela se virou para encará-lo.

— O Ryan, da Velocity, ligou pra Violet.

Ele fez uma careta.

— O Ryan? Pra quê?

— Eles viram a briga na internet. Podem cortar o seu patrocínio, Will.

Ele balançou a cabeça e fez um gesto de desdém com a mão boa.

— Você acha que eu me importo com isso?

Caminhou na direção dela e estendeu a mão, mas Mira a afastou. Não suportaria que ele a tocasse com aqueles dedos gentis, que a puxasse para aquele abraço caloroso. Já sabia que, quando saísse do quarto, deixaria para trás um pedaço insubstituível do seu coração. A ternura dele só pioraria tudo.

— Você tem que salvar o contrato.

— Você ouviu o que eu acabei de dizer? Não me importo com o contrato.

— Mas eu me importo! Will, você lembra do que me disse depois da sua primeira coletiva de imprensa em Londres? Você me falou, quer dizer, você *jurou* pra mim que jamais faria nada pra prejudicar a Lennox.

— É óbvio que não, mas...

— Você não entende? *Eu* estou prejudicando! Você e eu, *nós* estamos prejudicando a Lennox. E eu não vou fazer isso. Nem com você, nem com a equipe, nem com o meu pai. Não de novo.

Parecia que Will tinha levado um soco. Estava com os olhos arregalados e a boca aberta.

— Você tá terminando comigo?

Ela baixou a cabeça, sem conseguir olhá-lo. Suas mãos começaram a tremer involuntariamente, e ela as fechou com força.

— Tô. É só me tirar da equação, que a briga vira uma pequena rivalidade que saiu do controle. Tô me tirando da maldita história que eles espalharam pra você poder escrever seu próprio final.

— Não me diga que tá fazendo isso por mim. Você tá fazendo isso porque tá com medo. — Will a fitou, como se só então começasse a vê-la claramente, e a sensação foi horrível, como se Mira tivesse se reduzido apenas a seus defeitos e falhas. — Eles vão falar sobre você de novo e, em vez de ficar ao meu lado, você vai correr e se esconder.

A raiva que Will sentia doía mais do que qualquer outra coisa que ele havia vivido até aquele momento.

— Isso não é justo — sussurrou Mira.

— Ah, eu sei do que você tá com medo. Você tá com medo de decepcionar o seu pai. Tá me largando só pra poupar os sentimentos dele.

A raiva de Mira também explodiu, recusando-se a deixar que mais uma pessoa pagasse pelo que ela havia feito, não se tinha a chance de consertar tudo.

— Não é sobre os *sentimentos* dele! É sobre a *vida* dele! A *sua* vida. Essa equipe! Você não entende?

Will encarava o chão, respirando fundo, com os ombros pesados. Quando voltou a falar, sua voz soou fria e séria, tomada de raiva.

— Entendi. Então tudo bem dar umas escapadas e transar comigo escondido, é só um pouco de diversão proibida, mas, quando a merda acontece de verdade, você me dá um fora. "Vai dirigir, Will. É só pra isso que você serve."

— Isso não é...

Ele levantou o queixo e seu olhar interrompeu o que Mira estava prestes a dizer.

— Sabe, você me fez pensar que acreditava em mim e eu fui um bobo, porque eu estava começando a acreditar também.

— Will...

— É melhor você ir embora. Alguém pode te ver comigo, e não podemos deixar.

Mira sabia que doeria, mas nunca pensou que machucaria tanto assim, como se seu coração tivesse sido arrancado do peito, ainda pulsando. Queria implorar para que Will não a odiasse, mas, para deixá-lo livre, precisaria sair completamente da vida dele, não importava o quão cruel tivesse que ser para conseguir isso. Não podia guardar rancor da raiva que Will sentia, mesmo que isso a matasse.

No fim, não disse nada. Ele a estava mandando embora, então ela obedeceu e partiu, antes que alguém os visse.

38

Will achava que a torção no polegar era a pior coisa que poderia ter acontecido.

Estava muito enganado.

Afinal, perder Mira doía muito mais do que não correr em Monza.

Naquela manhã, Paul havia ligado muito, muito cedo. Não que a hora importasse. Will não havia dormido a noite toda, sem conseguir tirar da cabeça a conversa que tivera com Mira. Receber a convocação para uma reunião de equipe urgente — dessa vez uma reunião *de verdade* — durante a madrugada nem o perturbou.

Estavam todos presentes — Paul, Simone, Violet, Mitchell, Matteo, os dois pilotos reservas, Connor Meade, chefe de comunicações da Lennox, e meia dúzia de advogados do departamento jurídico da empresa. Mira estava ausente. Paul não fez nenhum comentário, e Will não se atreveu a perguntar. Durante a reunião, o diretor não fez contato visual com ele. Esse era um problema que Will teria que enfrentar mais tarde.

— Você tem certeza de que Will não pode correr em Monza por causa da entorse? — perguntou Connoras a Mitchell. — E depois disso?

Mitchell assentiu.

— Em Monza, de jeito nenhum. Depois, não sei dizer. Não dá para prever o quão rápido ele se recuperará desse tipo de lesão.

Paul xingou baixinho, mas Connor levantou a mão, firme.

— Talvez seja melhor assim.

— Vamos perder uma maldita corrida. Como assim talvez seja melhor?

Connor, na casa dos cinquenta anos, alto e bem-apessoado de um jeito dispendioso e corporativo, se inclinou para a frente e se apoiou nos cotovelos, olhando por cima dos óculos de leitura com armação de titânio para todos ao redor da mesa antes de voltar a se concentrar em Will.

— A Deloux está fazendo um estardalhaço sobre o caso com a FIA, pedindo que você seja banido pelo resto da temporada.

— O quê? Que besteira!

Connor fez sinal para ele se calar.

— Eles só estão fazendo uma cena. Sabem que a FIA não vai tomar uma decisão dessa por causa de uma briga, que parece ser uma questão pessoal.

— E quanto ao acidente? Podemos tentar uma penalização?

Brody estava tão abaixo na classificação que uma penalidade não importaria, mas com certeza faria Will se sentir melhor.

— Não conseguimos provar que ele fez aquilo de propósito — disse Paul.

— Mas todo mundo sabe que foi — retrucou Matteo, em voz baixa. Will olhou para ele, que deu de ombros. — Eu vi. Ele deu um solavanco no volante e acelerou para encostar no seu carro. Qualquer piloto concordaria com uma penalidade.

Embora Will estivesse grato pelo apoio de Matteo, no fim das contas, não importava. Paul estava certo. Seria extremamente difícil provar que Brody causara o acidente.

— Sua lesão vai acabar com qualquer especulação de que você não vai correr porque eles o proibiram, o que, nesse momento, é uma boa notícia — explicou Mitchell.

Will revirou os olhos. Aquela era uma péssima definição de "boas notícias".

Foi a vez de Simone falar:

— A má notícia é que a Deloux não está falando apenas com a FIA. Eles estão falando com a mídia e com qualquer um que quiser ouvir. E, infelizmente, isso está um pouco além do nosso controle. Violet? Qual é a história na internet?

— Os repórteres da F1 só falavam nisso logo depois que tudo aconteceu — contou Violet, espelhando as matérias em seu iPad na tela plana no canto da sala. — Foi tudo armado pra favorecer o Brody, e não o Will, e o Will deu o primeiro soco, o que não ajuda.

Claro que a Deloux estava divulgando a história para a imprensa. Até o desgraçado do Brody devia ter feito isso. Tinha bastante experiência naquele jogo.

— Violet. Você estava lá. Você viu... — protestou Will.

— Will, o que eu vi e o que eu sei não interessa. O que importa é como a história está sendo recebida. E, nesse momento, todo mundo está achando que aquele é você, mostrando sua verdadeira face.

Will bufou.

— Eu nunca me envolvi em uma briga com outro piloto na vida.

Até dois dias atrás, a única vez que batera em alguém tinha sido aos treze anos. E como Brody, aquele babaquinha também tinha merecido.

— A boa notícia, se é que existe alguma, é que nos comentários, onde os fãs têm espaço para debater, o cenário está bem dividido. Muitos fãs da Lennox e do Hawley saíram em defesa dele, mas, no que diz respeito a essas coisas, ninguém muda de opinião. Quem não era seu fã antes com certeza não é agora.

— E quanto aos patrocinadores? — perguntou Paul, olhando para Simone, que pressionava a palma das mãos na mesa.

— Acho que já apaguei os incêndios com a Rally Fuel e a Archer Automotiva. Eles não estão muito assustados. Tenho reuniões on-line marcadas com o Banco Compendium, a Marchand Timepieces e a Helix hoje à tarde. Vou ver o que consigo fazer para amenizar os danos. — Seus olhos se voltaram para os de Will, então se afastaram. — A Velocity é outra questão.

Will abafou um resmungo. Já sabia das más notícias da Velocity. Eles fariam uma reunião urgente em Nova York naquela tarde para discutir o encerramento da nova linha e, possivelmente, a retirada total do patrocínio. No que dizia respeito à sua vida pessoal, Will não se importava nem um pouco se seu nome nunca mais fosse estampado em um par de tênis. Mas depois que a raiva inicial diminuíra, teve de reconhecer que a perda representaria um grave golpe financeiro para a Lennox. Mira não estava errada quanto a isso.

— Eles vão cancelar o contrato? — perguntou Connor.

— Isso ainda está em discussão. É um negócio grande, lucrativo para todos os envolvidos, então eles não vão querer se desfazer assim tão fácil, a menos que determinem que Will é um enorme risco.

— Até ontem, eles não saíam de cima de mim.

— Aí você deu um soco em outro piloto e bateu seu carro em um muro — retrucou Simone. — Você já chegou nessa temporada com uma reputação.

Will fez menção de protestar, mas Simone falou por cima.

— Merecida ou não. Eu sei que você andou na linha durante toda a temporada, mas não é preciso muito para os antigos boatos virem à tona. Em muitas frentes.

Um momento de silêncio tenso se estendeu enquanto todos assimilavam os significados implícitos da fala de Simone. Mira. Eles estavam falando de Mira e do que o desgraçado do Brody havia feito com ela anos antes. Só que não era assim que estava sendo divulgado na imprensa. Pouco antes da reunião, Violet mostrara para ele algumas das matérias e Will ficara enojado. Ela estava sendo retratada como uma espécie de fã neurótica de corridas, uma sereia das pistas que atraía pilotos desavisados para a perdição. Insinuavam que Mira havia flertado com Brody, seu ex-amante, até que Will, o atual, havia perdido a cabeça de tanto ciúme. Nenhum dos veículos mencionara o fato de, na época, Brody ter trinta anos, e ela, dezesseis, nem que ele estava noivo e escondera isso de Mira. No entanto, como Will havia aprendido por experiência própria, os fatos não importavam muito quando a mídia tinha uma história para contar.

Ela já havia sido arrastada para a lama uma vez e era óbvio que não pretendia ser arrastada novamente, nem por causa dele. Ao ver o que já falavam dela, Will achava que não podia culpá-la. Quem era ele para forçá-la a ficar e enfrentar tudo de novo? Talvez ela estivesse certa. Mira precisava se afastar daquela merda toda e ficar longe. Não para o bem dele, mas para o bem *dela mesma*.

—Tudo bem — disse ele, batendo a mão boa na mesa. — Já entendi. Fiz besteira. Digam o que preciso fazer pra consertar isso. Qualquer coisa.

— Não é tão fácil assim, Will — retrucou Simone. — Não queremos nos envolver numa guerra de lama entre a imprensa e a Deloux.

— Então vamos deixar que eles digam o que quiserem sobre mim sem nenhum respaldo?

— Não, vamos contra-atacar com cuidado, estrategicamente. Vou procurar um veículo de comunicação para uma entrevista, algum que seja favorável a você. Vamos ser cautelosos e discretos quanto ao que você diz e como diz. Detalhes demais podem soar desagradáveis ou sensacionalistas.

Ele sabia ler nas entrelinhas. Havia um jeito de jogar aquele jogo e sair limpo. Tinha a escolha de acabar com Mira, assim como Brody fizera, deixando a imprensa pensar que Will havia se metido em problemas por causa de uma mulher não confiável. Mas, apesar da saída fácil que isso representava, ninguém na sala queria seguir por esse caminho, muito menos ele. Will jamais a trairia, mesmo que ela tivesse acabado de terminar tudo. Brody a abandonara para lidar com tudo sozinha, mas ele jamais faria isso. *Jamais*.

— Certo, então me arranjem uma entrevista, me digam o que preciso falar, e eu falo. Vou ser impecável.

— Ótimo. — A palavra era positiva, mas a expressão de Simone ainda era sombria. — Até definirmos uma estratégia, a instrução é ficar quieto. Não dê a ninguém nenhum motivo para falar de você, nem mesmo por vê-lo comprando um café. Entendido?

A advertência não era necessária. Talvez no passado ele tivesse lidado com isso indo para a melhor balada da cidade, mas aquela época havia acabado. Tudo que queria no momento era resolver a situação.

— Pode deixar.

— Podemos até mandá-lo de volta para Londres até que você seja liberado para correr novamente, para evitar a insistência da imprensa automobilística. — Simone olhou para Will do outro lado da mesa. — Você se oporia a isso?

Voltar correndo para Londres como se tivesse algo a esconder parecia errado. Assim como deixar Mira enfrentando tudo aquilo sozinha. Mas ela já tinha se afastado, não tinha? Tudo que ele sempre quis foi protegê-la, mas, quando tentou fazer isso do seu jeito, deu início a uma série de acontecimentos desastrosos que os levara até aquele ponto. Então talvez precisasse tentar do jeito dela. Talvez a coisa certa a fazer fosse deixá-la ir. Para o bem dela. Para o bem de todo mundo. Will se sentia mal só de imaginar, mas teria que se acostumar, porque ela já tinha ido embora, não tinha?

Simone o encarou, à espera de uma resposta.

Will não tinha muita escolha. Havia começado aquilo. Agora era sua responsabilidade diante de todas as pessoas naquela sala — na verdade, diante das centenas de funcionários da Lennox lá e na Inglaterra — fazer tudo que estivesse a seu alcance para consertar a situação. Por isso, ele ia embora.

39

O primeiro instinto de Mira foi voltar para Los Angeles. Sabia que Violet estava certa e que o caos só iria piorar, mesmo que ela ficasse longe de Will. Mas ela já havia causado sofrimento suficiente ao pai. Não podia, além de tudo, deixá-lo na mão sem uma assistente no meio da temporada.

Confusa, sentiu os olhos arderem. Depois de deixar Will na noite anterior, voltou para seu quarto de hotel, trancou a porta e se encolheu no chão, chorando até não restar uma única lágrima. No momento, seu maior desejo era ficar no escuro e chorar mais um pouco. Mas, querendo ou não, tinha um trabalho a fazer, portanto, voltou à pista para realizá-lo. Se mantivesse a cabeça baixa e trabalhasse duro, aquilo passaria. Já tinha funcionado uma vez e funcionaria de novo. Talvez, se ela continuasse bastante ocupada, não desmoronaria e iria atrás de Will para implorar que ele a perdoasse por tudo.

Mas, de qualquer forma, ele não estava mais em Monza. Naquela manhã, Violet tinha dito que o haviam mandado para Londres para se recuperar da lesão e ficar longe do fogo cruzado da mídia. Ele se fora. Tinha ido embora. A dor era implacável, uma sensação terrível de que estava tudo errado, como se ela vivesse um pesadelo, e não a vida real.

Talvez o tempo que havia passado com Will tivesse sido um sonho, e agora ela tinha acordado e tudo que restava era aquela horrível realidade.

No caminho para o centro de hospitalidade, manteve os olhos no bloco de notas, fingindo que estava distraída no trabalho. Se as pessoas olhavam ou cochichavam, ela não sabia. Não queria saber. Passou imune pela multidão, entrou e foi para a parte dos fundos, onde ficava o escritório da central de atendimento aos hóspedes.

— Oi, Dom. Sei que é de última hora, mas o chefe da Marchand Timepieces e a esposa dele estão vindo ver a corrida. Você pode me arranjar alguns ingressos VIP?

Dom, o assistente do serviço de atendimento ao cliente, se recostou na cadeira e sorriu.

— Olha só, se não é a Mira. Onde você anda se escondendo?

Talvez ela tivesse sido ingênua demais ao esperar que as pessoas da equipe fossem sensíveis a ponto de não mencionar os boatos que poderiam ter ouvido.

— Dia agitado — respondeu ela, com um sorriso animado e forçado.
— Vai te dar muito trabalho arranjar os ingressos?

Dom a olhou por mais um momento, depois se voltou para o computador e digitou algo. Quando terminou, colocou dois ingressos VIP em cordões sobre o balcão. Ela fez menção de pegá-los, mas ele os segurou.

— Eu até pediria um pequeno agradecimento por eles, mas pelo jeito seu lance são os pilotos.

Mira paralisou, incrédula. O rosto ardeu de raiva, desgosto ou um misto borbulhante de ambos. Ela *conhecia* Dom. Tinha trabalhado com ele durante toda a temporada. Os dois haviam brincado e jogado conversa fora. E ele achava que poderia dizer algo assim para ela?

Nesse momento Violet surgiu e estapeou a mão de Dom.

— Primeiro, ela não te deve nenhum favor por você fazer a porra do seu *trabalho*, e segundo, ser ou não ser um piloto não tem nada a ver. Você é que não passa de um patético. E péssimo na cama, pelo que ouvi dizer.

O rosto de Dom ficou vermelho, mas ele não respondeu. Violet a puxou para fora do escritório, e Mira cambaleou atrás dela, ainda em choque.

— Não acredito que ele disse aquilo pra mim.

— Ele é só um babaca — rosnou Violet.

— Meu Deus, se as pessoas que me conhecem acreditam naquela merda toda... — Mira fechou os olhos e balançou a cabeça. — Eu nunca vou superar o que aconteceu. Eu devia voltar pra Los Angeles. Tô só piorando as coisas ficando aqui.

Seu coração se apertou só de ela pensar em ir embora, mas talvez seu nome estivesse manchado demais no pequeno mundo das corridas. Talvez ela fosse ficar marcada para sempre como a vadia com uma queda por pilotos bad boys.

— Ei. — Violet parou e se virou para ela. — Nada disso é sua culpa.

— Não sei, Violet. Se coisas ruins acontecem por sua causa, mesmo que não sejam sua culpa, talvez ainda sejam sua responsabilidade.

Violet a encarou.

— É por isso que você terminou com o Will, né? Você acha que está salvando ele ou algo do tipo.

— Eu *estou* salvando ele. Ficar comigo só iria machucá-lo.

— Ele pode lidar com isso. Já lidou antes.

Mira balançou a cabeça.

— Não. Ele se esforçou demais nessa temporada pra estragar tudo por minha causa.

Violet abriu a boca para protestar, mas Mira a interrompeu.

— A única coisa que eu podia fazer era sair do caminho e foi o que eu fiz.

— Só cuidado, Mira. Não deixe que eles decidam quem você é.

— Mas não é isso que eu tô fazendo. Eu só tô tentando...

— Fazer a coisa certa. É, eu entendo. Mas não tenho certeza se é isso mesmo. Olha só, eu tenho que ir. Você tá bem?

— Sim. Obrigada por me ajudar com o Dom.

Violet deu um soquinho no braço dela.

— Sempre que precisar. Foda-se o patriarcado, lembra?

Quando Mira abriu a porta da sala de comando minutos depois, ouviu a voz do pai. Não o via desde a noite anterior. Quando chegou ao autódromo pela manhã, ele estava ocupado apagando incêndios na reunião urgente em que haviam decidido mandar Will de volta para Londres. Ela também o estava evitando de propósito. Mas sabia que teria que enfrentá-lo em algum momento e, aparentemente, o tempo havia se esgotado.

Ela se preparou e espiou pela porta. Seu pai e Harry analisavam os monitores de vídeo da pista e debatiam os detalhes.

— O Tae acha que o Rikkard está em boa forma — comentou o pai. — Bons tempos no simulador e confirmando isso nas corridas de verdade. Acho que poderíamos terminar a temporada com ele, se for o caso.

— O Will vai voltar pro final da temporada — resmungou Harry. — O garoto tem gana, Paul, você sabe disso.

Ai, meu Deus, eles estavam falando do Will. Ela se encolheu, preparada para dar meia-volta e esperar até que os dois fossem embora. Mas a explosão de raiva do pai a fez paralisar.

— Eu não tenho mais certeza se sei alguma coisa sobre o Will, Harry. Achei que ele tinha deixado todo aquele absurdo de três anos antes para trás. Eu confiei nele. Agora descobri que o desgraçado seduziu minha própria filha pelas minhas costas. De todas as mulheres que ele poderia ter tido, escolheu Mira. *Onde ele estava com a cabeça?*

— É uma pena que ele dê tanto trabalho. Nunca vi um piloto melhor.

— Talvez ele seja um risco muito grande, por mais talentoso que seja. Tenho que pensar no que é melhor para a equipe, e acho que não é mais o Will.

Mira sentiu o suor frio se espalhar pela nuca e apertou o batente da porta até os nós dos dedos ficarem brancos.

— Você precisa fazer o que acha que é certo, Paul — disse Harry, com um suspiro cansado. — É melhor eu voltar pra garagem. A equipe ainda tem muito trabalho pela frente até conseguir reconstruir o carro do Will.

Sem fazer barulho, Mira saiu correndo do escritório e se escondeu na esquina do corredor, esperando que Harry saísse.

Estava sem ar. Ter ficado longe de Will não tinha resolvido nada. As pessoas haviam preenchido o vazio que ela deixara com as próprias histórias — sobre ele e sobre ela — e estavam todas erradas. Erradas sobre Mira anos antes, erradas sobre Will naquele momento. Seu pai estava prestes a abandoná-lo, pensando o pior dele.

Entrou na sala sem fazer barulho. Não havia mais ninguém lá, apenas o pai, encarando um dos monitores, pensativo. A câmera estava apontada para a garagem, onde os mecânicos trabalhavam duro para consertar os danos no carro de Will. Exceto que, em breve, poderia ser o carro de Rickkard, se ela não desse um jeito naquilo.

— Ele não teve a pretensão.

Paul se virou, sobressaltado por vê-la ali.

— Mira? Do que você está falando?

— O Will não teve a pretensão de me seduzir. Ele não é um predador. Tem sido muito bom pra mim, gentil e solidário. Acho que... — Mira precisou fazer uma pausa para respirar fundo, estabilizar a voz e reunir forças para dizer o resto. — Acho que ele me ama. Você está enganado em relação a ele.

Will não era Brody. Mira não se envolvera com ele como um ato de rebeldia imprudente. Havia se apaixonado, por todos os motivos certos. O único erro que realmente cometera foi tentar escondê-lo, e tudo porque não queria decepcionar o pai com mais fofocas terríveis.

Mas ali estava ela, destruindo a própria felicidade para aplacá-lo e, de alguma forma, destruindo o futuro de Will também, tudo porque tinha medo de perder o pai para sempre. Bem, ela não sabia se perderia o pai por amar Will, mas precisava correr o risco, porque era hora de defender Will e a si mesma.

O pai a observou, primeiro com ceticismo, então com uma espécie de tristeza piedosa.

— Mira, se ele se importasse, não teria mantido você em segredo. A essa altura, você deveria saber disso melhor do que ninguém.

— E eu sei! Mas não foi assim que aconteceu. *Eu* é que escondi e guardei segredo, porque morri de medo de *te* decepcionar. Mais uma vez.

Paul inclinou a cabeça para a frente e apertou a ponte do nariz.

— Eu estou decepcionado, Miranda. Pensei que você tivesse superado toda aquela irresponsabilidade. Mas aqui está você, envolvida com o pior homem que podia ter escolhido. E veja no que deu. Foi arrastada de volta para esse pesadelo depois de tantos anos, depois de finalmente ter deixado tudo aquilo para trás.

Ela balançou a cabeça com firmeza.

— Não. *Ele* foi arrastado pra esse pesadelo por *minha* causa. Olha só! Você está prestes a expulsá-lo da equipe, e tudo por minha causa!

A voz de Paul ficou estrondosamente alta na pequena sala.

— Estou prestes a expulsá-lo porque ele é um risco incalculável! Uma briga com Brody McKnight, por causa da minha filha.

— Uma briga que o Brody provocou! Se quiser ficar com raiva de alguém, pai, fique com raiva dele. Ou de mim por ter mentido pra você. Mas o Will não fez nada pra merecer isso. Ele se esforçou muito durante três anos pra provar que merecia estar aqui e você sabe que ele conseguiu.

— Sim, ele é bom, mas não é suficiente...

— Se quiser expulsar alguém da equipe, que seja *eu*! Eu mereci isso, certo? Sei que está arrependido de ter me trazido de volta, porque olha... eu acabei de provar que você estava certo. Você não pode confiar em mim.

A cabeça de Paul se inclinou para trás como se ela o tivesse esbofeteado, e ele arregalou os olhos.

— Mira... é claro que eu confio em você.

— Não, não confia. Não confia em mim desde que fiz merda sete anos atrás. Acha que não enxergo isso toda vez que olha pra mim? Eu entendo... Entendo mesmo. Eu arruinei a sua vida e você tinha todos os motivos pra me mandar embora...

— Eu não mandei você embora. Achei que seria melhor para você estar em casa, com a sua mãe...

— Eu queria estar *aqui*, com *você*. Mas você disse que eu devia ir pra casa, então eu fui. E nunca mais voltei, porque você nunca pediu.

O rosto dele se contorceu em uma expressão de dor e confusão.

— Achei que você não *quisesse* voltar e enfrentar isso de novo. Enfrentar *ele*. Eu estava tentando te proteger. Você achou que eu não a queria aqui?

— Você disse que lamentava ter me trazido pra cá, pai. Pode acreditar, eu jamais esqueceria disso.

— É claro que eu estava com raiva, mas era não de você. Eu estava com raiva de mim mesmo. Eu não era... Eu não sou... — Paul fez uma pausa e respirou fundo. — Mira, entenda... eu nunca fui um bom pai, com você tão longe, não tive muita prática. Você estava crescendo em Los Angeles com sua mãe e parecia que eu mal te conhecia. Quando comecei a trazer você para o circuito comigo, finalmente me senti como se fosse seu pai, de verdade.

A raiva que a alimentava começou a diminuir, então Mira, tremendo e emocionalmente exausta, sentiu os olhos se encherem de lágrimas.

— Eu também me senti assim. Eu tinha amado ficar aqui com você.

— E eu tinha amado ter você aqui comigo. Mas quando aquilo aconteceu... a confusão com o McKnight... Ah, meu Deus, Mira. Que tipo de pai deixa a filha adolescente ficar andando sozinha um lugar como esse? Aquele desgraçado não devia nunca ter se aproximado de você.

Ela o encarou, confusa, enquanto começava a assimilar o verdadeiro motivo por trás de sua raiva.

— Pai, a culpa não foi *sua*. Fui eu que me envolvi com ele.

— Você era apenas uma adolescente. Uma adolescente que tinha sido deixada sozinha por tempo demais. E isso foi minha culpa. Eu nunca deveria tê-la trazido comigo para o circuito estando tão mal preparado para cuidar de você direito.

— Foi por isso que você me mandou de volta pra casa?

— Eu não fui um bom pai pra você.

— Pai... eu não era mais um bebê. Eu tinha dezesseis anos; fui eu que fiz essas escolhas. A culpa de tudo isso é minha, não sua.

A expressão no rosto de Paul era de perplexidade.

— Mira, me diga que você não *se* culpa pelo que aconteceu com aquele desgraçado...

— Eu paguei um preço pelo que fiz. Eu entendo. Está tudo bem. Eu entendo por que não pude ficar. Lamento que, depois de tanto tempo, você tenha se arriscado a me trazer pra cá de novo e que tudo isso tenha te atingido de novo. Mas eu...

— Vamos esclarecer uma coisa. Eu nunca te culpei. Nem uma única vez. Eu não estava com raiva de você. E sim daquele desgraçado do Brody. Foi um tipo de raiva que eu nunca senti antes, e deixei que ela me dominasse. Mas não teve nada a ver com você.

— Pai, teve tudo a ver comigo.

— Minhas ações foram minhas, assim como as consequências delas. E se eu parecia desconfiado, bem ... eu só estava preocupado, só isso. Não queria que você passasse por tudo aquilo de novo. Mas agora está passando...

Com um vigoroso balançar de cabeça, ela o interrompeu.

— Não é nem de longe a mesma coisa. Agora sou adulta, pai. Eu escolhi o Will. E não me arrependo disso. Nem um pouquinho. Você pode ter suas dúvidas sobre ele nesse momento, mas eu não. Ele é o melhor homem que eu conheço. E agora é você que está fazendo ele pagar por algo que não é culpa dele.

Paul suspirou, confuso.

— Qual é a coisa certa a fazer agora, Mira? Eu estou perdido. Achei que tinha feito a coisa certa há sete anos ao mandá-la para a casa da sua mãe, mas claramente eu estava errado. Mas se o Will ficar na equipe vai causar problemas para você... para nós.

— Não expulse o Will da equipe. O problema não é ele.

Paul lançou um olhar severo para a filha.

— Também não é você, então não ouse sugerir isso.

— Não, talvez não, mas eu sou a solução.

Toda dor e raiva das vinte e quatro horas anteriores — dos sete anos anteriores — finalmente começavam a se fundir em sua cabeça em algo novo. Uma solução. Algo que ela poderia fazer que finalmente parecia ser uma atitude firme e positiva.

— Como assim?

— Há sete anos, eu não lidei bem com a situação. Deixei que as mentiras que o Brody contou sobre mim se tornassem verdade, e isso tem sido um fardo pra mim desde aquela época. Estou vivendo uma história que outra pessoa contou sobre mim. Não vou fazer isso desta vez. Vou dizer a verdade. Sinto muito por você e pela Lennox se minha atitude tornar as coisas mais difíceis do que já são, mas preciso fazer isso. Se precisar que eu saia da equipe, eu entendo, pai. Entendo de verdade.

O pai a olhou como se não a visse direito havia muito tempo, o que talvez fosse verdade. Os dois haviam interpretado tudo muito mal. Ele soltou um suspiro profundo.

— Você não vai a lugar algum, Mira. Nem o Will.

Mira sentiu as pernas tremerem de alívio.

— Obrigada, pai.

Ele a puxou para um abraço forte e demorado, e Mira sentiu que uma pequena parte ferida de si mesma — uma parte que havia permanecido escondida durante sete longos anos — finalmente começava a se curar.

40

Depois da conversa com o pai que fora adiada por tanto tempo, Mira foi procurar Violet. A corrida estava em andamento, mas Mira não tinha tempo para assistir.

Violet estava do lado de fora do centro de imprensa, olhando feio para seu iPad enquanto vasculhava sites de notícias.

— Violet, preciso de outro favor.

— Vou levar fósforos ou uma pá? — respondeu Violet, sem levantar o olhar.

— Espero que nenhum dos dois. Tenho uma história pra contar e preciso da pessoa certa pra ouvir.

Ela fez uma pausa e ergueu o olhar.

— Isso parece sério.

— E é. Minha reputação não tá nada boa, então talvez você não queira me ajudar. Não tem problema se decidir não se envolver.

Violet se recostou na parede do centro de imprensa.

— Acho que é melhor você me contar essa história primeiro e aí eu decido.

Mira respirou fundo e engoliu em seco.

— Isso vai exigir uma bebida. Estão servindo alguma coisa forte no centro de imprensa?

Violet bufou.

— Estamos na Itália.

Violet entrou e saiu alguns minutos depois, brandindo uma garrafa de vinho.

— Peguei num caixote lá nos fundos. Desculpa, não tem taça. Vamos ter que encarar desse jeito mesmo. Vem. A gente pode ficar ali atrás. A última coisa que precisamos é de gente por perto.

Empoleirada nos degraus rasos de metal na parte de trás do centro de imprensa, Violet tomou um longo gole do vinho direto da garrafa.

— Uma vantagem da Itália é que mesmo o vinho de baixa qualidade ainda é ótimo.

Passou a garrafa para Mira, que também tomou um longo gole.

— Então... — começou Violet. — Já separei os pontos principais, mas acho que ainda não tenho a história toda, certo?

Mira tomou outro gole.

— Nem de perto. — Então, pela segunda vez na vida, ela se abriu com alguém e contou tudo para Violet, do início ao amargo fim.

— Que merda — murmurou Violet, quando Mira terminou. As duas já haviam acabado com metade da garrafa. — Vou cortar o saco daquele filho da puta.

— Acho que vai ter que entrar na fila.

Violet assumiu uma expressão animada.

— Sabia que agora ele não trabalha mais com o mesmo pessoal de RP?

— Quem? O Brody? E daí?

— E daí que ele *demitiu* o último cara. E isso *importa*, porque eu o conheço. PJ Anders. Dormi com ele uma vez.

— O quê?

Violet acenou com a mão em sinal de irritação.

— Não é essa a questão.

— *Qual* é a questão?

— Se o Brody pediu mesmo pra ele acabar de propósito com a reputação da garota de dezesseis anos que ele seduziu, talvez o PJ esteja ressentido o suficiente pra denunciá-lo. Ou pelo menos me ajudar a arranjar alguma merda igualmente condenável sobre o Brody.

Mira balançou a cabeça.

— Não quero retaliação.

— Fale por você.

— Tanto faz. Só quero contar o meu lado da história e que as pessoas me ouçam.

— Você sabe que isso não vai mudar a opinião de todo mundo.

— Eu sei. Mas estou cansada de me esconder e rezar para esse pesadelo acabar. Ele não pode mais ser o dono da narrativa.

Violet assentiu com sagacidade.

— Conheço a pessoa certa. Ela escreve matérias esportivas. É inteligente e fodona. Vai fazer tudo direitinho.

— É isso que eu quero.

— Então aguenta aí. — Violet sacou o celular e digitou uma mensagem. — As coisas estão prestes a esquentar.

Em poucas horas, estava tudo pronto e exatamente no horário, Mira ouviu batidinhas rápidas à porta do seu quarto de hotel.

— Ela chegou.

Violet se levantou e abriu a porta para Alison Rodgers, enquanto Mira engolia o medo. Foram anos. Ela havia escondido tudo aquilo durante anos. Mas iria acabar.

Violet conduziu Alison para o interior do quarto e as apresentou. A repórter estava na casa dos trinta e poucos anos, usava jeans e uma jaqueta de couro justa. Uma mecha grisalha no cabelo escuro a fazia parecer uma estrela do rock dos anos 70. Mira gostou dela na hora. As três conversaram por um minuto, depois Alison começou a se preparar.

— Tem certeza disso? — perguntou Violet.

Mira a olhou e soltou uma risada nervosa.

— Não? Mas vou fazer mesmo assim.

Definitivamente ainda estava assustada, mas assim que superou a sensação se sentiu... corajosa. Pela primeira vez na vida, contaria a própria história, e o mundo inteiro a ouviria.

— Ela é confiável. Eu juro.

Mira assentiu.

— Quer que eu fique?

Mira assentiu novamente. O que seria dela sem Violet naquela temporada? Era mais grata por aquela amizade do que poderia expressar. Segurou a mão de Violet e a apertou.

— Obrigada, Violet.

— Sem problemas. Vou adorar acabar com aquele imbecil.

— Não tô falando do Brody. Obrigada por tudo que você fez por mim. Talvez, se eu tivesse alguém como você sete anos atrás, não teria me envolvido com o babaca do Brody. Obrigada por ser minha amiga.

Violet fez uma careta de desconforto e acenou com as mãos.

— Você sabe que não sou muito boa nessa coisa de emoções.

— Não vou fazer isso de novo, prometo.

Violet deu de ombros desajeitadamente e apertou a mão da amiga de novo.

— De nada.

— Certo, Miranda — disse Alison, começando a gravar. — Por onde você quer começar?

Mira inspirou profundamente, repassando tudo na memória.

— Bom, acho que tudo começou quando eu fiz dezesseis anos...

41

Spielberg,
Áustria

*W*ill se sentou no banco de trás do sedã preto, observando através do vidro fumê as equipes montarem as baias de corrida na pista. Um dia antes do treino, tudo estava relativamente calmo, e apenas os funcionários da equipe e a imprensa circulavam por ali. Seus olhos procuravam Mira incessantemente. Tae dissera que ela não tinha ido para casa, o que foi um grande alívio, embora isso não tivesse mudado nada entre os dois. Mesmo assim, ela estava ali, em algum lugar. Isso era tudo que importava. Ela não tinha ido embora para sempre. Pelo menos não até aquele momento.

Will não a vira nem ouvira falar dela desde a noite no hospital. Nenhuma ligação, nenhuma mensagem. O fim significava fim. Pelo menos ele ainda tinha as corridas. Ele havia se recuperado depressa, a tempo de estar apto para a corrida em Spielberg. A enorme vantagem de pontos evaporara quando ele perdera a corrida em Monza, mas a temporada ainda tinha corridas o bastante para ele conquistar o campeonato, desde que tudo desse certo. Ele ainda podia ser campeão.

Isso não fez seu sangue ferver como teria feito três meses antes. Quem diria que o fato de se apaixonar poderia afetar todos os outros aspectos da sua vida daquele jeito? Quando Will estava com Mira, cada vitória tinha um sabor mais doce. Naquele momento, um campeonato mundial seria, na melhor das hipóteses, um prêmio de consolação, já que o que Will realmente queria estava fora do seu alcance.

Na última manhã que passaram juntos — aquela em que não percebera que seria a última —, Will deu um beijo de despedida em Mira quando ela saiu do quarto, e as palavras ficaram na ponta de sua língua. *Eu te amo.*

Ele não havia dito. Agora achava que nunca diria. Mas isso não importava. Seu coração ainda era de Mira, independentemente se ela o havia deixado. Ele não esperava aquilo. Pelo jeito, quando uma pessoa se apaixonava, ficava assim, mesmo quando a outra partia.

Um agente de segurança de terno escuro bateu na janela e abriu a porta.

— A coletiva de imprensa é por aqui, sr. Hawley.

As coletivas da equipe eram obrigatórias antes das corridas. Enfrentar aquela seria como estar de frente para um pelotão de fuzilamento. Lá dentro, ele não conseguiria fugir da tempestade de merda da mídia que conseguira evitar, com grande esforço, na semana anterior. Simone instruía todos os repórteres a se ater às corridas, mas, inevitavelmente, alguém perguntaria sobre Brody e sobre Mira. Ele suspirou, desejando que a paciência, a energia e o sorriso viessem de algum lugar. Uma coletiva de imprensa, então ele poderia voltar para sua caverna até o treino do dia seguinte.

Quando saiu do carro, Violet estava ali, esperando. Usava um terno preto com ombreiras, o que deixava uma impressão tão séria quanto a de um chefe de Estado em luto.

— Você entrou na internet desde que chegou aqui? — perguntou ela, sem rodeios.

Antes de ir para Londres, Simone havia recomendado que ele ficasse longe dos sites de notícias e das redes sociais enquanto as coisas estivessem, segundo as próprias palavras dela, "mais instáveis". Will ficou feliz em obedecer. Passara toda a semana anterior malhando na academia de casa e assistindo a corridas antigas no computador.

— "Oi, Will. Bem-vindo de volta. Como está se sentindo?" — disse ele, sarcasticamente. — Estou bem, Violet. E você, como se sente hoje?

Violet revirou os olhos e estendeu o iPad.

— Você precisa ler isso antes de entrar lá.

— Sério, eu não preciso ler mais uma matéria de como sou um babaca impulsivo, obrigado.

Ela empurrou o iPad no peito dele.

— Leia.

Soltando um suspiro, ele pegou o iPad e começou a ler a matéria que ela tinha aberto. Seu coração parou. Não leu tudo. Não precisava. As partes importantes saltaram da tela diante dos seus olhos...

> [...] *um de nós tinha dezesseis anos e o outro, trinta. Eu me pergunto: quem deveria ter tido mais maturidade pra lidar com aquilo? Posso afirmar que com certeza não era eu* [...]

> [...] *meu pai foi o único que acabou sendo penalizado. Nunca vou me perdoar por isso, mas não o culpo por ter enfrentado o Brody* [...]

Mira havia falado com a imprensa. Meu Deus. Aliás, não só falado, como desenterrado todo aquele escarcéu terrível de sete anos atrás e contado *tudo*. Havia revelado seus segredos, seu passado, seu coração e sua alma a uma repórter para o mundo inteiro ouvir.

Então chegou ao final da matéria.

> [...] *desta vez, as atitudes do Brody afetaram o homem que eu amo, portanto, estou contando o meu lado da história* [...]

Atônito, Will leu e releu até as palavras se confundirem na tela e seus olhos se encherem de lágrimas.

— Por que ela fez isso?

— Não sei, mas meu palpite é que ela cansou de ser taxada de prostituta pela imprensa. Ou talvez esteja dando uma de salvadora da pátria e tentando limpar o seu nome. Acho que foi um pouco dos dois. Enfim, isso saiu hoje de manhã, então, como você pode imaginar, a matilha lá dentro tá num frenesi absurdo, e...

— Cadê a Mira?

— Evitando a matilha, com certeza.

— *Violet*.

— Acho que ela tá na garagem, mas...

— Tenho de ir.

— Mas você tem uma coletiva de imprensa!

— Não posso. Fala pra eles lerem a matéria e irem questionar o *Brody*, pelo menos uma vez na vida.

— Will!

Sem ouvir o resto do protesto, passou pelo pessoal da segurança, desviando de caminhões-satélite, pulando cabos e escalando cercas de aço para chegar à garagem da Lennox.

Alguns funcionários pararam para olhar enquanto ele corria. Alguns o chamaram, preocupados, mas ele seguiu em frente. Ainda não podia explicar, porque não sabia exatamente o que estava acontecendo. Mas estava determinado a descobrir.

Na garagem, viu Mira parada entre os dois carros Lennox. Estava com Harry e rabiscava algo no bloco de notas enquanto o homem despejava um milhão de instruções. Harry parou quando notou Will, ofegante.

— Will? Algum problema?

Todos os mecânicos da oficina pararam o que estavam fazendo para observá-lo também.

Mira se virou e arregalou os olhos. Ao ver o rosto dela novamente depois daquela semana miserável sozinho, sentiu como se voltasse a respirar após passar muito tempo submerso.

— Ainda não sei — respondeu ele, sem tirar os olhos de Mira. — Me dá um minuto, Harry?

— Claro, Will. Qual é o problema?

Lançou um olhar para Harry, que esperava que compreendesse.

— Eu quis dizer um minuto com a Mira. Sozinho.

Harry fez uma careta e olhou de Mira para Will, como se fosse argumentar. Então se virou para falar com os mecânicos.

— Parem de ficar bisbilhotando e voltem ao trabalho! — gritou para todos e saiu da garagem.

Os olhares se desviaram imediatamente.

— Eu li a entrevista — disse ele, logo de cara.

— Ah.

— Mira, por que você fez aquilo?

Ela suspirou, passando a mão pelo cabelo solto. Meu Deus, como ele sentia falta daquele cabelo. Sentia falta de tudo, desde as covinhas até os tornozelos, desde o modo como ela mordia o lábio inferior quando estava nervosa até como sussurrava o nome dele quando estava perto de gozar.

— Eu cansei de me esconder, então resolvi falar tudo. Se as pessoas vão me julgar, pelo menos que julguem com base na verdade. Na minha versão da verdade, pra variar um pouco.

O peito dele doía, num misto de dor e orgulho. O que ela fizera foi corajoso. Talvez imprudente, mas corajoso.

— Você sabe que algumas pessoas ainda vão pensar o pior, não importa o que faça. Pode acreditar, eu sei.

Ela soltou uma risada.

— Ah, eu sei. É só ler os comentários pra ter um gostinho do pior da humanidade. Mas também teve muitas pessoas gentis. Algumas entraram em contato comigo perguntando se estou bem, e muitas acham que o Brody é um canalha. E muitas outras falaram que você estava totalmente certo em dar uma surra nele. Então missão cumprida, eu acho.

Ele balançou a cabeça.

— Não, Mira. Eu nunca iria querer que você se expusesse dessa maneira por minha causa. Não é certo.

Na verdade, Will se sentiu mal ao pensar que ela fizera aquilo por ele. Desde que soubera da história toda em Austin, quisera protegê-la para que não se machucasse ainda mais, e nesse momento, por causa dele, Mira se oferecera como uma espécie de sacrifício.

— Não foi por você. Bom, não *só* por você. No fim das contas, foi por mim. Tenho vivido minha vida como se tivesse vergonha. Como se tudo que disseram sobre mim há sete anos fosse verdade. Mas cansei de acreditar nisso e de pedir desculpas por algo que eu não fiz.

— Você nunca deveria ter precisado pedir desculpas.

Ela baixou os olhos e ajeitou o cabelo atrás da orelha.

— Você leu até o final?

— Li.

— Então você viu o que eu disse. Sobre você.

Ele sentiu uma pontada no coração, mas dessa vez não era de tristeza. Pouco tempo antes, o sentimento o teria assustado, mas agora não mais. Ele havia aprendido que o amor valia o risco... que *ela* valia o risco.

Will avançou até ficar bem perto dela.

— A parte em que você disse que me amava?

Ela levantou a cabeça e assentiu, os olhos brilhando de lágrimas.

— Achei que estava fazendo a coisa certa, pra te proteger. Mas agora sei que eu só tentei fugir, como sempre. Sinto muito por ter te deixado.

Will sentiu um nó apertado se formar na garganta. Até aquele momento, não havia percebido como queria desesperadamente ouvi-la dizer aquelas palavras.

— Cansei de ter medo. — Mira o encarou, ao que uma lágrima se libertou, escorrendo pelo seu rosto.

Will estendeu a mão para tocar seu cabelo, então a pousou sobre a bochecha.

— Que bom. Porque eu nunca cheguei a dizer que também te amo. — Segurou o rosto dela e se aproximou, eliminando o espaço entre os dois. — Não consigo mais viver sem você.

Mira sorriu. Ele poderia olhar aqueles olhos verdes pelo resto da vida.

— Meu Deus, se tem uma coisa pior do que você sendo um babaca arrogante, é você dando uma de o último romântico.

Ele sorriu.

— Você sabe que adora isso.

— Adoro mesmo — murmurou ela.

— Vou te beijar, Mira.

— A gente tá na garagem. Alguém pode ver.

Ele se inclinou até seus lábios estarem a apenas um sopro de distância dos dela.

— E daí? Eles que vejam. Vai ser um beijo bom pra cacete.

42

Abu Dhabi,
Emirados Árabes Unidos

O sol havia se posto uma hora antes e ainda estava fervendo, mas Mira não teria se retirado para o conforto do ar condicionado dos escritórios nem que sua vida dependesse disso. Permaneceu atrás do pai, ao lado da pista, assistindo à corrida em um painel de monitores por cima do ombro dele. Atrás dela, quase todos os outros membros da equipe Lennox também encaravam as telas, em um silêncio ansioso e arrebatador.

Ao lado do pai, Harry mastigava um palito de mexer café. De vez em quando, Paul falava ao microfone do headset para consultar os dois engenheiros de corrida ou o estrategista da equipe, mas, na maioria das vezes, apenas olhava, sem piscar, para os monitores, como se estivesse prestes a entrar na tela.

Na pista, uma hora após o início da corrida, o campeonato de Will ainda estava em jogo. Apesar dos pontos perdidos em Monza, ele havia voltado com força total nas corridas seguintes, mas ainda estava preso no segundo lugar.

Ele dominara a pista na qualificação, garantindo a pole position. Mas a caixa de câmbio falhou no final do dia, o que exigiu uma substituição não programada. Isso provocou uma penalidade de cinco pontos no grid, deixando-o em desvantagem desde o início. Ele pilotava com maestria e se esforçava ao máximo, mas todos os outros se comportavam da mesma forma, afinal era a última corrida da temporada. Talvez o seu melhor não fosse suficiente para fazê-lo dele *o* melhor.

Mesmo que não conquistasse o campeonato mundial, a Lennox já fizera uma temporada estrondosa. Duas corridas antes, acumulara pontos suficientes para garantir o prêmio do Campeonato de Construtores, com o melhor carro da temporada. Só isso já era motivo de comemoração. Haviam começado a corrida daquele dia com Matteo em sétimo lugar e Will em segundo na classificação. Ninguém poderia contestar esses resultados.

Mas Mira desejava que Will conquistasse o campeonato mundial. Ele *merecia*. Mesmo depois que o incidente com Brody quase arruinara toda a sua temporada, ele conseguira voltar ao topo da classificação. Estava quase lá. Faltavam apenas cinco pontos.

Violet parou ao lado dela.

— Bom, já reservei champanhe suficiente pra encher uma piscina. Ou comemoramos a vitória ou afogamos as mágoas. Como tá indo a corrida?

Mira tamborilou dois dedos no lábio inferior, observando o carro azul e elegante de Will fazer uma curva fechada, no encalço de outro carro.

— Faltam sete voltas. Ele acabou de chegar no René, mas Liam O'Neill ainda tá na frente.

René, o então campeão mundial, entrara forte na temporada, mas Liam se revelara uma surpresa, subindo aos poucos na classificação até o primeiro lugar, enquanto todos prestavam atenção em Will. Depois que Will não correu em Monza, Liam disparou como líder da temporada.

— Humm. — O resmungo sombrio de Violet ecoou o humor de todos.

Graças à penalidade, Will começara em sexto lugar. Apesar de ter subido para o terceiro, precisava vencer a corrida para conquistar o campeonato. Teria que exigir o impossível do carro para ultrapassar René e Liam.

Tudo bem, Mira disse a si mesma. Will era jovem. Teria muitos anos de pista pela frente e muitas oportunidades de ganhar o mundial. Se isso não acontecesse naquele ano, ele tentaria de novo no próximo. Havia mostrado para todo mundo do automobilismo que já era um campeão, com ou sem aquela vitória.

Mas isso não a impedia de desejá-la ardentemente.

Ele estava tão perto que podia sentir o gosto. Apesar da penalidade, Will fizera uma ótima largada e trabalhara impiedosamente para voltar ao pódio. Agora, o campeonato mundial estava logo ali, tão perto, mas, ainda assim, fora do alcance. Ele havia ultrapassado René. Liam O'Neill era o único que o separava da vitória.

À frente, a caixa de câmbio de Liam o provocava, à medida que a corrida avançava. Ao se aproximarem da curva 5, Tae deu a boa notícia.

— Faltam quatro voltas. Você tá liberado pra ultrapassar quando quiser até a bandeirada final.

Ótimo. Mas *onde*? Porque só teria uma chance. Se fizesse um mergulho de ultrapassagem clássico na curva 6, daria a Liam a oportunidade de recuperar o primeiro lugar na saída da curva 7. E se, de alguma forma, ele o detivesse, o Sistema de Redução de Arrasto seria fatal até a curva 9. Pior ainda, a bateria acabaria e Will perderia tempo para recarregá-la. Portanto, na melhor das hipóteses, ele tinha duas chances de realizar a ultrapassagem antes do término da corrida. Ao contornar a dolorosamente lenta curva 5, viu o carro de Liam balançando na saída, um claro sinal de que o piloto o levava ao limite. Era hora de preparar a armadilha.

— Acho que meus pneus estão na pior. Tô começando a perder os traseiros — disse ele para Tae, através do fone de ouvido.

— Afirmativo — respondeu Tae, entendendo imediatamente. — Tenta aumentar a elevação e planar na curva 6.

Cada transmissão de rádio era monitorada por todos na pista, então Liam e sua equipe tinham acabado de ouvir a orientação. Mas não havia uma regra contra o blefe.

Ele acionou o DRS na descida até a curva 6. Quando se aproximaram da zona de frenagem, Liam freou alguns metros antes do que queria. Era óbvio que a equipe havia mordido a isca e estava no modo "chegar em casa inteiro". Will o havia fisgado.

Ele avançou para a curva na maior velocidade que o carro podia suportar, usando a aderência que acabara de dizer para Tae que os pneus não tinham. Liam, que contava com os pneus gastos do adversário, ficou encurralado, forçado a sair da linha de corrida ao entrar na curva 6, comprometendo sua saída na curva 7. No entanto, indo por dentro, Liam conseguiu manter a liderança, o que era exatamente o que Will queria. Pelo menos até aquele momento.

— Já posso fazer a ultrapassagem?

Ele sabia a resposta, mas rezava para Tae entender o que ele estava tentando fazer.

— É melhor esperar até as duas últimas voltas, motor onze, posição seis — disse Tae, compreendendo totalmente.

Hora de jogar os dados.

À medida que Will começou a se aproximar novamente, jogou o carro um pouco para dentro. Mais uma vez, Liam mordeu a isca e acompanhou Will para defender sua posição. Will fingiu segui-lo para cravar o gancho bem fundo e, então, quando estava a toda velocidade na curva, desviou rapidamente para o lado de fora e o alcançou. Não bastou um segundo para Liam ampliar a curva e o bloquear.

Mas ainda não havia acabado. Mesmo após prender o rival na parte interna da curva, Will precisava manter o carro na pista. Liam ainda estava lá, à esquerda. Mas, se ele conseguisse se segurar naquela curva, ele o aniquilaria. Quando começou a ficar com medo de que tivesse exigido demais do carro, ele conseguiu. A pista se tornou reta à frente e tudo que teve de fazer foi acelerar, pressionando o botão de ultrapassagem e esmagando o acelerador.

— Pega ele! — gritou Tae em seu ouvido quando a ponta do carro ultrapassou Liam.

A sensação foi boa, mas Will ainda teria que deter Liam e aumentar ao máximo a vantagem nas voltas restantes. Havia enganado Liam uma vez, mas talvez essa estratégia não funcionasse de novo. Fora isso, ele contava com a possibilidade de o carro do rival estar no limite. Afinal, Liam também podia estar fingindo.

— Faltam três voltas. Acho que você tá devendo cuecas novas pra todo mundo aqui no pit wall — comentou Tae.

— Só preciso de uma lista das cores favoritas de vocês. Como tá a situação pra essas voltas?

— Não vai faltar combustível.

— Qual é a diferença?

— Um ponto quatro.

Pouco mais de um segundo entre os dois, faltando três voltas para o final. A vantagem era não era muito confortável.

De repente, a voz de Paul soou no canal.

— Excelente trabalho, filho, vamos levar esse troféu para casa.

Ah, então agora ele era "filho"? Paul havia amolecido bastante desde o pesadelo em Monza, mas ainda parecia constrangido sempre que se deparava com um lembrete do relacionamento da filha. Talvez se Will vencesse, todas as reservas de Paul se dissipariam magicamente.

— Só espero que tenha muito champanhe esperando por mim no hotel.

— Assim que eu gosto de ouvir meu campeão mundial falar.

Ele segurou Liam por mais uma volta, mas por pouco. O adversário ainda estava em seu encalço. O filho da mãe ainda podia ultrapassá-lo na última volta. Então era hora de acabar de vez com essa possibilidade.

— Diferença? — perguntou ele para Tae.

— Um ponto sete.

Melhor, mas não o suficiente. Não para Will. Ao entrar na reta, pisou no acelerador e deu tudo de si. Sem dúvida tinha o melhor carro da pista e agora todo mundo sabia. Will se concentrou em controlar a velocidade enquanto Tae berrava os tempos em seu ouvido.

— Só um lembrete, Will. Não precisamos do ponto pela volta mais rápida.

— Precisamos, sim — disse ele, entre os dentes.

Seria tudo ou nada naquele dia. Cada liga de pneus, cada gota de combustível, toda a força de seu corpo. Então, enquanto rangia os dentes no último conjunto de curvas, com a cabeça ainda reverberando a pressão hidráulica e pneus e a temperatura dos freios, Will fez a curva 16 e, subitamente, lá estava ela, balançando à sua frente, enchendo seu campo de visão: a bandeira quadriculada.

Will havia vencido.

Havia acabado de ganhar o campeonato mundial.

Mira mal registrou os gritos, Natalia beijando seu rosto, Paul a abraçando e Violet gritando e jogando os braços em volta do seu pescoço. O paddock da Lennox havia se transformado em um pandemônio.

Primeiro, Will fez os "donuts" da vitória obrigatórios, cantando os pneus e lançando uma cortina de fumaça no ar, enquanto os fãs gritavam em polvorosa. Então finalmente a equipe afastou as barricadas e o elegante carro azul entrou no meio da multidão que o aguardava. Will foi cercado por um exército de mecânicos e funcionários dos boxes, que correram para ajudá-lo a sair do cockpit, todos rindo e gritando. Em algum momento, ele ergueu a cabeça acima da multidão, com o cabelo suado e emaranhado por causa da balaclava arrancada. Como se não houvesse mais ninguém no paddock, seus olhos encontraram os de Mira, e ele abriu um sorriso enorme e triunfante.

— Vai — encorajou Violet, empurrando Mira por entre a multidão na direção dele. — Ele não quer nenhum desses bobões. Ele quer você.

Mira abriu caminho e todos recuaram para abrir espaço. Will estava de pé no banco do carro, com o capacete ainda pendurado na mão esquerda. Estendeu a mão livre para ela. Apoiando um pé na borda do carro, Mira deixou que ele a puxasse até que ficar ao seu lado, o braço dele em volta de sua cintura.

Ela ergueu a mão para tocar o rosto vermelho.

— Estou muito orgulhosa de você, Will. Você venceu — disse ela, a voz quase inaudível em meio ao barulho.

Ele estava radiante, e o coração de Mira parecia prestes a explodir. Will abriu um sorriso discreto, só para Mira. Encostou a palma da mão na face dela.

— É, eu venci — disse ele. — A gente venceu.

Nesse momento ela soube que ele não se referia à equipe nem à corrida. E ela também não, quando respondeu:

— É, a gente venceu.

Epílogo

Onetahi,
Taiti

Mira estava com os olhos fechados, mas sentia a luz do sol dançando nas pálpebras. Ao longe, dava para ouvir o barulho suave das ondas do mar. A brisa morna tinha cheiro de sal marinho e de alguma flor tropical que desabrochava na selva que circundava sua *villa* particular. A água fresca batia nos ombros e no peito enquanto ela reclinava a cabeça na borda da piscina. Perfeição. Aquele lugar, bem ali, era o lugar mais perfeito do mundo. Bem, seria, exceto pelo fato de Will não estar lá aproveitando ao seu lado.

— É sério, Jem. É você ou já era... Aham... Passa pra ele, eu mesmo vou falar com aquele velho...

Mira abriu um olho e se virou na água. Pela porta de correr aberta, viu Will andando de um lado para o outro na casa, com o celular no ouvido, apenas com a bermuda de banho. Na verdade, *aquilo* era a perfeição.

— O Ed concorda comigo, Jem. Você é o cérebro da coisa toda — continuou ele.

Depois que Will conquistou o campeonato mundial, a Velocity estabeleceu um acordo de patrocínio ainda melhor. Will decidira investir uma parte do dinheiro na Hawley & Sons para manter o negócio de pé. Mas o dinheiro veio com condições. A saber, que o pai deixasse Jemima administrar a expansão e a diversificação necessárias para que a empresa se mantivesse competitiva. Mira havia passado algumas noites em Londres com Jemima nos últimos tempos. Foi, sem dúvida, uma jogada inteligente.

Will foi para os fundos da casa, a voz abafada pelas ondas do mar. Com os olhos fechados, Mira aproveitou a gloriosa sensação do sol nos ombros. Finalmente, ela o ouviu se despedir de Jem.

— Você vai sair? A água tá perfeita — disse ela.

— Já volto! — gritou ele.

Um momento depois, surgiu com uma garrafa de Moët e duas taças de champanhe.

— Pra que isso?

— Não sei se é exatamente um motivo pra comemoração, mas, depois de correr disso a vida inteira, sou oficialmente sócio da Hawley & Sons.

— É claro que é um motivo pra comemoração, porque você está fazendo isso do seu jeito.

Will sorriu ao sacar a rolha com um estampido.

— O velho tá subindo pelas paredes por causa disso, mas vai ser do meu jeito.

Ele serviu o champanhe e passou uma taça para Mira.

Os dois bridaram.

— Parabéns pela estreia no mundo das finanças internacionais, sr. Hawley. Agora vem cá pra eu fazer coisas horríveis com você.

— Sou todo seu.

Will se acomodou na piscina ao lado de Mira, que subiu em seu colo e envolveu os braços em seu pescoço.

Ele acariciou seus cabelos molhados.

— Me beija. Faz uma hora que não coloco as mãos em você. Tô desesperado.

Mira se inclinou e o beijou, lenta e demoradamente, porque eles tinham quatro dias no paraíso em que não precisavam fazer nada além de aproveitar um ao outro. Ela planejava transar com ele na piscina e, talvez, mais tarde, na praia particular dos dois, e novamente à noite, na linda cama de quatro colunas, romanticamente coberta por um véu.

Will tinha acabado de deslizar a mão pelas suas costas e começado a puxar o laço da parte de cima do biquíni quando o celular *dela* começou a tocar, na espreguiçadeira perto da piscina.

Ele resmungou e deitou a cabeça do ombro de Mira.

— Vai ser rápido — sussurrou ela em seu ouvido.

A temporada podia ter acabado, mas *outra* estava prestes a começar. Na fábrica da Lennox, eles trabalhavam no carro do próximo ano desde o recesso ocorrido na metade da temporada anterior. E agora, faltando apenas quatro meses para os testes, eles corriam para concluir o projeto. Não era o melhor momento para estar fora, mas, se não tivessem tirado férias, não conseguiriam descansar até o *próximo* ano.

Ela se ergueu, ainda na piscina, pegou o celular na ponta do estofado e atendeu sem nem olhar quem era.

— Olha, tô me mudando pro novo escritório essa semana, mas eles vão começar a pintar o antigo depois das festas de fim de ano, então você vai ter que trabalhar no escritório do seu pai até isso acabar.

— Oi, Pen.

Revirou os olhos para Will, que revirou os olhos para ela e mergulhou.

Quando o bebê de Pen finalmente chegou, ela decidiu que não aguentaria ficar na estrada por meses a fio. Seria transferida para outro departamento, que lhe permitia trabalhar em tempo integral na fábrica. Mira ficou radiante quando o pai lhe ofereceu um cargo permanente como assistente.

Na época, Natalia havia intermediado um jantar entre eles e Will, para que o pai começasse a se acostumar com a ideia de Will ser o namorado de Mira. No início, ele resistira, ainda temendo que a filha se machucasse, mas, depois que Will declarou seu amor por ela durante os aperitivos, Paul amoleceu. E o troféu de campeão mundial que Will havia conquistado e que ocupava um lugar de orgulho na fábrica da Lennox provavelmente ajudaram.

Ela se distraiu um pouco enquanto Pen tagarelava sobre tudo que ainda precisava acontecer na transição. Então sentiu Will enfiar a mão por baixo do biquíni. Mordeu o lábio quando ele tocou seu seio.

A cabeça dele emergiu da água e ele encostou por trás.

— Fica bem quietinha — sussurrou em seu ouvido, então enfiou a outra mão na calcinha do biquíni. — Eu vou fazer você...

— Escuta, Pen, eu tenho que ir! — disse ela, rapidamente. — Me manda a lista por e-mail e eu te ligo amanhã. Dá um beijo no Toby por mim!

Mira encerrou a ligação e agarrou a borda da piscina com a mão livre, arfando enquanto Will a acariciava.

O celular tocou de novo.

— Passa pra mim. Vou falar pra Pen que você se afogou.

Mira olhou para o celular e atendeu.

— Oi, mãe.

Em um piscar de olhos, Will estava do outro lado da piscina.

— Oi, querida! Vocês vão chegar dia 20, certo?

— Isso. Aterrissamos no LAX às seis.

Will fez uma concha com as mãos e jogou água no rosto, depois se recostou na borda da piscina, olhando para o céu azul à sua frente.

— Ótimo. Eu vou buscar vocês.

— Não, não precisa. O Will vai alugar um carro.

— Não esquece de me avisar se tem alguma coisa que eu possa preparar pro Will antes de vocês chegarem. Ah, e você viu?

— Vi o quê?

— A Deloux finalmente largou aquele lixo.

Depois de ignorar o mundo das corridas por mais de vinte anos, a mãe de Mira acompanhava obsessivamente as notícias. Bem, acompanhava uma história em particular: a destruição da carreira de Brody McKnight. Mira não tivera nenhuma intenção de que sua entrevista se tornasse uma arma, mas aconteceu. Nas semanas seguintes à publicação, os patrocinadores de Brody foram abaixo, um por um. Sem eles, não era de surpreender que a Deloux tivesse saído do radar. E, sem os patrocinadores, seria impossível Brody conseguir pegar no volante de qualquer outro carro do automobilismo. Ele era tóxico, e agora todo mundo sabia disso. Violet estava dando duro para garantir que todas as merdas que Brody já fizera — e havia muitas — recebessem o máximo de atenção da imprensa.

— O que acontece com ele não é mais da minha conta.

— É para isso que servem as mães, filhinha. Agora é da *minha* conta. Estou adorando cada minuto.

Mira riu.

— Igual a Violet. Liga pra ela, aí vocês podem virar a noite conversando sobre isso. Ei, mãe, posso te ligar mais tarde? Estávamos saindo pra almoçar.

— Claro, querida. Te amo!

Mira jogou o celular de volta na espreguiçadeira e se voltou para Will.

— Onde a gente parou mesmo?

Quando saíssem do Taiti, iriam direto para Los Angeles passar o Natal com a mãe de Mira. Depois, Mira arrumaria o resto de suas coisas e se mudaria definitivamente para Chilton-on-Stour. Will acabara de assinar um novo contrato com a Lennox, então também queriam comprar uma casa lá. No voo para o Taiti, ele lhe mostrara uma enorme lista de imóveis, dando a entender, não muito sutilmente, que esperava que ela fosse morar com ele. Mira também queria isso.

Ela se inclinou e beijou o canto da sua boca.

— Pronto — sussurrou ela.

Will fechou os olhos e pousou as mãos em seus quadris.

— Ainda bem, porque se seu pai ligasse em seguida, eu ia correr pro mar.

Ela beijou seu pescoço, depois mordiscou o lóbulo da orelha.

— Chega de ligações. Agora é só você e eu.

— Gostei.

Mira ergueu a cabeça e olhou para o rosto dele. Seus olhos se encontraram e ela sentiu tudo de novo, uma onda avassaladora de amor por

Will — amor pela paciência que ele tivera ao lidar com o passado dela e com todas as complexidades que vinham junto com ele; amor pela generosidade que estendia às pessoas que eram importantes para Mira; amor pela paixão dele, porque isso despertou a paixão nela também, a paixão que quase havia sido apagada. E Mira o amava porque ele a amava, por tê-la tanto no coração quanto nos braços.

Ela segurou seu rosto e olhou para os olhos azuis que a haviam conquistado desde o primeiro instante em que haviam se visto.

— Eu te amo, Will. Eu te amo tanto...

O sorriso suave e maravilhoso que tomou conta do rosto dele era único, um sorriso que só ela conhecia, um sorriso de quando Will a olhava.

— Eu também te amo, Mira. Não sabia que podia amar tanto uma pessoa até te conhecer.

Houve momentos em que tudo parecia bom demais para ser verdade. Mira experimentava uma sensação de felicidade maior do que jamais ousara imaginar. Mas agora ela não precisava mais imaginar. A tão sonhada felicidade já estava acontecendo. Só o que precisava fazer era continuar vivendo e ver aonde aquilo iria levá-la. Aonde iria levar os dois, porque Will estaria ao lado dela a cada passo do caminho.

Agradecimentos

Ao meu marido, Matthew Ragsdale, que sempre foi a pessoa que mais me apoiou, meu líder de torcida e assistente de pesquisa não remunerado, e este é um livro que literalmente eu não poderia ter escrito sem ele. Ele pesquisou incidentes de corrida, explicou as minúcias da engenharia automotiva de um jeito que eu conseguia entender e nunca ficou irritado quando o interrompi mais de uma vez para perguntar sobre algum detalhe da Fórmula 1. Este livro é tanto dele quanto meu. Obrigada, Matt.

Sou profundamente grata pela ajuda de Bradley Philpot, piloto profissional de carros de corrida, que garantiu a precisão da minha terminologia no esporte.

Qualquer erro que tenha sobrado é culpa minha, não deles.

Um enorme obrigada a toda a equipe do podcast *Missed Apex*, especialmente a Richard Ready ("Spanners"), Chris Stevens, KylePower, Alex Vangeen ("Jeansy") e Steve Amey, e também a Matthew Somerfield, do Motorsport.com, Dan Drury, também conhecido como "Engine Mode 11", Scott Tuffey, Jules Seegers, Hannah Hassall e Antonia Rankin. É graças a vocês que a Fórmula 1 se tornou uma parte tão importante da nossa vida, e o motivo pelo qual escolhi escrever sobre isso.

Há doze anos, Anne Forlines sempre foi a primeira pessoa a ler meus livros, e, mais uma vez, ela foi fundamental para que este viesse ao mundo. Obrigada pela amizade e pelo apoio, Anne!

A tentaculofobia de Mira é cortesia do meu bom amigo Rocky Cataudella. O medo é real. Acreditem.

O ato de escrever pode envolver um caminho longo e difícil, e os amigos são de inestimável ajuda para desabafar quando as coisas ficam difíceis. Obrigada a Micki Knop, Sara Dariotis, Lucy Smythe, Jennifer Pickard, Sue Bartelt, Jennifer DiMaio e Adele Buck por me apoiarem.

Obrigada a Hayley Wagreich, Sierra Stovall, Nicole Otto e toda a equipe da Zando Projects por escolherem fazer deste livro uma das primeiras publicações da Slowburn. É uma honra fazer parte disso.

E um enorme obrigada à minha agente, Rebecca Strauss. Sem um e-mail extremamente oportuno em que ela pensava na minha carreira quando nem eu estava com a cabeça nisso, este livro talvez nunca tivesse se concretizado. Obrigada pela orientação profissional e pelo apoio nesta jornada!

Impresso no Brasil pelo Sistema Cameron da Divisão Gráfica da
DISTRIBUIDORA RECORD DE SERVIÇOS DE IMPRENSA S.A.